KB163087
Re:제로
Re: Life in a different world from zero
부터 시작하는 이세계 생활

요르나
Jorna
볼라키아 제국 구신장 제7위.
마도 카오스프레임의
수호자로 군림한다.
Jorna
탄자
Tanza
요르나의 시중을 드는 새끼기생.
마도 카오스프레임 주변
출신으로, 녹인족의 반수인.

마델린
Madelyn
볼라키아 제국 구신장 제9위.
제일 새로운 일장.
카프마
Kafma
『구신장』으로 추천되어
마델린과 공석을 다투던 무인.

「루이가,
대죄주교라니……」
「농담이 아니라면, 더더욱 웃을 수 없어!」
「이 제국에서, 『마녀』를 추종하는 자는 어떠한 이유가 있을지라도 처형된다.」

「형제, 그건 웃기지도 않는 농담이야.」
「노, 농담한 적은……」

「다, 당신은……」
「쫓기고 있죠? 상대도 차―암 진지한 모양이던데.
나쁜 의도는 없습니다. 별에 맹세해도 좋아요.」

「──두 분, 이리 오세요.」

Re: Life in a different world from zero

The only ability I got in a different world "Returns by Death"
I die again and again to save her.

CONTENTS

Re:제로
Re: Life in a different world from zero
부터 시작하는 이세계 생활
29

나가츠키 탓페이 지음
오츠카 신이치로 일러스트

표지 · 본문 일러스트
오츠카 신이치로

제1장 『야심의 짐승』

1

"────."

거울에 비친 자기 얼굴을 본 나츠키 스바루의 목이 얼어붙었다.

잘 알지만, 낯익다고 말하기에는 껄끄러운 얼굴──. 당연히 그럴 만도 하다. 거울에 비친 자신의 얼굴은, 이미 흐릿해진 과거의 기억에만 있던 유물.

──어린 나츠키 스바루 소년의 얼굴이니까.

"뭐, 야, 이거……."

손거울을 든 손이 떨리고 창백한 표정의 어린 낯이 가늘게 흔들렸다.

더듬더듬. 거울을 들지 않은 손으로 자기 얼굴을 만졌다. 거울 속의 어린 얼굴에도 똑같이 손이 닿았다. 손 크기와 이목구비로 봐서는 대략 열 살 안팎일까.

당시의 스바루는 주위 아이들과 비교해서 성장이 늦어 키 순서로는 앞에서 세는 것이 더 빨랐는데──.

"뭐야, 이게──?!"

그런 옛날 추억이 현재의 긴급 상황에 부서져서, 스바루는 절규했다.

악몽. 그렇게 말할 수밖에 없는 황당무계 전개다. 이렇게 비상식적인 '회춘' 을 바랄 만큼 스바루는 자기 나이에 절망하지 않았다. 애초에 보통 사태가 아니었다.

고작 하룻밤 사이에, 인간의 몸이 열 살 가깝게 젊어지다니.

"이, 이럴 때가 아니야……."

오랜 시간 끝에 제정신을 차린 스바루는 황급히 침실 문으로 향했다.

설마 하니, 카오스프레임 여관의 숙박 특전에 '회춘' 이 포함되어 있다는 반전은 없으리라. 이것은 적대적인 누군가의 공격이라고 여기는 것이 자연스럽다.

그렇다면 같은 여관에서 묵은 동료들과 정보를 공유하고 타개책을 찾아야――.

"다들, 심각한 일이 생겼어! 한눈에 알아보겠지만……."

"아! 역시 스바루찡도 조그매졌어!"

"으에?"

평소보다 높은 위치에 있는 문고리를 돌려 힘차게 문을 열어젖힌 순간, 스바루를 맞이한 것은 예상을 벗어난―― 아니, 예상해야 마땅할 광경이었다.

침실 밖, 숙박객이 한자리에 모일 수 있는 거실에서 스바루를 기다리던 것은 사랑스러운 얼굴에 밝은 웃음을 띠고 손을 흔드는 소녀였다. 맑고 파란 눈과 불규칙하게 땋은 머리 모양이 특징인 금빛 머리카락. 그리고 착각할 리 없는 태양 같은 명랑함——.

"설마 싶지만…… 미디엄 씨?"

"맞아~! 일어났더니 조그매져서, 나도 깜짝 놀랐어! 하지만 스바루찡도 조그매져서 안심했지 뭐야~. 동지, 동지!"

미디엄 오코넬이라고 자진 신고한, 열두세 살쯤 되어 보이는 소녀. 맨살에 얇은 천만 걸친 아슬아슬한 복장의 그녀도 스바루와 똑같은 현상에 말려들어 사이즈가 확 줄어든 모양이다. 그러고도 스바루보다 머리 반 개가량 키가 더 크지만.

어쨌든——.

"동지가 있어서 기뻐할 상황이…… 우오아?!"

"우—!"

첫 충격을 받아들이려 노력하는 스바루의 몸이 옆에서 엄습한 충격에 날아갔다. 소리와 함께 벌러덩 넘어가는 스바루, 그 가슴 위에 누군가가 올라탔다.

무심결에 스바루는 "꾸에엑." 하고 찌부러진 개구리 같은 비명을 터트렸다.

"아아! 루이야, 그러면 안 되지! 스바루찡, 조그마니까!"

"아—우—!"

"꺄—! 나도 조그마니까, 루이 못 들겠어~!"

가슴 위에서 바동바동 날뛰는 맹수를 미디엄이 떼어내려고 하지만, 줄어든 그 완력으로는 간교하고 포학한 존재의 만행을 막을 수 없었다.

나츠키 스바루 소년이 속수무책으로 유린당하는 것을——.

"루이, 안 됩니다! 스바루가 찌부러진다고요!"

매서운 질책 소리가 들리고, 가슴 위 무거운 괴물이 "앗―." 소리와 함께 치워졌다. 쳐다보니 어째선지 애달픈 표정을 짓고 있는 루이가 드러누운 스바루 위에서 멀어지고 있었다.

검은 예복을 입은 타리타가 루이의 옆구리에 손을 넣어 들어올린 것이다. 타리타의 모습에 스바루는 구사일생과는 다른 형태로 안심했다.

"하~ 타리타, 고마워! 난 역부족이더라~."

"아, 아뇨, 이쯤이야 별것도…… 스바루도, 무사합니까?"

"무사한지 어떤지는 미심쩍지만…… 타리타 씨는 아무 일 없어서 다행이야. 그리고……."

미디엄이 내민 손을 잡고 몸을 일으킨 스바루는 방 안쪽을 보았다.

거기 있는 소파에 앉아 지금 막 일어난 소동을 묵묵히 바라보는 자는 얼굴을 귀면(鬼面)으로 가린 흑발 남자―― 이 일당의 대표인 도망 황제, 아벨이었다.

지금의 대화 도중에 일절 거들려고 하지 않는 자세에는 울컥하지만, 그 모습에서는 스바루 일행과 같은 이변이 일어나지 않아서 안도했다.

"아벨, 너도 아무 일 없어서 천만……."

"추태로군."

하지만 아벨은 무사함을 기뻐하는 스바루를 언짢은 내색을 숨기지 않는 짤막한 말로 쳐냈다. 그 차가운 칼날에 스바루는 한순간 할 말을 잃었다.

"나로서는, 생각보다 귀염성 있는 베이비페이스라고 생각하는데 말이야."

그리고 야유밖에 안 되는 소리를 하는 것이 고작이었다.

그때——.

"자기 입으로 베이비페이스라니, 형제다워. 실제로 뭐, 귀여워지긴 했어."

"어? 너는."

말하면서 다른 침실에서 나타난 인물을 보고 스바루는 흠칫했다. 그것은 지금의 스바루와 같은 또래의 소년—— 단, 대충 찢은 천을 얼굴에 휘감아 풍모가 기이한 인물이었다.

낯선 소년, 그 정체는 이야기의 흐름과 왼팔이 사라진 모습으로 한눈에 알 수 있었다.

"알, 이지? ……그 복면은."

"오? 흠칫했어? 투구 사이즈가 맞지 않게 됐는데 적당한 게 없더군. 미안하지만 너무 신경 쓰지 않았으면 좋겠어."

"신경 쓰지 말라고 그래도 신경은 쓰이지……."

어린 모습이 된 알은 그렇게 말하고 스바루에게 살랑살랑 손사래 쳤다.

엉성하게 감은 복면. 머리 뒤로 흔들리는 검은 머리카락이 보이는 것이 신선하지만, 그 참신한 스타일 앞에서는 사소한 인상이다. 고전 영화의 어설픈 살인마처럼 보인다.

"투구를 못 쓰면 억지로 얼굴 안 가려도 되잖아?"

"그건 섬세함이 부족한 발언이지, 형제. 투구는 멋이나 객기로 쓴 게 아니라, 콤플렉스의 표현이야. 겉모습은 어린아이, 두뇌는 어른이 되어도 똑같아. 팔이 도로 생기진 않았어. 얼굴 흉터도 동일하고. 그건 형제도 그렇잖아?"

"그건……."

알이 어깨를 으쓱이며 잃어버린 왼팔을 과시하자 스바루는 자기 몸을 내려다보았다.

몸에 맞지 않아 헐렁헐렁한 셔츠. 그 안에는 아물지 않은 하얀 흉터가 여럿 있다. 어린아이의 몸에는 너무나 애처로운 그것은, 이 세계에서 보낸 세월의 증거다.

그 상처가 가르쳐 준다. 이것은 회춘이 아니라 몸이 작아진 것이라고.

"하지만 하룻밤 자고 일어나니 몸이 작아지는 괴악한 운명이 갑자기 툭 튀어나올 순 없겠지."

"그래~. 끙. 이러면 오빠 일을 못 도울 거야. 오빤 허약한데, 큰 문제야~!"

"그야 오코넬 남매의 사업에도 큰 타격을 주겠지만……."

장기적인 사업 계획도 그렇고, 눈앞에 수북하게 쌓인 문제에 집중하고 싶다.

현재 스바루의 문제는 맞는 옷이 없는 탓에 꼴불견인 정도지만, 싸움이 생업인 알과 미디엄은 그렇지도 않다.

"알, 투구 사이즈가 맞지 않는다고 말했었는데, 무기는?"

"눈치가 빠르군. 이 앙증맞은 팔로 도저히 못 휘두르지."

“나도 두 자루는 힘들지도. 한 자루라면 어떻게든…… 아윽.”

“위험해!”

세워 둔 칼집에서 쌍검 중 한 자루를 뽑는 미디엄. 그 손에서 검이 쏙 빠져서 스바루의 코앞을 스치고 마루에 꽂혔다. 엉겁결에 핏기가 싹 가셨다.

“와, 와, 와! 스바루찡, 미안! 안 죽었어?!”

“주, 죽지야 않았는데…… 진짜 위험하네.”

시무룩하게 고개 숙인 미디엄이 마루에 꽂힌 검을 신중하게 칼집에 꽂았다.

어제까지 자유자재로 사용하던 무기를 쓰지 못하고, 기대받은 무력 담당을 못 맡게 된 미디엄. 본인에게는 자신의 기반이 흔들리는 긴급 사태일 것이다.

“이거, 우리 중에선 타리타 씨만 싸울 수 있단 뜻이지?”

“에엑~! 나, 조그매져도 힘낼 건데?!”

“기개는 높이 사겠지만, 근로기준법에 걸린단 말이지…….”

미디엄의 꿋꿋한 자세는 멋지지만, 사태를 현실적으로 보는 시각도 필요하다.

알과 미디엄이 이런 상태면 멀쩡한 전력으로 꼽을 수 있는 사람은 타리타 한 명. 아무리 그 역량이 확고해도 적진에서는 불안하다고 말할 수밖에 없다.

실제로 타리타도 그 사실을 지적받자 강하게 긴장하며 얼굴을 굳혔다.

“보아하니 의외로 평정을 잃지는 않은 모양이군.”

상황 파악에 애쓰는 스바루에게 말없이 숙고하던 아벨이 끼어들었다. 분석하고 있었음을 깨닫게 하는 말에 스바루는 "글쎄다." 하고 입술을 삐죽였다.

"그냥 허둥거릴 타이밍을 놓친 걸지도 모르지. 이 몸으론 불편한 일이 여러 가지 더 드러난 뒤에야 잃어버린 몸집과 체중의 가치를 깨닫지 않을까."

"작아져도 입심은 여전한 남자군."

"적응력과 약아빠진 게 몇 없는 장점이라서 그래."

더더욱 말로는 지지 않는다고 여겨질 성싶지만 스바루는 아랑곳하지 않고 대꾸했다. 아니나 다를까 귀면 속에서 시선이 날카로워진 아벨은 "말로는 지지 않는군." 하고 어이없어했다.

그러나――.

"아마도, 너희에게 일어난 이변의 범인은 오르바르트 덩클켄일 것이다."

"뭐?!"

다음 말이 스바루의 복잡한 심경을 한마디로 깨부수었다.

눈을 부릅뜬 스바루는 아벨이 언급한 이름―― 오르바르트 덩클켄에 해당하는 인물을 떠올렸다.

"어제 성에서 마주친 할아버지…… 『구신장』의 일원!"

그것은 어제, 홍유리성(紅瑠璃城)에서 조우한 가짜 황제와 동행한 몸집이 작은 노인――. 제국 최강으로 불리는 일장(一將) 중에서 세 번째 칭호를 받았다는 인물이었다.

"그 영감님의 소행이 확실해? 아벨."

"겉모습을 위장할 뿐이라면 후보는 그 밖에도 있겠지. 하지만 너희에게 일어난 이변은 눈속임 종류가 아니다. 그렇다면 놈의 술수를 의심하는 것이 적절하지."

"나는 요르나라는 야시시한 언니의 소행일 가능성도 의심하는데?"

동요하는 스바루를 대신해서 알이 아벨에게 추리의 근거를 요구했다.

사실 스바루도 알과 같은 의견으로, 이 이변의 원인으로 요르나를 의심하고 있었다. 작아진 세 사람의 공통점은 성에 방문했다는 사실이기에 요르나와 오르바르트의 의혹은 반반이다.

그런데도 아벨이 오르바르트라고 단언하는 이유는——.

"그 오르바르트라는 할아버지가, 상대의 몸을 작게 만드는 마법을 쓸 줄 안다는 뜻이야?"

"그것 자체의 확증은 없다. 비단 오르바르트만이 아니라, 『구신장』들은 자기 술수를 나에게도 숨기고 있지. 게다가 놈은 『시노비』라고 불리는, 비밀이 많은 일당의 두목이기도 하다."

"시노비라면…… 인술을 쓰거나 어두운 밤에 숨어서 첩보 활동이나 암살 같은 거 하는?"

"인술이라는 말은 모르겠지만 시노비의 주요 역할은 그게 맞다. ……어디서 알았지?"

"아니! 그게, 내 고향이라면 비슷한 일을 받아서 하는 사람을 닌자라고 불러서……."

시노비라는 어감에서 『닌자』를 연상한 스바루가 알아서는 안 될 것을 안 상대를 보는 듯한 아벨에게 허겁지겁 변명했다. 변명하다가 동향인 알에게 도움을 청하려는 순간, "아!" 하고 미디엄이 소리를 냈다.

미디엄은 그 크고 동그란 눈을 더욱 크게 뜨고 말했다.

"어제 할아버지가 한 짓이라면 그건가 봐! 그 왜, 성에서 도망칠 때, 나랑 스바루찡, 둘 다 가슴을 찔렸잖아!"

"도망칠 때라면…… 아."

다소 어폐가 있는 소리지만, 스바루도 같은 가능성을 떠올렸다.

그것은 어제 홍유리성에서 탈출할 적에── 요르나의 고약한 조건을 달성하기 위한 목숨 건 공방이 벌어졌을 때의 일이다. 가짜 황제의 호위인 카프마의 가시넝쿨에서 벗어나 천수각의 벽을 뚫고 탈출을 기도한 스바루 일행에게 추격하는 오르바르트의 손이 닿았다.

그러나 『구신장』의 공격은 스바루 일행에게 아무 피해도 주지 않았다.

──그 자리에서는 잘됐다고 그냥 넘어갔다. 하지만 아무렇지도 않을 리가 없었다.

"하지만 이런 걸 어떻게 예상하라고……! 그리고 알은 당하지 않았잖아?!"

"미안해, 형제. 나도 뛰쳐나가기 전에 영감님과는 한 판 붙었잖아. 어딘가 찔렸어도 이상할 것 없어. 죽지 않는 상처는 없는 걸로 치고 넘어가 버렸군."

나지막한 목소리──. 어디까지나 변성기 전 소년 수준에서 나지막한 투로 신음한 알이 자신의 미흡함을 탓하듯이 중얼거렸다. 하지만 알을 탓하는 것은 번지수가 틀렸다.

알은 자기 소임을 다하고, 그 상황에서 세 사람을 생환시켰다. 미디엄도 마찬가지다. 두 사람은 역할을 완수했다. 눈치챘어야 하는 사람은 스바루다.

전력상 보탬이 안 되니까, 최소한 온갖 사태에 주의를 기울여야 마땅했는데.

"이런 꼴은 렘에게는 도저히 못 보여 줘……. 베아코와 비슷한 사이즈가 되어서, 에밀리아땅에게도 더더욱 어린애 취급당하겠어……."

"내가 작아졌다고 공주가 귀여워해 줄 것 같지는 않으니까, 진짜로 누구 좋으란 느낌이지."

"의, 의외로 다들 냉정하군요……. 저는 내내 당혹스러울 뿐입니다만……."

스바루와 알이 작아진 사실에 고뇌하자, 타리타가 속내를 토로했다.

바동거리는 루이를 품에 안은 채, 유일한 전력이 되어 버린 타리타의 안색은 어둡다. 마치 피해를 모면한 것에 죄책감이 드는 것처럼 보이기까지 한다.

물론 타리타의 반응이 올바르다. 어차피 스바루와 알의 이 태도는 허세다.

"솔직히 나는 넉살이라도 떨지 않으면 당장에라도 비명을 지를 것 같아."

"그렇, 습니까?"

"그래. 그만큼, 기분이 더러워."

어려진 자신의 육체 때문이 아니다.

자기 몸이 의도치 않게 재구성되는, 그 정체성의 정의가 무너지는 게 기분 더럽다.

——여태까지 스바루는 이세계에서 다양하게 험한 꼴을 겪어왔다는 자부심이 있다.

'죽음' 의 경험이 가장 앞서기는 하지만, 최근 1년 반의 경험은 농밀하기로는 누구에게도 지지 않는다. 그런 백전연마의 스바루라도 자신이 재구성되는 혐오감은 견디기 어려웠다.

"이것이, 『색욕』의 피해자가 맛보는 기분인가……."

자신의 가냘픈 어깨를 껴안으며 어금니를 깨무는 스바루의 뇌리에 날벌레 소리가 울린다.

그것은 수문도시 프리스텔라에서 『색욕』의 대죄주교의 권능에 피해를 본 사람들의 날갯소리——. 그 육체가 파리로 바뀌어 지금도 구원을 기다리는 피해자들의 기억이었다.

어릴 적 모습으로 바뀌기만 해도 이토록 위화감이 든다. 그렇다면 전혀 다른 생물로 바뀐 그들의 비극은 스바루의 얄팍한 이해심으로는 결코 짐작하지 못하리라.

이런 감각을 강요하는 행위, 그것은 그야말로——.

"악랄하다고 해야겠지."

팔짱을 낀 아벨이 스바루의 속내를 정확히 알아맞히는 바람에 숨을 잠시 멈췄다.

스바루는 아벨과 시선을 맞대며 자신의 작아진 손을 오므렸다 펴면서 물었다.

"이거, 원래대로 돌아…… 오겠지?"

"확언하진 못한다. 하지만 되돌릴 수단은 있다고 생각하는 것이 자연스럽지."

"그, 그 근거는?"

"바로 죽지 않는 독을 타는 이유는, 상대와 협상하려는 의도밖에 생각할 수 없지."

아벨의 추측── 편의상 『유아화』라고 해 두겠지만, 그것을 독을 타는 행위로 보고 즉사로 몰아넣지 않는 상대방의 의도를 가늠하는 생각에 스바루도 수긍했다.

만약 이것이 모종의 양보를 끌어내려는 방책이라면──.

"그러면, 상대로부터 어떠한 접촉이 있을 거라고……."

타리타가 숨을 삼키고 아벨의 생각을 이해했을 때──.

밖에서 방문을 두드리는 소리가 난다.

"──우."

방금 주고받은 말도 있어서 모두의 의식과 긴장이 문으로 쏠린다.

혹시 『유아화』를 초래한 오르바르트의 접촉이 아닐까 하고.

그러나──.

"아침부터 실례합니다. 요르나 미시구레 님의 사자입니다."

문 너머에서 들린 것은 이 순간에 한해서는 기대를 벗어난 소식이었다.

"방금 목소리, 어제의 녹인족(鹿人族) 아이…… 탄자야. 혹시 편지의 답장일까?"

"어, 아, 아아, 그렇구나! 답장 말이지!"

고조되던 긴장이 어긋나 낙담하고 맥 빠진 기분이던 스바루. 미디엄의 지적으로 뒤늦게 방문자의 목적을 깨달았다.

"으음, 들어오게 해도 괜찮, 겠지?"

미묘하게 놀라움이 남은 기색으로, 스바루는 아벨에게 상대의 입실을 허락할지 물었다. 스바루의 시선에 잠시 침묵하던 아벨은 조용히 끄덕였다.

그러자 타리타가 문을 열어 방문자를 들였다.

"실례하겠습니다. 요르나 님의 말씀을 가져왔습니다."

문지방을 넘은 기모노 차림의 녹인족 소녀 탄자가 그렇게 말하고 인사했다.

아직 어린 요르나의 시종은 발을 들인 방 안을 둘러보고 표정이 희박한 얼굴에서 눈썹을 찌푸렸다. 낯선 아이들이 넷에다 수상한 귀면을 쓴 남자가 모인 상태다.

기기괴괴한 진용을 본 반응으로는, 실로 얌전하다고 칭찬해야 하리라.

"다들, 모여 계신 모양인데…… 저기."

"뭐지."

"아니요. 아무것도 아닙니다. 실례했습니다."

다만 그래도 아벨의 귀면에 대한 흥미는 숨기지 못했는지, 매몰찬 태도에 사과한 뒤에도 힐끔힐끔 아벨을 신경 쓰는 모습은 그 또래다워서 흐뭇하기도 했다.

그래도 이 소녀가 가져온 보고는 스바루 일행의 향후에 크게 영향을 미친다.

조용한 긴장과 함께 입실을 허락받은 탄자가 방 한복판에서 다소곳이 머리를 숙이고 말했다.

"어제 서한에 대해 요르나 님께서 정식으로 답신하셨습니다. 그러하오니 여러분께서 홍유리성에 등성해 주십사 합니다."

"편지를, 읽어 주었나."

무례한 줄 알면서도 일단은 편지를 훑어봐 주었다는 사실에 안심했다.

어제 그 도박이 있었어도 요르나가 변덕으로 편지를 찢어 버릴 가능성은 있었다. 도도한 고양이나 프리실라를 상대하는 듯한 긴장감이 있었다고 할 수 있다.

어쨌든 성으로 초대한 이상, 대화로 진행할 절차는 마련한 모양이다. 이로써 현재 스바루 일행이 품은 문제는 『유아화』만으로 추려져서——.

"부디, 서한을 쓰신 어르신과 어제 방문한 사자 여러분께서 왕림해 주시기를 바랍니다."

"헉."

"——?"

얼떨결에 흘러나온 신음에 탄자가 동그란 눈썹을 모으고 갸우뚱했다.

그 동요를 들키지 않으려고 스바루는 심장이 뛰는 가슴을 누르고, "아무것도 아냐, 아무것도 아냐."라며 작위적인 웃음으로 얼버무렸다.

그걸로 납득했는지, 별 흥미가 없는지, 탄자는 기울인 머리를 다시 원래 위치로 돌렸다.

"그러면 불의 각을 알리는 종이 칠 무렵에 홍유리성에서 기다리고 있겠습니다."

"모두 이해했다. 애썼구나. 물러나도록."

"네, 실례하겠습니다."

지정 시간── 불의 각을 알리는 종이란, 대략 정오를 의미한다고 생각하면 된다.

요르나와의 회담 약속을 전달한 탄자가 마지막으로 묵례를 남기고, 방을 나가려 뒤돌아섰다. 그 등에 스바루는 "저기." 하고 말을 건넸다.

"노파심에 확인하고 싶은데, 초대의 중심은 편지를 쓴 사람이고, 어제 찾아간 사자는 덤이지? 즉, 여러 사정으로 사자가 참가하기 어려울 경우에는……."

"요르나 님께서는, 사자 여러분도 부르라 하셨습니다."

"────."

"이곳 마도(魔都)에서, 요르나 님의 말씀을 어기시는 일이 없기를 바랍니다."

음성은 담담하다. 그러나 탄자의 당부에는 절대적으로 굳건한 의지가 담겼다.

그 말을 남기고 방을 떠나는 사자 소녀를 배웅하고는, 문을 닫았다. 이어서 스바루는 크게 심호흡을 하고 뒤돌아섰다.

그리고——.

"작전 회의!"

어제와 다르게 짧아진 팔을 쳐들고 동료들에게 호령했다.

2

——요르나 미시구레가 전한 홍유리성 등성 요청.

일이 이렇게 되었으니 직접 아벨을 성으로 보내는 위험은 받아들인다 치고, 가장 큰 현안은 말할 필요 없이 '어제 온 사자의 동행' 이라는 요르나 측의 요구였다.

아벨의 추측대로 스바루 일행의 『유아화』에 요르나가 무관할 경우, 과연 작아진 스바루 일행을 데리고 가서 요르나의 요망을 만족시킬 수 있을까.

최악의 경우 고약한 장난으로 보고 협상이 깨질 가능성도 있다. 혹은 요르나에게 사정을 털어놓고 인정에 호소하는 수단도 있겠지만——.

"상대가 어떻게 나올지도 모르는 상황에서, 패를 공개하는 것은 제정신으로 할 짓이 아니다."

아벨의 단언도, 이번만큼은 스바루도 전폭적으로 동감한다.

마도의 지배자이며 『구신장』이기도 한 요르나의 실력. 그리고 어제 접촉으로 생긴 '악녀' 인상은 요르나를 경계하게끔 하는 데 충분하기 그지없는 조건이다.

아벨의 제위 탈환을 위한 첫 협력자로 점찍어 놓고 이러긴 좀 뭐하지만, 쉽게 이쪽 사정을 털어놓지 못할 상대로 봐야 한다.

"이쪽 사정을 다 실토해도, 형제 쪽을 지적할지도 모르고 말이야. 여장이라니 저를 속이셨나요, 같은 식으로 화내면 어쩌게."

"일단 만약에 대비해서 나츠미 슈바르츠의 로리 상태를 가장해 두어야 할까……?"

"기, 기다려 주세요. 그래서는 저까지 혼란스러워질 것 같습니다……."

거짓말을 얼버무리려고 거짓말하는 딜레마는 흔히 있는 일이지만, 여장을 얼버무리려고 『유아화』 상태로도 여장을 관철한다는 뻘짓은 더욱 전례가 없지 않을까.

알의 투구와 달리 가발 사이즈는 조정할 수 있으니까 여장 자체는 할 수 있지만.

"그래서 그래서, 어쩔 거야? 불의 각 종이라면, 앞으로 세 시간 정도잖아?"

같은 사이즈가 된 루이를 안은 미디엄이 갸우뚱했다. 그 품속에서 "우―?" 하고 따라 하며 갸우뚱하는 루이를 흘긋거린 스바루가 뺨을 긁었다.

"우선, 요르나의 초대를 받지 않는다는 선택지는 없지?"

"그렇지. 안 받으면 우리의 고생은 물거품, 작아진 보람도 없는 셈이지."

"오히려 피해만 남지요……."

알과 타리타의 말에 수긍하지만, 스바루는 퇴각도 염두에 두고 있었다.

도박에서 망한 사람이 본전을 찾으려고 기를 쓰는 것은 흔한 일이다. 상황에 따라서는 손절도 필요하다. 단, 이번에 쳐내야 하는 손해는 스바루 일행의 신장이었다.

"이것을 무겁다고 봐야 할지, 가볍다고 봐야 할지……."

"나이를 먹은 거라면 또 몰라도, 젊어졌으니까. 이거, 악용하면 위험하지 않아?"

"그래, 확실히. 기억을 고스란히 남기고 어린 시절을 다시 할 수 있다고 생각하면――."

어떻게 보아 '회춘' 이란 『사망귀환』 같은 기회의 증대를 의미한다.

어른의 지식과 경험을 지닌 채 어린 육체의 성장에 맞추어서 적절한 수련을 쌓는 것도, 과거에는 달성을 포기한 목표에 재도전하는 것도 가능하다.

상황만 괜찮았다면 『유아화』는 플러스로 살릴 만한 경우도 많겠다고――.

"그런 생각이 들지? 그런데 그렇게까지 편리한 게 아니란 말이야, 이게 또."

대화에 끼어든 제삼자의 목소리에 스바루의 숨이 한순간 멈춘다. 아니, 스바루만이 아니다. 실내에 있던 모두가 갑작스러운 난입자에 경직했다.

그러나 난입자 본인은 고조되는 긴장감도 아랑곳하는 기색 없이 태연하게.

"맘대로 차 타서 마시고 있는데, 마시고 싶은 녀석은 있느냐?"

김이 오르는 찻잔을 들어 올리며 스스럼없이 물어보았다.

"——!"

그 직후, 타리타가 잽싸게 활을 들어 침입자—— 길고 하얀 머리카락과 눈썹, 어린아이 같은 몸집이 특징인 노인의, 주름투성이 얼굴을 조준했다.

그렇게 아주 가까운 거리에서 겨눈 활을 보고서 노인은 "거참, 이 사람 보게." 하고 어깨를 으쓱였다.

"아서라, 아서. 난 뾰족한 물건 겨누는 거 좋아하질 않아. 늙은이는 가뜩이나 변소에 갈 일이 많건만, 지리게 만들 셈이냐. 전전긍긍하겠다, 응?"

"웃기지도 않는 소리를……! 당신은 대체……."

"오르바르트 덩클켄."

지근거리에서 활을 겨눠도, 대놓고 적의를 드러내도 태평한 노인의 모습에 타리타의 얼굴이 벌게졌다. 귀면의 남자가 그 의문에 답하는 모양새로 노인의 이름을 불러 제지했다.

홀로 소파에 앉아 미동 하나 없었던 아벨. 귀면 속 검은 눈과 시선을 주고받은 노인—— 오르바르트 덩클켄이 굵은 눈썹 아래의 눈을 가늘게 떴다.

『유아화』의 범인으로 추정되는데도 당당히 방에 침입한 시노비는 웃으며 말했다.

"그렇지, 내가 유명한 건 어제도 확인했으니까 썩 놀라지 않지만, 자네도 제법 인상에 남는 얼굴이구먼. 그 가면, 어디에서 산 특산품인고."

"실없는 말은 그만해라, 고목. 네놈, 뭐 하러 여기 나타났지?"

"요즘 젊은것은 늙은이랑 잡담도 하지 않으려 굴어. 마을 녀석들도 날마다 흘려듣는 재주가 좋아져서 서운하기 그지없더만. 카카캇카!"

오르바르트는 노인의 쓸쓸한 사정을 말하면서 입을 크게 벌리고 쾌활하게 웃었다.

아벨과 오르바르트의 대화에 비로소 다른 일행도 처음 충격에서 회복했다. 단, 미처 사그라지지 않은 곤혹스러움과 놀라움, 경계심은 남긴 상태다.

"할아버지, 어떻게 들어왔어? 난 문도 보고 있었는데."

"오오, 조그맣지만 어제 무용수 같던 아가씨냐. 이 할아버지가 대답해 주자면 그거란다. 그 녹인족 계집애가 지나갔었지? 그때 같이 들어온 게야."

"같이? 탄자랑? 하지만……."

"혼자였다 그 말이냐? 카카캇카! 그렇게 보였으면 잘된 셈이지. 어떻게 들어왔는지는 비밀이다. 시노비의 기술은 내 밥벌이 밑천이라서 말이야."

오르바르트는 미디엄의 소박한 질문을 흘리듯 웃어 넘겼다.

얼마나 진지하게 상대해야 할지 의문이지만, 스스로 『시노비』라고 자칭한 그는 초장부터 못 들은 척할 수 없는 발언을 했다.

그 진의를 파악하려 애쓰기보다 묻는 편이 더 빠르다.

따라서――.

"당신, 우리가 작아진 원인을 아는 거야?"

스바루가 꼼수를 부리지 않고 대놓고 질문하자 오르바르트의 눈이 가늘어졌다. 그대로 노인은 잠시 생각에 잠기듯이 미간에 주름을 잡았다가, 곧 "아." 하고 중얼거렸다.

"자네, 그건가! 어제, 붉은 옷 입은 계집애 쪽인가! 무용수 같은 계집애와 외팔이는 착각할 여지가 없고, 무지무지 고민하고 말았구먼."

고조되는 긴장감이 무시된 스바루는 말문이 막히지만, 오르바르트는 수긍했다. 그 답변에 은근슬쩍 위치를 바꾸려던 알이 숨죽인 웃음을 흘렸다.

"역시나 형제. 시노비의 두령에게도 정체가 들키지 않았던 모양이야."

"오오, 대단하지, 대단해! 그 변신, 우리 마을 녀석들도 배우라 하고 싶어. 강사를 해 보면 어때? 환영하겠는데."

"공교롭게도 나츠미 슈바르츠의 스케줄은 빠듯해. 당신 답변에 따라서는 시간을 내지 못할 것도 없지만."

"호오호오, 내 답변에 따라서라면?"

의외로 여장에 반응이 좋아서 스바루는 굴러 들어온 호기라고 입술을 핥았다.

농담조로 하는 약속을 활용할 수 있을지는 모르겠지만, 오르바르트와 대화할 기회는 놓칠 수 없다. 아벨의 예측대로, 눈앞의 노인이 『유아화』를 일으킨 장본인이라면——.

"우리의 몸이 이렇게 된 이유, 거기에 짚이는 구석이 있다면 솔직하게……."

"아아, 그거 말이냐. 내가 한 거다. 재미있지? 시노비의 기예."

"————."

밀고 당기는 심리전도 없이, 선선히 자기 소행임을 인정하는 오르바르트.

그 발언에 다음으로 준비한 말이 날아간 스바루는 숨을 집어삼켰다. 그리고 굳은 스바루를 보면서 노인은 히죽 심술궂은 웃음을 지었다.

"깜빡 죽였다간, 아무 얘기도 듣지 못해서 나중에 번거롭게 되지 않느냐? 그래서 죽이지 않고 족치는 기술이라면 얼마든지 있으이. 재미있지?"

그리고 그런 말을 내뱉은 것과 같은 입으로, 태평하게 따뜻한 차를 홀짝였다.

3

스바루와 알, 그리고 미디엄 세 사람을 엄습한 『유아화』.

『구신장』을 아는 아벨의 증언으로, 오르바르트가 범인일 거라는 예상은 거의 확정이었다.

그러나 그것을 본인이 직접 긍정하면 다른 종류의 놀라움이 따른다. 하물며 상대가 조금도 켕기는 내색 없이 당당하다면 더더욱 그렇다.

"이 녀석들아, 죄다 겁나는 눈으로 보지 말어. 노인네는 들볶는 것이 아니라 들어 모시는 법이라고 못 배웠느냐."

다시 긴장이 고조되는 실내, 처음부터 활을 내리지도 않았던 타리타를 필두로 알과 미디엄에게도 매서운 시선을 받는 오르바르트가 쓴웃음을 지었다.

그러나 그런다고 그 자리의 분위기가 누그러질 여지는 털끝만큼도 없었다.

"실없는 말은 그만해라, 오르바르트. 거듭 묻겠다. 네놈, 무슨 용무로 여기에 온 것이지?"

가장 날카롭게 으름장을 놓은 것이 귀면 속 시선이 차가워진 아벨이었다. 그 패기에 돌아보는 오르바르트에게, 아벨은 망설임 없이 말을 거듭했다.

"이 마도의 지배자, 요르나 미시구레의 생각은 귀에 들어갔겠지. 그자는 이들을 사자로 인정하고 손대게 하지 않겠다고 명언했을 텐데."

"그, 그래! 손대는 것은 금지라고, 그래서 어제 승부를 했던 것이잖아요! 저희도 목숨 걸고 했었다고요! 그런데 이 처사는 이야기가 다르지요!"

"이 친구야, 흥분해서 어조가 뒤섞였어. 진정해라, 진정해."

아벨의 공격에 편승해 스바루도 어제 요르나의 발언을 재차 주장했다. 오르바르트의 말대로 기분까지 어제로 역행하고 말았지만, 그렇다고 사실이 무너지지는 않는다.

요르나는 스바루 일행을 정식 사자로 인정하고, 탄자도 아무도 손대지 못하게 한다고 명언했다.

그것을 저버린다는 말은, 다시 말해 요르나와 적대하겠다는 의사 표명이다.

"물론, 네놈들이 마도를 멸할 작정이라면 일고도 하지 않겠다만."

"우! 드, 듣고 보니……."

아벨이 덧붙인 한마디에 스바루의 뜨거워진 핏기가 싸하게 식었다.

실제로 오르바르트를 거느린 가짜 황제는 요르나와의 협상권을 스바루 일행에게 양보한 모양새다. 이것을 악수로 본 그들이 즉시 판을 뒤집을 가능성도 있다.

그때는 『구신장』 중에서도 나쁜 의미로 남다른 시선을 받는 요르나와 적대해야 되지만——.

"멸할 작정으로 덤비면 멸망은 피할 수 없지. 당연히 그만한 피해는 나오겠지만."

"호오. 가면 애송이가, 다 꿰뚫어 봤다는 투로 말을 하는구먼."

"가면, 애송이."

손가락으로 턱을 긁으면서 입술을 뒤튼 오르바르트의 대꾸, 그 말에 스바루는 눈썹을 찌푸렸다.

아벨은 태도를 전혀 바꾸지 않지만, 스바루는 이 대화가 정말 조마조마했다. 아무튼, 오르바르트는 황제를 잘 아는 『구신장』 중 한 명이다.

당연하지만 가면으로 얼굴을 가리고 있더라도 아벨은 아벨. 말투도 음색도 바꾸지 않았으니 오르바르트가 아벨의 정체를 알아채도 이상하지 않다.

그러나 당당한 태도로 응수하는 아벨에게는 그런 불안이나 배려가 일절 없었다.

오르바르트 쪽도 아벨의 정체에 감을 잡은 기색은 전무하다. 그리 되면, 스바루 쪽에서 그 점을 지적할 수도 없어 마음속 조바심을 숨기고 따라갈 수밖에 없다.

어쨌든――.

"아직 질문의 대답을 듣지 못했어, 오르바르트 씨."

"할아버지 소리보단 경의가 있는 느낌이 나는구먼. 계집애 행세했던 것은 그걸로 그냥 넘어가 주마."

"오르바르트 씨!"

대답을 얼버무리는 노인에게 인내심이 바닥난 스바루의 눈매가 날카로워졌다. 그 반응에 오르바르트는 "알았다, 알았어." 하고 항복하듯이 두 손을 들었다.

"자네들 말대로, 여우 계집애 말에 거스르지 말라고 폐하께 말은 들었지."

"그렇다면……!"

"단지 그 왜, 내가 자네들을 찌른 것은 어제 한창 승부 중일 때잖아? 그러면 봐, 싸우다가 생긴 상처로 죽어도 원망을 듣지 않는 것과 똑같이, 싸우던 중에 넣은 어려지는 술법으로 원망을 들을 이유는 없다 생각한단 말이지."

"그, 그런 건 궤변이야……!"

"그렇지, 실제로 궤변이라고? 그런데 뒤집을 수 있겠느냐?"

한쪽 눈썹을 세운 오르바르트의 노회한 비웃음에 스바루의 반론이 막혔다.

오르바르트의 주장은 궤변이라고 본인부터 인정하고 있다. 하지만 한편으로, 그 주장은 정론이기도 했다. 싸우다가 생긴 상처 탓에 목숨을 잃었다고 해도, 그것이 정전 협상이 이루어지기 이전의 상처라면 정전 후에 일어난 비극의 책임을 묻는 것은 조리에 맞지 않다.

그런 말재주에 휘말린 스바루는 아무 말도 하지 못하고――.

"적당히 해라, 오르바르트."

노인의 노회함에 저항하는 것은 치솟는 패기를 귀면에 드리운 남자 쪽이었다.

아벨은 귀면 속의 안광으로, 어린아이를 등쳐 먹는 노인의 찻잔을 만지작거리는 손길을 멈추게 했다.

"나는 네놈에게 무슨 용무냐고 물었을 텐데. 대체 몇 번 물어야 대답할 생각이 들지?"

"여유와 오락을 모르는 녀석이구먼. 뭐, 대거리하지 않는 것이 정답이다만."

그렇게 뇌까린 오르바르트는 차를 비운 찻잔을 테이블 위에 놓았다. 그리고 목뼈를 뚜둑 꺾으며 "솔직히 말하지." 하고 운을 떼었다.

"여우 계집애는 몰라도, 각하의 명령에는 거스를 수 없단 말이야. 그러니까 자네들을 해치진 못해. 그래서 실제로 차나 마시며 한담이나 하겠다는 게 내 진의야."

"한담이라니, 우리랑?"

"암, 그렇지." 하고 오르바르트는 끄덕이고 창밖, 마도의 거리를 손가락으로 슥 가리켰다.

"어제 성에서 친 큰소리, 그건 나도 저릿하더군. 다만 각하 상대로 이것저것 공갈치려는 녀석은 꽤 많고, 지금껏 전부 실패했단 말이지. 그런데 왜 또 위험한 다리를 건너려 그러는지 속내를 묻고 싶어졌다는 거야."

"그것을 알아서 어쩌게."

"아? 그거야 당연히 들은 뒤에 결정해야지. 그러니 거짓말을 들어도 곤란하니까 먼저 잔재주를 부렸단 말씀이야. 카카캇카!"

입을 크게 벌리고 침 튀기며 웃는 오르바르트의 말에 스바루는 얼굴을 찌푸렸다.

그가 말한 방침을 악취미라며 거부하는 건 쉽다. 하지만 그는 스바루 일행을 『유아화』시킨 장본인이며, 아벨의 제위 탈환을 위해서 협력시켜야 할 『구신장』이기도 하다. 여기서 이야기를 끝마쳐도 될 상대가 아니다.

"오히려, 기회인가?"

아군으로 붙이고 싶어도 애초에 접촉부터 어려운 것이 『구신장』의 신분이다.

하지만 현재 카오스프레임에는 지배자 요르나 말고도 눈앞의 오르바르트와 가짜 황제로 가장했다고 짐작되는 『구신장』, 치샤 골드도 있다.

물론 솔선해서 적대적으로 행동하는 치샤의 공략은 불가능하겠지만——.

"어제 아벨의 생각이 옳으면, 오르바르트 씨는 적이라고 확정되지 않았어."

이미 상대의 장기짝으로 간주되는 『구신장』과 비교하여, 오르바르트에게는 희망이 있다는 것이 아벨의 견해였다. 요르나와의 협상 테이블을 준비한 것도 어우러져 아벨의 판단은 옳다고 믿을 근거가 있다.

단, 여기서 오르바르트를 한패로 끌어들이려면——.

"————."

힐끔, 스바루는 침묵하고 있는 아벨의 얼굴을 살폈다.

총명한 아벨이라면 스바루의 시선에 담긴 의도를 알 것이다. 오르바르트를 아군으로 끌어들이기 위한 협상 카드, 그것이 가면 속 아벨의 민낯밖에 없음을.

솔직히 이것은 하늘이 내린 기회다. 오르바르트는 가짜 황제와 요르나에 속박되어 스바루 일행에게 직접적인 위해를 가하지 못한 채 에두른 수단을 써 왔다.

그 사실이야말로, 오르바르트에게 이쪽 이야기를 들을 여지가 있다는 증거다.

"아벨."

조용히, 스바루가 아벨의 이름을 불렀다.

그 말을 들은 아벨의 의식이 재차 귀면 너머로 쏠리는 것을 알 수 있다. 귀면에 가려서 시선은 살필 수 없지만, 의식은 스바루에게 쏠렸다.

그 감정은 보이지 않는다. 그러나 의도는 전해졌다고 느껴졌기에.

"빈센트 볼라키아 황제다."

"아앙?"

아벨의 시선을 받은 스바루가 그렇게 내뱉자 오르바르트가 눈썹을 세웠다.

노인은 길고 풍성한 눈썹에 가려진 눈을 부라리며 스바루의 말에 의아한 표정을 지었다. 그것은 당연한 반응이지만, 바라는 반응과는 거리가 멀다.

그렇기에 그 바라는 반응을 끌어내고자, 더욱 깊은 곳으로 들어섰다.

"왜 요르나를 만나러 왔는지, 우리의 속셈을 알고 싶다며. 그렇다면 우리의 근거는 그거야. 빈센트 볼라키아 황제야."

"그건 무슨 뜻이냐. 노인네라도 알아먹게 얘기를 해 주지그래."

"물론, 알아먹게 얘기하겠어. 아벨."

짙은 의혹을 드리운 채로 되물은 오르바르트 앞에서 아벨을 불렀다.

스바루의 부름에 일이 여기에 이르러 아벨은 반론하지 않았다. 그저 조용히, 길고 가는 손가락이 자신의 얼굴로 뻗었다. 그리고——.

"이건, 사달이 나도 단단히 났어."

어안이 벙벙한 목소리를 흘리는 오르바르트 앞에서 숨겨진 얼굴이 드러났다.

그 민낯을 목도하고 얼굴이 굳는 오르바르트. 이 노인을 마주 바라보는 흑발 미장부—— 바로 빈센트 볼라키아 황제의 존안이었다.

생각지도 못한 황제와의 알현, 그 사실에 오르바르트는 눈을 끔뻑이다 말했다.

"각하, 라고? 한데 그건 너무 이상하잖나. 그럼 내가 같이——."

"늙은 머리를 굴려 보아라, 오르바르트. 네놈의 안에 해답이 있을 테지."

"각하의 얼굴로 각하다운 말을 떠드는구먼. ……하나, 그런가."

한 번은 경탄에 눌렸으나 노령의 시노비는 금세 침착함을 되찾았다.

민낯을 드러내 황제로서 말을 꺼낸 아벨. 그 말대로 오르바르트는 자신이 가진 정보 중에서 납득이 가는 답을 찾아낸 것처럼 대답했다.

"그럼, 그자는 치샤라는 뜻이 되나. 감쪽같이 당했어……. 그런데 그렇다 치면 어울리지가 않으이. 각하, 순전 당하기만 했구먼?"

"내 속내를 네놈의 눈이 내다볼 수 있다는 말이냐?"

"오오, 겁나라, 겁나."

아벨의 대답에 오르바르트가 두 손을 살살 내저으며 목을 그렁거렸다.
실제로 오르바르트의 말마따나 아벨은 당하기만 하는 샌드백 상태다. 하지만 그 사실을 내비치지 않는 압도적인 허세에 스바루 쪽도 어깨 힘이 빠졌다.
오르바르트도 이해했다. 아벨이 진짜, 볼라키아 제국의 황제임을.
"사실 말이지, 왜 또 갑자기 여우 계집애를 만나러 왔는지 이상하게 생각은 했어."
"그건 그거야. 전부, 이쪽 기선을 제압하기 위한 거였어."
"아항, 머리 좋은 양반들 생각에는 늙은이가 못 따라가겠구먼. 실제로 젊고 똑똑하고 잘생기다니 너무 욕심꾸러기잖아. 자네도 그리 생각하지 않나? 생각하지 않을까. 자네도 젊은 놈이니 말이야. 아, 그건 내가 저지른 탓이었지! 카카캇카!"
가가대소하며 오르바르트가 웃지 못할 농담을 입에 담았다.
그 농담에 얼굴을 푸들거리던 스바루는 문득 타리타를 보았다. 여전히 오르바르트에게 경계와 활을 겨누는 그녀에게 무기를 내리라고 말해야겠다고.
"타리타 씨, 그만 활 내려도 돼. 오르바르트 씨는……."
"아? 아니, 딱히 내리지 않아도 되는데? 아니 적이 아니라고 확정되지 않은 녀석 앞에서 경계를 풀다니, 그 아가씨에게는 무리일걸."
"뭐?"
무기를 내리고 대화를 나누자고 말하려던 스바루를 조준당하는 오르바르트 본인이 막았다. 그 뒤죽박죽인 말에 스바루는 눈이 동그래져서 돌아보았다.

방금 발언, 마치 자신의 위험성은 없어지지 않았다고 충고하는 것 같아서――.

"하지만, 이쪽 이야기를……."

"들었는데? 듣고 나서 판단하겠다고 말을 하지 않았나. 그리고 했단 말이지."

그 대답에 목이 턱 막히는 스바루. 그러나 오르바르트의 표정에 변화는 없다.

그때, 아벨이 처음으로 혀 차는 소리를 냈다.

"어디로 굴러갈지 모를 패였지만, 네놈은 그리 움직이나."

"어울리지 않으이, 각하. 진짜로 패가 없다니 치명적이지 않나. 심지어 여기서 나를 뽑은 것이 진짜 운이 없어. 한번 해 보고 싶어졌거든."

"호오, 뭘 말이지?"

오르바르트의 방침은 굳어지고 시노비의 두령은 옥좌에서 쫓겨난 황제의 말에 웃었다.

비웃으며 『악랄옹』의 직함에 걸맞은 야심을 말했다.

"늙어서 앞날 짧은 할아범의 마지막 영광으로, 황제를 시해해 보고 싶었지."

그 야심이 밝혀진 순간, 팽팽하던 긴장이 마침내 터졌다.

이 찰나, 각자가 주어진 '전투 금지'의 룰을 짓밟았다. 타리타도 알도 미디엄도, 전원이 오르바르트의 목적을 꺾고자 움직였다.

그러나——.

"나이 먹은 뒤로 배운 기술이란 것은, 젊을 때는 쉬이 못 써먹는 법이야."

그렇게 말하며 고개를 튼 오르바르트가 두 손을 휘두르고, 그 손끝에서 피가 튀었다.

그 직후, 눈을 부릅뜬 스바루의 시야에 붉은 참극이 전개된다.

"컥……."

흘러나온 것은 목을 잡고 쓰러진 알의 목소리다. 파고들어 오르바르트를 붙잡으려던 알과 미디엄, 두 사람의 목이 베여 피가 뿜어져 나왔다.

작은 어린아이의 몸, 그 어디에 이만한 피가 흐르고 있었을까. 그리 생각하고 싶어질 양의 피가 튀어 밝은 방의 실내 장식을 끔찍하게 채색했다.

"이걸 보아하니 어제 기술은 쓰지 못하는 모양이구먼. 그것도 흥미가 있었지만, 비밀을 밝히기 전에 끝내서 실수했어, 실수."

덤덤하게 혀를 내미는 오르바르트 옆, 쓰러진 두 사람이 금세 움직임을 멈추었다. 흐른 피의 양과 경련하는 손발, 두 사람의 숨이 끊어졌음을 스바루는 이해하고 말았다.

그리고 유일하게 오르바르트에게 선제공격 준비를 갖추고 있던 타리타도——.

"——아."

쏘았을 터인 화살이 날아가지 않아서 돌아본 스바루는 아연실색했다.

바라보니 타리타가 벽에 꿰여 있었다.

여자치고는 키가 큰 편인 타리타, 그 날씬한 몸이 벽에 등을 대고 고정되어 있다. 원인은 양 가슴 중심에 박힌 투척구——수리검이다.

어이없을 정도로 정통파인 별 모양 투척 무기. 그것이 타리타의 가슴을 관통해 그 몸을 벽에 박았다. 심장이 파괴되어 즉사했음을 알 수 있었다.

"손쓰는 걸 금지했단 것도 네놈에게는 의미가 없나."

갑자기 죽음이 만연한 방에 남자의 목소리가 울렸다.

그 소리를 낸 것은 무시무시한 기세를 보이며 시체로 가득한 방에 서 있는 아벨이었다. 자리에서 일어선 남자는 이 죽음을 만든 오르바르트를 투명한 눈빛으로 내려다보았다.

그 시선에 오르바르트는 뺨에 튄 피를 손가락으로 훔쳤다.

"네놈의, 그 파멸적인 기호는 읽지 못했군. 나의 실수인가."

"아니아니, 그거야 어쩔 수 없지. 늙어서 생긴 꿈이 들통났다면야, 창피해서 어떻게 살라고. 카카캇카!"

알이, 미디엄이, 타리타가 살해당했다.

그 상황에서 나누는 황제와 신하의 대화는, 스바루에게 다른 세계의 광경처럼 느껴졌다. 하지만 다른 세계가 아니다. 현실이다. 현실이고, 압도적 현실이며.

스바루가 잘못 선택한 끝에 당도한 현실이었으므로.

"오? 오오, 아직 자네가 있었나."

휘청휘청, 스바루가 시야를 가로막듯이 앞으로 나서자 오르바르트가 눈썹을 세웠다. 노인은 스바루의 모습에 어깨를 으쓱인 뒤 쓰러진 다른 사람들을 손가락으로 가리켰다.

"딱히 자네까지 죽을 필요는 없지 않나. 방해만 안 하면 죽이지 않는다고?"

"그, 아……."

"아아, 기세 타고 움직여 버린 그거냐. 늙어서 앞날 짧은 할아범은 말이든 행동이든 결정한 다음에 움직이는 편이 고맙겠어. 뭐, 그리 오래는 못 기다리겠다만?"

담담히, 농담까지 섞는 오르바르트를 앞두고 스바루의 사고가 하얘졌다. 아니, 사고는 새빨갛다. 그것이 분노인지, 일행이 흘린 피의 색인지도 분명치 않았다.

그러나 그렇다고 해도, 어쨌든, 스바루의 몸은 움직이고――.

"못난 놈."

그렇게, 모멸하듯이 내뱉은 것은 아벨이었다.

그 시선은 지금 스바루의 뒤통수에 꽂혀 있으리라. 날카로운 시선의 압력을 느끼면서 스바루는 그 말이 옳다는 것을 뼈저리게 통감하고 있었다.

이제 와서 이렇게, 아벨을 감싸듯이 서 봤자 아무 의미도 없다.

이미 스바루는 실수하고 말았다. 수습하지도 못할 만큼.

"우……."

"어이구, 그 계집애까지 이러냐. 각하는 아녀자에게 미움받는 성격이었건만."

이마에 손을 짚은 오르바르트의 앞에 루이가 서 있다. 아니다.

루이가 선 곳은 오르바르트 앞이 아니라 스바루 앞이다.

스바루가 아벨을 감싸고, 그리고 루이가 스바루를 감싸서 세 사람이 앞뒤 일렬로 서 있다.

그것은 너무나도 어이없는 인간 방패였다.

"각하는 혼자서 죽을 거라 철석같이 믿었거늘."

"그 누구도, 네놈의 눈어림으로 잴 수 있는 존재가 아니다."

"카카캇카!"

이 마당에 이르러서도 입심이 여전한 아벨, 그 대꾸에 오르바르트가 비웃었다.

늙은 시노비의 눈에는 스바루도, 루이도 들어오지 않는다. 하지만 적의를 드러내고 앞에 선 자를 못 본 척할 만큼, 인정이 넘치지도 않다.

그렇기에——.

"나는, 당신을 용서하지 않아."

악랄하게 비웃고, 자신의 야심을 채우고자 하는 시노비의 얼굴을 눈에 아로새기며, 나츠키 스바루의 어린 몸은 피를 뿜고 자신이 흘린 피에 잠기게 되었다.

그리고——.

4

피가 흐르고 뜨거운 감각이 상처에서 뿜어져 나와, 몸이 안쪽부터 식어간다.

그렇게 넘쳐 나온 무언가가 발끝부터 자신을 집어삼켜, 빠트리고, 눈을 가리고, 그렇게 그렇게 깊은 바닥까지 잠겨 버린 끝에, 끝에——.

"————."

그 순간, 잃어버린 혈액이 자신의 몸 안을 맴돌고 귓전에서 시끄럽게 떠들기 시작했다.

청각이 극도로 곤두서며 고요한 공간에서 자신 안을 맴도는 혈액의 소리를 듣는 감각. 그 감각에 온몸을 얻어맞으며 스바루는 가쁘게 호흡했다.

가쁘게 호흡하다가, 멀어지는 통증과 상실감에 시야가 깜빡이는 상태로 어금니를 깨물었다.

자신이, 어디로 돌아왔는지, 그것을 확인하고자——.

"맘대로 차 타서 마시고 있는데, 마시고 싶은 녀석은 있느냐?"

그 순간, 잊기 어려운 악랄한 목소리가 나츠키 스바루의 새로운 싸움이 시작되었음을 알렸다.

제2장 『눈꺼풀 뒷면』

1

노인의 쉰 목소리가 들린 순간, 스바루의 온몸의 피가 거꾸로 흐르기 시작했다.

소름이 돋는 살갗이 아픔을 호소하고, 폐로 흡입한 공기가 얼어붙는 것을 느꼈다. 묵직하니 뾰족한 것이 가슴속에서 존재를 주장하며, 스바루의 영혼이 각성을 촉구받는다.

——『사망귀환』이 발동했고, 최악의 장면으로 되돌아갔다고.

"큭!"

그 순간, 스바루가 뭔가 반응하는 것보다 먼저 타리타가 활을 겨누었다.

조준은 당연히 갑자기 나타난 초대받지 못한 방문객—— 오르바르트 덩클켄.

『구신장』 중 한 명이자 불과 십여 초 전에 스바루 일행을 몰살한 괴노인이다.

그 참극을 알지 못해도 예의를 준수했다고는 못할 방문에 경계가 민감해진다.

하지만 같은 실내에서, 지척에서 활이 겨눠진 오르바르트는 그런 스바루 일행의 경계심을 비웃듯이 "거참, 이 사람 보게." 하고 어깨를 으쓱였다.

"아서라, 아서. 난 뾰족한 물건 겨누는 거 좋아하질 않아. 늙은이는 가뜩이나 변소에 갈 일이 많건만, 지리게 만들 셈이냐. 전전긍긍하겠다, 응?"

"웃기지도 않는 소리를……! 당신은 대체……."

"오르바르트 덩클켄."

따가운 적의를 능청스럽게 피하는 오르바르트에게 타리타의 얼굴이 벌게진다. 하지만 귀면을 쓴 아벨이 그녀를 가로막듯이 노인의 이름을 불러 방문객의 정체를 주위에 밝혔다.

그리고 시작되는 것은 우스꽝스러울 만큼 피비린내 나는 탐색전——. 그것은 스바루가 직전에 체험한 전개를 뒤따르는 광경, 종착지에 기다리는 것은 파멸이다.

기억에 선한 그 결말을 기필코 바꾸어야 한다.

그렇건만, 그러기 위해서 동료와 대화를 나눌 시간이, 없다.

"어째서……."

이 순간으로 되돌아왔느냐고, 의미도 없는 일을 한탄하고 싶어진다.

『사망귀환』으로 두 번째 기회를 얻은 주제에, 오만하고도 이기적인 생각인 줄은 안다. 그래도 최소한 오르바르트가 나타나기 전으로 돌아갈 수 있었다면 상담도 가능했다.

지난번 성곽도시 과랄에서 토드를 상대로 수도 없이 『사망귀환』을 거듭했을 때도, 대처할 시간이 거의 없다시피 해서 악전고투한 기억이 난다.

이번에도 사정은 다를지언정 조건상으로는 그때와 비슷하다.

말하자면, 피에 굶주린 맹수와 같은 우리에 들어간 부분이 리스타트 지점이다.

원래 『사망귀환』으로 역행하는 시간에는 기복이 있었지만, 이번에는 너무 심각하다고 할 수 있다.

지금은 가만히 있기만 해도 불리해지는 상황인데, 미래로 통하는 돌파구를 찾으라니——.

"——!"

"옹?! 갑자기 대체 뭣인감?!"

"우와깍?! 뭐야 뭐야 뭐야?!" "우—?! 아— 우—!"

잇달아 솟구치는 약한 마음, 그것을 뿌리칠 기개로 스바루는 두 뺨을 힘껏 때렸다.

마른 소리가 방에 울리고, 스바루의 갑작스러운 행동에 모두의 시선이 모인다. 갑자기 그런 짓을 하면 누구든 놀란다. 그것은 미안하다. 하지만 필요한 행위였다.

"놀라게 해서 미안해. 지금, 기합을 좀 넣었어."

시간이 없는 것을 저주하느라 적은 시간을 낭비하는 어리석음을 범하려는 자신을 계도한다.

스바루의 어리석은 행위에 대가를 치르는 것은 언제나 스바루 본인이 아닌 것이다.

그 피의 참극을 다시 부르는 일은 절대로 있어서는 안 되므로.

"기합이라, 뺨따귀 벌게져서 잘도 말하는구먼…… 응? 자네, 혹시 어제의 붉은 옷 입은 계집애 아니야? 누군지 몰라서 식겁하고 있었는데."

기행을 저지른 스바루의 정체를 간파한 오르바르트가 흥미롭게 두꺼운 눈썹을 세웠다.

지난번과 마찬가지로, 오르바르트는 여기서 처음으로 스바루를 나츠미로 인식했다. 이대로 『유아화』의 범인이 오르바르트라고 판명되면, 앞으로도 같은 흐름을 따를지 모른다.

똑같은 전철을 밟지 않는다. 오르바르트는, 무섭도록 위험한 인물이다.

아벨이 진짜 황제, 빈센트 볼라키아임을 알자마자 오랜 야심을 드러내 목숨을 앗아가는 시노비. 이미 잠재적인 적이라 해도 무방하다.

"그나저나 대단한 변신이야. 자네, 우리 마을 녀석들에게 변신 방법 가르칠 생각은 없냐. 그럴 의향이 있다면 환영하겠는데."

오르바르트는 익살맞게 턱을 쓰다듬으며 호호영감 같은 웃음을 보였다.

하지만 그것조차도 오르바르트에게는 전술의 일환에 불과하다. 소리 없이 잠입해 놀라게 한 것도, 격의 없이 친근한 태도도, 상대의 속을 엿보기 위한 테크닉——. 그 언행 전부를 함정이나 독, 자신의 목적을 달성하기 위한 닌자의 수법으로 의심하며 대해야 할 수라(修羅)다.

"저기저기, 우리가 조그매진 건 할아버지 때문이야?"

문득 대화가 끊어진 타이밍에 미디엄이 그렇게 의문을 던졌다. 그 말에 오르바르트는 "카카캇카!" 하고 호들갑스럽게 웃었다.

"암, 그렇지. 시노비의 기예이지만, 기상천외해서 재미있지 않느냐."

"역시, 댁 소행이냐, 영감님……!"

"화내지 말게, 화내지 말어, 외팔이 친구. 오히려 감사받아도 될 정도라고? 깜빡 죽였다가 얘기 못 들을까 봐 어려지는 정도로만 해 두었으니까."

자기 소행이라고 순순히 인정하고서, 역량 차이를 들이대는 발언에 알이 침묵했다.

오르바르트의 말은 사실이다. 저 노인은 마음만 먹으면 어제 홍유리성 공방에서 스바루 일행을 죽일 수 있었다. 그러지 않고 『유아화』로 그친 것은, 스바루 일행이 황제에게 반기를 든 이유를 알고 싶다고, 괴노인이 변덕을 부렸기 때문이 확실하다.

그렇게, 스바루는 생각하고 있었지만――.

"뭐, 꽤 진지하게 죽이려 들었는데 죄다 막혀 버렸으니, 궁색하게나마 손을 썼다는 이유도 있지만 말이야? 안 그러냐, 외팔이 친구."

"무슨 소리인지."

"오, 묘한 재주에 대해선 말하지 않나. 그건 자네에게 비장의 수일 테니 할 수 없겠어."

"몇 번 물어도 똑같아. 무슨 소리인지, 통 모르겠군."

천 쪼가리로 얼굴을 가려 웅얼거리는 목소리로 대꾸하는 알.

그것은 기대를 충족하지 못하는 답이었을 테지만, 오르바르트는 "그러냐, 그러냐." 하고 끄덕이며 알의 반응을 명백하게 즐기는 눈치였다.

두 사람이 나눈 대화의 의미를 스바루는 당최 알 수 없었다.

홍유리성에서의 싸움 도중, 스바루와 미디엄을 지킨 알의 팔면육비 같은 활약. 그것을 달인인 오르바르트가 높이 샀다는 뜻일까.

하지만 만약 그것이 사실이어도 『유아화』한 알의 기법은 시노비에게 통하지 않는다.

스바루는 그 사실을 이미 알아 버렸다. 따라서 확고한 절대 원칙── 오르바르트와는 절대로 싸워서는 안 된다고, 그렇게 확신하고 말았다.

그리고 싸우지 않고 이 상황을 타개하기 위해서도 오르바르트의 의도대로 대화가 진행되는 것은 피해야 한다. 그렇기에──.

"오르바르트, 씨, 당신은……."

"네놈의 기예가, 이자들을 줄였다고 말했지."

대화를 질질 끌어 타개책을 짜낼 시간을 갖고 싶다.

그런 생각에 입을 열려던 스바루를, 그보다 빠르게 아벨의 목소리가 가로막았다.

스바루는 한순간 가슴이 철렁했지만, 그쪽을 쳐다보지도 않는 아벨의 귀면을 보자 그 의도를 이해했다. 아벨의 진의는 스바루의 역할 대행이다.

다시 말해 스바루에게 필요한 시간을 벌고자 나선 것이다.

"오, 그랬었지. 그 이야기도 하는 걸 깜빡했구먼. 늙은이라는 것은 이야기가 딴 데로 빠지기 일쑤야. 나도 슬슬 은퇴할 때일지도 모르겠어."

"네놈이? 웃기지도 않는 농담은 그만두어라. 나이를 먹어 쇠퇴했다고 표방할 거라면, 일장의 지위를 일찌감치 반납했어야지. 그러지 않는 시점에서, 네놈의 속셈은 뻔한 노릇이다."

"허어, 말도 잘하셔. 가면 때문에 옆도 보기 어려울 것 같은데, 자네에게 내 속셈이 보인다 이 말인가?"

"물론이다."

아벨이 망설임 없이 끄덕이자 오르바르트의 눈초리에 호기심이 서렸다.

그렇게 대화를 끌어당기는 아벨은 생각할 시간을 원하던 스바루의 어시스트에 전념하고 있다. 그가 어떻게 스바루의 속내를 알아차렸는지는 모르겠지만 지금은 의지할 수밖에 없다.

아벨은 그런 스바루에게 눈길도 주지 않고, 귀면으로 표정을 가린 채로 팔짱을 끼었다.

"일장, 그 제3위에 있는 네놈은 제국의 정점에 있는 한 명이라 할 수 있겠지. 하나 네놈의 성격은 탐욕스러워. 그 지위조차 만족과는 거리가 있지."

"골골대는 영감 취급보다야 욕심꾸러기 영감 쪽이 그나마 나을지도 모르겠다마는."

아벨의 입에서 나온 평가에 오르바르트가 자기도 모르게 불경죄를 거듭 범하고 있다.

그런 줄도 모르는 오르바르트지만, 그가 깊은 속내에 숨긴 어둠은 아벨조차도 잘못 판단했었다. 아니, 판단할 만한 것이 아니라는 것이 더 정확하다.

그것을 간파할 수 있겠느냐고 비웃듯이, 오르바르트의 노란 눈이 어둡게 깜빡거렸다.

"그래서? 자네는 불만이 있는 내가 무엇을 원한다고 보나?"

"제1위의 자리."

조용히, 하지만 굳건한 음성으로 아벨의 말이 나왔다.

그 말을 듣자마자 마른 잎사귀가 부스럭대는 것만 같은 오르바르트의 날숨소리가 사라졌다.

침묵하는 시노비의 마음속에서 어떤 폭풍이 휘몰아치는지는 상상도 가지 않는다. 다만 아벨의 지적이 오르바르트를 자극했음은 확실하리라.

여하튼 알과 타리타가 빈틈을 노리고 움직일 지경이니――.

"오우, 외팔이 친구. 기분은 알겠지만 얌전히 있게나. 활 든 계집애도 마찬가지야."

"큭, 뒤통수에 눈깔이 달렸냐."

"수련 부족이라고 말해 둠세. 연륜이 달라, 연륜이. 그렇다고는 해도, 내가 보면 웬만한 녀석은 다 미숙하다만. 이거, 늙은이의 무적 이론이다."

오르바르트의 경고에 걸린 알과 타리타가 숨을 집어삼켰다.

오르바르트의 의식은 아벨에게 집중해서, 정말로 빈틈이 생긴 것처럼 느껴졌다. 단, 그 상황에서도 괴노인의 노련한 안력은 타인의 사소한 변화를 간과하지 않았을 뿐.

미숙한 자의 잔재주 따위 눈으로 볼 필요도 없다. 그것이 초월자의 자세였다.

"알."

스바루는 고개를 가로저어 손을 대서는 안 된다고 전달했다.

그 실력과 곡예를 완전히 파악한 것은 아니지만, 알은 아마도 방어전 기술에 특화한 고수일 것이다. 하지만 그것도 통하지 않고 살해당하는 것이 잔혹한 현실이다.

알의 원망스러운 시선을 받으면서도 오르바르트의 관심은 아벨 쪽에 쏠려 있다.

"한데, 내가 이 나이 먹고 제1위 자리를 노린다니 황당한 발언이구먼. 왜 그런 생뚱맞은 말을 꺼내는 게야, 가면 쓴 애송이."

"노년기란 사실은 야심이 마를 이유로 부족하지. 시노비는 자신의 육체와 정신을 극한까지 채찍질한 자들 중에서도 한 줌만이 도달할 수 있는 경지. 죽는 날이 와도 완성되지는 않는다."

"옳거니. 공부를 열심히 했어."

그렇게 대답하는 오르바르트의 태도는 싱거워서, 조금 전까지와는 명백하게 온도 차가 있었다. 그것이 도리어 아벨의 추측을 뒷받침하는 것처럼 느껴지지만, 실상은 다르다.

사실 아벨의 지적이 오답이라는 것을, 스바루는 알고 있다.

오르바르트의 본심, 시노비 두령의 최종 목표는 황제 살해이며, 『구신장』의 정점에 올라서는 것은 둘째, 셋째 문제다.

그런데도 오르바르트의 목소리가 어두워진 것은, 아벨의 말이 전혀 엉뚱한 것은 아니라는 증거. 궁극적으로 아벨이 지적한 것은 오르바르트가 품고 있는 '갈망' 이다.

그 갈망을 채울 수단으로서 아벨이 추측한 것이, 오르바르트도 소속되어 있는 『구신장』에서 절대적인 훈장, 제1위 자리를 탈취하는 것이다. 하지만 그럴 만도 하다.

일장의 지위에 있으며 시노비의 두령이기도 한 오르바르트의 바람이 그때까지의 인생 전부를 내팽개쳐서라도 역사에 이름을 남기는 것이라니, 어떻게해야 알아차릴 수 있단 말인가.

오만불손하고 자기 중심, 타인을 배려하는 자세가 털끝만치도 없는 아벨이지만, 그래도 그는 볼라키아 황제── 제위에 있는 존재로서 자기 목숨의 가치를 이해하고 있다.

자신을 잃으면 제국이 크게 흔들린다는 것을 아는 것이다.

그것은 볼라키아 황제인 아벨이 갖추는 필연적인 의식이며, 한편으로 그와 비교하면 얄팍하더라도 누구나 가지고 있는 '책임감' 이라 할 수 있는 것인데.

──오르바르트 덩클켄에게는 그게 없다.

자신의 야심이 이루어진다면 죽어도 좋다. 그 때문에 주위가 봉변을 당해도 관계없다.

그처럼 상식에서 벗어난 파멸적 사고방식이, 아벨조차도 끝내 예측하지 못한 오르바르트의 '어둠' 이다.

하지만──.

"오르바르트 씨, 당신이 노리는 건 제1위의 자리가 아니라, 황제 아니야?"

오르바르트 덩클켄의 '어둠' 을, 나츠키 스바루는 알고 있다.

2

——그때, 공기의 색감이, 냄새가, 촉감이 달라졌다.

"————."

알과 타리타의, 실행력을 수반한 적의는 거들떠 보지도 않던 오르바르트. 그런 오르바르트의 시선이 어린아이가 된 스바루 쪽으로 돌아갔다.

그 직전의, 스바루의 말을 흘려듣지 못했기 때문에.

"꼬마야, 느닷없이 불쑥 나서면 쓰나. 놀라잖느냐."

"놀란 것은, 내가 대화에 끼어들어서? 아니면……."

"정곡을 찔려서 놀랐느냐고? 카카캇카! 만약 그렇다면, 나도 겁나 막 나가는 놈이구먼."

입을 벌리고 스바루의 말을 호쾌하게 웃어넘기려는 오르바르트. 그러나 그 속마음이 겉보기만큼 온건하지 않다는 것을 스바루는 확신했다.

다름 아닌 이 남자가 오랫동안 감춘 야심을 지적한 상황이다.

그것도 실행에 옮기기 직전까지, 아벨의 안목조차 기만하던 '어둠' 을.

"황제를 노린다니, 설마 황제 시해를 말하는 거야? 그건 비약이 너무 심하지, 형제. 그딴 짓 해 봤자."

"이득이 없지. 악명만 널리 퍼질 뿐일 거야. 나도 동감해."

"뭐, 무명보다 악명이 낫단 발상도 이해는 못할 건 아니다만. 외팔이 친구 말대로 그건 너무 뜬금없는 발상이지."

믿기 어렵다고 목소리가 딱딱해지는 알. 오르바르트는 그 의심에 당연한 듯이 편승하려 들었다.

오르바르트의 그 넉살 좋은 도피로를——.

"하지만 분명하게 부정하진 않네, 오르바르트 씨."

스바루는 위험한 심리전임을 알면서도 그런 말로 막으려 들었다.

"————."

색감이, 냄새가, 촉감이 달라진 공기가 원래대로 돌아오지 않는다.

오르바르트의 심상, 요동치는 긴박감. 그것이 스바루의 등을 축축하게 땀으로 적신다.

솔직히 이것은 위험한 도박이다. 그러나 한정된 시간 내로 찾아낸 유일한 방책이다.

오르바르트의 야심이 향하는 종착지. 그것은 황제 살해다. 그것이 있는 이상, 아벨의 정체도, 가짜 황제의 정체도 밝힐 수 없다. 필연적으로 협상을 위한 패는 상실하고 말았다.

그래도 아벨이 번 시간을 헛되이 하지 않기 위해, 오르바르트의 대항책으로 스바루가 떠올린 수단이, 오르바르트의 패를 공개한다는 역전의 발상.

이쪽의 의도는 덮어둔 상태로, 오르바르트의 속내를 폭로한다는 수단이었다.

"우리의 목적은, 어제 천수각에서 말한 대로야. 지금 현재, 황제 자리에 앉아 있는 빈센트 볼라키아 황제를 끌어내리는 것. 당신의 목적과도 맞물릴 테지."

"잠깐잠깐, 멋대로 나를 천하의 역적으로 몰아세우지 말라고. 방심할 겨를도 없는 꼬마일세. 식겁해서 찔끔하겠어."

"하지만 진지하게 부정하지 않거니와 막지도 않지. 황제 직속의 『구신장』인데도."

손끝에 걸린 가능성, 그것을 더듬더듬 끌어당기고자 스바루는 움츠러들지 않고 전진했다.

물론 오르바르트의 위협이 줄어들었다고는 추호도 착각하지 않는다. 한 수만 그르치면, 여기가 또다시 피바다로 변할 것임은 제대로 숙지하고 있다.

하지만 최악의 선택을 하지 않는 한, 아까처럼 전멸하는 전개는 일어나지 않을 터였다. 그것은 오르바르트의, 인생 마지막 길을 화려하게 장식하기 위한 일종의 자폭 테러니까.

확신이 없는 한, 오르바르트는 협상 도중에 성급한 짓을 하지 않는다.

책임감도 충성심도 짓밟는 야심의 짐승일지언정, 가짜 황제가 내린 '공격 금지'의 명령을 충실하게 지키는 『구신장』이라는 역할을 끝까지 연기하려 들기 때문이다.

그리고――.

"네놈의 속내, 파악할 수 없던 의도가 그것인가."

오르바르트 본인이 인정하지 않더라도, 물고 늘어지는 스바루의 태도에 다른 자들도 이해하기 시작했다.

『구신장』의 일원이자, 시노비의 두령. 『악랄옹』이 은닉한 깊은 어둠을.

"거참, 말이 통하지 않는 녀석들이라 난처하구먼."

아벨을 필두로 날아오는 각자의 시선에 오르바르트가 성가시다는 양 머리를 긁었다.

난처하기 이전에 골칫거리를 떠안은 표정으로, 괴노인은 한숨을 쉬었다.

"그렇다면 그렇다 치고, 나도 방침을 바꿀 뿐이야. 그래야 할 눈치잖아?"

"윽, 영감님, 이상한 짓은."

"안 한다고. 눌러앉아도 시간만 낭비하는 것 같으니까 물러나려는 게다."

"진심으로, 이 상황에서 도망칠 수 있을 것 같습니까?"

불리해졌다고 봤는지 물러날 분위기를 드러내는 오르바르트를 타리타가 노려보았다.

처음 자세로부터 변함없이 오르바르트를 견제하고 있는 타리타, 그 말에 오르바르트가 한쪽 눈을 찡긋하고 나서 스바루와 미디엄을 바라보았다.

"아아, 작아진 동료를 원래대로 돌리고 싶으니, 내가 돌아가면 곤란하다? 하나 그건 좀 욕심이 과하지. 난 아무것도 안 하고 돌아가 주는 거라고?"

"하지만 할아버지가 없음 우리를 원래대로 돌릴 수 없잖아?"

"카카카! 그럴 리야 없지. 계집애야, 자네 원래는 몇 살인고."

"나? 나는 스무 살이었을걸?"

"그럼 10년 기다리면 원래대로 돌아가지 않겠느냐? 나는 잘 모르겠지만서도."

노골적으로 의미도 없는 발언으로 둘러대자 진지하게 질문했던 미디엄이 볼을 부풀렸다. 하지만 유감을 드러내 봤자 오르바르트의 의견을 바꿀 수 없다. 힘으로 강요하는 수단도 무리다.

오르바르트의 위협이 물러나도, 여기서 돌려보내면 『유아화』는 그냥 이대로――.

"그렇다면 네놈에게 황제를 죽일 기회를 주지."

그 직후, 재차 일어난 공기의 변화에 숨을 집어삼킨 스바루가 아연하게 아벨을 쳐다보았다.

당당하게, 자신의 목숨을 올린 저울을 내미는 아벨, 그 발언에 오르바르트는 눈썹을 세웠다.

"애초에 전제부터 틀려먹었다고 몇 번씩 말하지 않느냐. 각하를 죽이는 짓은……."

"네놈의 목적이 황제의 생명이라면, 여태까지도 기회는 여러 번 있었겠지. 하지만 네놈은 실행에 옮기지 않았다. 황제를 지키는 『양검(陽劍)』의 화염이 있기 때문이다."

"오……."

"그 화염을 넘어갈 방법을 밝힐 수도 있다."

오르바르트의 표정이, 그때까지의 기만과 일선을 긋는 변화를 맞이했다.

"양검의, 화염……."

아벨이 언급한 단어. 스바루는 그 의미를 모른다.

다만 여태까지 철저하게 뒤집어쓴 오르바르트의 기만을 벗기고, 그 너머의 진의를 훤히 드러낼 정도의 충격이 있었음은 사실이다.

흐름으로 봐서는 볼라키아 황제를 수호하는 모종의 비밀이 있고, 그것이 오르바르트의 야심을 여태껏 방해했다. 그러니 그 족쇄를 풀 방법을 밝히겠다. 그런 이야기일 것이다.

당연히 그것은 볼라키아 황족의 극비, 오르바르트가 의심하기에는 충분하다.

"자네, 얼굴도 보여 주지 않고 늙은이 대접도 하지 않는 녀석이라 생각했네만, 대체 정체가 뭔가. 그런 이야기, 농담거리로라도 나돌 만한 것이 아닌데."

"여기서 궤변이나 농담을 늘어놓는 자가, 이 강대한 제국에 반기를 들 수 있겠는가? 그렇다면 그것은 과대망상을 내세운 역병신이거나, 어지간히 배짱이 두둑한 거물일 테지."

"자네는 그 양쪽 다 아니라고?"

"물론이다."

오르바르트의 물음에 짤막하게 긍정하는 아벨.

그것이 진심인지, 아니면 궤변인지. 어쩌면 아벨이라는 남자는, 진짜배기 역병신이나 거물, 양쪽 다일지도 모른다는 생각마저 들었다.

"————."

오르바르트가 숱이 많은 눈썹을 모으며 말없이 아벨의 말을 곱씹었다.

그리고 잠시 묵고한 뒤, 오르바르트는 갑자기 시선을 창밖으로 돌렸다.

“듣기론, 불의 각 종이 칠 때라고 했던가.”

“어?”

“맞아. 요르나가 불렀으니까, 조그만 채로 있으면 곤란해!”

“친근하게도 부르는구만! 카카캇카! 이 아가씬 간도 크군.”

의표를 찔려 얼빠진 반응을 보인 스바루를 대신해 대답한 미디엄. 그 요르나를 스스럼없이 부르는 담력을, 오르바르트가 크게 웃으며 칭찬했다.

한바탕 웃은 뒤, 오르바르트는 “어디 보자.” 하고 턱에 손을 짚었다.

“각하의 목숨을 노린다니 너무 불경해서 웃기지도 않지만, 볼라키아 황제를 수호하는 『양검』을 넘어설 방법이란 것에는 솔직히 말해 관심이 생기는구만.”

“——! 그렇다면…….”

“어허, 어허, 마음이 급하다. 기대하게 만든 것은 나지만, 나에게도 입장이나 장래 설계 등 여러 가지가 있다고. 그러니까, 승부하지 않겠느냐?”

몸이 앞으로 쏠리려던 스바루의 코앞에 오르바르트가 손가락을 들이대고 말했다.

그 동작을 전혀 눈으로 좇지 못해 스바루는 뻣뻣하게 굳었다.

승부라는 이름으로 제시되는 조건, 오르바르트에게 결정권을 쥐여 주는 것이 너무나도 두렵기 짝이 없었다.

"마, 만약 거절한다고 말하면?"

"그때야, 자네가 원하는 건 아무것도 손에 들어오지 않지."

"으극……."

"참고로, 내가 원한다고 여기는 것을 자네들이 갖고 있으니, 앞으로는 시노비의 기예가 잘 시간도 아끼며 자네들을 노릴걸."

다음부터는 수단을 가리지 않겠다고, 웃음 속에 냉혹함을 숨긴 오르바르트가 선고했다.

만약 이대로 돌려보내면, 그는 가짜 황제에게 명령을 철회할 것을 요청하고, 대놓고 당당하게 스바루 일행을 습격할 것이다. 그런 악랄한 발상까지 할 것이라는 믿음을 주는 박력이다.

"승부의 내용은 무엇으로 하겠나."

이미 조건을 내세운 시점에서, 오르바르트와의 승부는 피할 수 없다.

같은 점을 알아차린 아벨이 입을 열지 않는 스바루를 대신해 물었다.

"어디 보자, 여우 계집애의 호출까지 시간도 얼마 없지? 그리고 나도 자네들에겐 손을 댈 수 없어서 생각보다 곤란하다만…… 아아, 마침 잘됐구먼."

"그거, 우리에게? 오르바르트 씨에게?"

"카카캇카! 너무 쫄았어. 물론 나와 자네들, 양쪽 모두에게 말일세."

얼굴을 떨면서 스바루가 질문하자, 오르바르트가 웃음을 터뜨린 다음 두 손을 보였다.

그리고 경계하는 스바루 일행에게 손바닥을 보이며 말했다.

"술래잡기."

"응……?"

"마을의 젊은것들하곤 자주 했었지. 알기 쉬워서 좋지 않아?"

3

노인이 쉰 목소리로 내놓은 제안, 그것은 스바루 일행에게 큰 곤혹감을 주었다.

"술래, 잡기……."

대관절 어떤 생트집을 잡을지 전전긍긍하던 스바루는 들은 말의 목가적인 어감에 사고가 마비되었다.

스바루의 의심이 눌어붙은 목소리에 오르바르트는 "뭐냐." 하고 갸우뚱했다.

"영문을 모르겠다는 표정이구먼. 설마 술래잡기를 모르는 것은 아니지?"

"그야…… 당연히 말이야 알지. 다만 이런 상황에서 튀어나올 단어가 아니잖아."

오르바르트의 반응을 보아도 그것이 어린아이의 놀이에 속하는 '술래잡기' 인 것은 알겠다.

다른 의미가 있다고 생각하기도 어렵다. 하기야 시노비 마을에서 펼쳐지는 술래잡기라면 독자적인 추가 규칙이 있을 가능성도 충분히 있다.

"예를 들어, 술래잡기 중에는 서로 죽여도 된다, 같은……."

"카카캇카! 그럴 리 있겠냐. 그딴 겁나는 놀이가 유행했다간, 시노비도 눈 깜짝할 사이에 다 망했지. 그것도 두목인 내 손으로. 위험하지 않겠느냐?"

오르바르트가 스바루의 우려를 부정하지만, 지금까지의 언동을 돌아보면 설득력은 없다. 필요하다면 한 식구의 피로 손을 더럽히고 마을을 멸망시키는 것조차 불사할 성싶다.

"술래잡기라는 것은, 어떻게 하는 거지?"

슬금슬금 의심으로 고민에 빠진 스바루를 대신해 아벨이 뒷말을 재촉했다. 아벨의 말에 오르바르트는 "오." 하고 뺨을 일그러뜨리며 웃었다.

"의외로 내키는 기색이구먼, 가면 쓴 애송이."

"멍청한 것. 이미 승부를 받고 말고 할 차원은 지났다. 우리가 네놈이 원하는 정보를 가지고 있다고 밝힌 시점에서 말이다."

"카카캇카! 그거야 뭐 그렇지."

오르바르트가 턱이 빠질 만큼 입을 쩍 벌리고 당당하게 껄껄 웃었다.

실제로 오르바르트는 이 술래잡기의 승패에 얽매이지 않고 원하는 정보를 얻을 수 있다.

그것이 협상의 결과일지, 아니면 고문의 결과가 될지, 정보를 실토받을 방법을 가려서 한다는 것이 이 '술래잡기'의 주제이므로.

"그리 말해도 딱히 특별한 점은 없으이. 한쪽이 도망치고 한쪽이 잡는다……. 아, 내가 도망치는 쪽이다. 많은 사람을 쫓아다니는 거, 노인네 체력으론 골병이 들어."

"그러면, 도망치는 할아버지를 우리가 잡으면 이기는 거? 알기 쉽네."

"알기 쉽기는, 합니다만……."

오르바르트의 규칙 설명에 미디엄이 낙관적으로, 타리타가 비관적으로 반응했다.

스바루의 생각도 굳이 따지자면 타리타에 가깝다. 규칙은 간단해서 불확정 요소가 개입할 여지가 없다. 즉, 실력 차이가 여실히 드러날 것이다.

그리고 그 실력에 관해서, 스바루 일행을 합산해도 오르바르트에게는 까마득히 미치지 못하리라.

규칙 정립 시점의 불안을 감지했는지, 오르바르트가 한쪽 눈을 감고 첨언했다.

"뭐, 꼬맹이들밖에 없어서 힘들겠다면, 조건을 살짝 느슨하게 풀어줘도 좋지."

"만약, 조건을 느슨하게 한다면 어떤 식으로?"

"술래잡기 방식을 말하는 게야. 나를 잡지는 못해도, 숨은 나를 찾아내면 이긴다는 조건은 어떠냐. 단, 그거라면 삼판 승부로."

"삼판 승부……."

"내가 세 번 숨는다. 자네들은 세 번 찾아낸다. 그러지 못하면 진다는 소리야. 그 경우, 술래잡기라기보다 숨은 것 잡기……. 어째 영 어감이 이상한걸."

느낌이 안 온다며 고개를 모로 꼬는 오르바르트.

그런 노인의 제안에 스바루의 머릿속에 스친 단어가 있었다.

"숨바꼭질?"

"오, 좋은 이름이구먼. 그거 채용."

손가락을 딱 튕기고, 오르바르트가 '숨바꼭질' 이란 말에 반응했다.

곧장 오르바르트는 두 손을 펼치고 열 손가락을 하나하나 세우면서 말했다.

"술래잡기라면, 나를 한 번 잡으면 돼. 숨바꼭질이라면, 나를 세 번 찾아내 줘야겠다. 어느 쪽이 더 승산이 있는지, 말할 필요도 없을 테지?"

한쪽 눈을 찡긋한 오르바르트의 물음에 스바루는 숨을 집어삼켰다.

그 말대로 이것은 더 생각할 필요도 없는 선택이다. 초월자인 오르바르트를 상대로 술래잡기라니, 그런 무모한 짓에 도전할 이유는 조금도 없다. 없지만——.

"진짜 친절하시네. 굳이 우리 쪽 승산이 높은 방법까지 제안해 주다니, 꿍꿍이가 있는 게 아닐까 억측이 들겠어."

스스로 승산을 양보하려는 오르바르트에게, 알이 그렇게 물고 늘어졌다.

투구를 벗은 대신 얼굴에 천을 칭칭 감은 알. 천 틈새로 보이는 검은 눈의 주시에 오르바르트는 "이보게, 이봐." 하고 섭섭하다는 듯이 어깨를 으쓱였다.

"착각하는 게 아닌가? 나로서는 자네들이 이겨 주는 편이 달갑다고? 이건, 자네들 얘기에 들을 만한 가치가 있을까 시험하는 것이니까 말일세."

"우리를 시험하는 거라면……."

"나로서는 자네들 얘기가 흥미진진해. 하나 시답잖은 거짓말에 넘어간 끝에 각하에 대한 충성심만 의심받아서야 노후 대비가 불안하지 않겠어? 그래서 이러는 게야."

"으극……."

오르바르트가 세운 좌우 손가락을 흔들며 알의 의심에 여유롭게 대답했다.

그 대답을 듣는다고 알의 의심이 사라지는 것은 아니리라. 하지만 조리에 맞는 답변이라는 것은 사실이라 그 이상의 추궁은 주저한 모양이었다.

물론 방금 한 말이 오르바르트의 본심이라고 믿을 만큼 스바루도 편하게 생각하지는 않는다.

하지만 오르바르트가 제시한, 통제된 양자택일――. 어느 쪽을 선택해도 최선이라고는 말하기 어려운 상황에서, 어떠하는 것이 최선인지 곱씹기에는 시간이든 정보든 지나치게 부족하다.

말을 더 보태자면, 최선을 다한 결과로 당도한 것이 지금 상황이라고도 할 수 있는 지경이므로.

"네놈의 제안, 수락하겠다면 약속을 명확하게 해 둘 필요가 있을 테지."

"호오, 무슨 소리지?"

"네놈 자신이 언급한 사항이다. 이쪽이 승리가 이익이 크다고 한다면, 발악의 여지를 많이 남겨서는 안 된다. 서로가 바라는 바는 명확하게 해야지."

"카카캇카."

같은 결론에 먼저 이른 듯한 아벨이 오르바르트를 응시하며 이야기를 진행했다.

승부 규칙의 명시——. 그것을 바라는 자세의 속뜻은 그쪽이야말로 명쾌. 승부를 수락하는 것도, 수락한 승부의 내용도 이미 결정했다는 증거.

나지막이 웃는 오르바르트, 그 형형하게 빛나는 눈을 마주 본 아벨이 끄덕였다.

그리고——.

"숨바꼭질이다."

4

——그 뒤, 양측 사이에서 나눈 약속은 크게 셋이다.

서로에게 위해를 가하지 않을 것, 숨는 것은 도시 내로 한정할 것. 그리고 구체적인 승리 조건의 설정. 어느 것이나 '숨바꼭질'을 하려면 빠트릴 수 없는 규칙이다.

특히 승리 조건의 구체화에는 신중해질 필요가 있어서——.

"술래잡기인지 숨바꼭질인지로 이쪽 승산이 바뀌는 것은 이해해. 그런데 왜 세 번이야? 쪼잔하게 굴지 말고 양쪽 다 한 번으로 해도 좋지 않아?"

"카카캇카! 그건 너무 욕심부리는 게지, 젊은 친구. 이렇게 말하면 뭐한데 말이다. 한 번이라면 우연이 있을 만하잖아. 그런데 세 번이라면 그건 실력이지."

"운도 실력에 포함된다는 사고방식도 있는데."

"공교롭게도 운수는 다 하늘의 뜻이란 말은 믿지 않으니 말이야. 아니 제국민이라면 거의 다 그렇지 않나. 자네, 희한한 소리를 다 하는구먼."

실력지상주의인 제국다운, 실로 도망칠 구멍이 없는 사고방식이다.

행운도 불운도 없으며, 결과는 전부 자신의 실력이 부르는 것. 그런 사고방식이라면, 도망칠 곳이 없어서는 살지 못하는 사람은 숨이 막혀서 미칠 것 같다.

등교 거부를 하던 시절의 스바루라면 이 제국에서는 있을 데가 없다. 그 증거로——.

"오르바르트 씨, 시시콜콜한 사항이지만 확인 좀 하겠어. 숨는 장소 말인데, 우리가 물리적으로 갈 수 없는 곳은 없기야. 외딴 곳이라거나, 벽 속에 숨으면 방법도 없으니까."

"카카카, 정말로 시시콜콜 따지는 녀석일세. 뭐, 말 안 했으면 했겠지만."

"————."

"말해 두지만 기필코 내가 이기고 싶은 건 아니란 말은 진담이다? 그런데 잊지는 말라고. 이건 자네들의 시금석이라는 것을."

다시 말해 허점과 빈틈이 없는 것, 두뇌 회전도 포함해서 보고 있다는 말이다.

규칙의 허점을 찌르는 것은 지극히 당연하다. 오르바르트는 그리 생각하고 있다.

호호영감 같은 분위기는 전부 눈속임이며, 눈여겨볼 가치가 없다고 판단하면 오르바르트는 가차 없이 상대를 쳐낸다. 지금 한 말도 그냥 공갈이 아니다.

물론——.

"뭐, 그런 부분이야 저기 가면 쓴 애송이가 놓칠 것 같지도 않다마는."

턱짓으로 아벨을 가리킨 오르바르트가 노회함을 숨기지 않는 웃음을 보였다.

거기에 만만치 않은 감각을 느끼면서도 스바루는 아벨과 알에게 눈짓을 보내어 그 둘이 끄덕이는 것을 확인하고서, 승부에 도전할 각오를 다졌다.

그리고——.

"우리가 이기면, 원래대로 돌려놔 줘야겠어."

"내가 이기면, 원래대로 돌아가는 건 10년 기다리라 이거야. 뭐, 각하와 그 여우 계집애가 생각을 고쳐 먹으면 나는 내 방식대로 자네들 비밀을 듣겠다."

그것이 시노비 마을에 전해지는 심문 방법—— 고문으로 이어짐을 암시하는 괴노인에게 솟구치는 공포를 느끼며, 스바루는 그 검은 눈으로 오르바르트를 봤다.

그리고 괴노인이 처음 은신처로 가기 전에 캐물었다.

"그래서, 맨 처음 힌트는?"

그것은 진짜배기 진검승부라면 웃기는 소리라고 물리칠 물음이었다.

그러나 오르바르트는 이것을 비웃지 않는다. 왜냐하면 이것이야말로, 스바루가 오르바르트와의 '숨바꼭질' 에서 승낙을 받아낸 조건이기 때문이다.

스바루 일행이『유아화』한 이상, 오르바르트가 가늠하고 싶은 것은 상대의 두뇌 회전 및 발상력. 짧게 말하면 '멍청이와 거래할 마음은 없다' 는 당연한 발상이다.

그러니까 스바루가 숨을 장소의 힌트를 바라자 오르바르트도 조건을 수용했다.

지혜와 단결력을 구사하여 같은 황제의 목을 노리는 동지에 어울릴지 시험하고자——.

"우선 맛보기로…… 나는 여관 근처의, '눈꺼풀 뒷면' 에 숨기로 하겠다."

"눈꺼풀, 뒷면?"

"자, 젊은것들끼리 열심히 까딱까딱 골머리를 썩여 봐라. 늙어서 앞날 짧은 할아범에게, 최소한의 즐거움이란 것을 맛보여 줬으면 좋겠어."

살랑살랑 손사래를 치며 오르바르트가 스바루 일행으로부터 뒤돌아섰다. 그 순간, 그 유유히 걸어가는 등짝에 실내의 긴장감이 팽팽해지는 것을 스바루는 느꼈다.

지금 이 순간, 오르바르트에게 덤벼들어 숨바꼭질도 『유아화』도, 모든 문제를 한꺼번에 해결해 버리면 어떻겠는가. 그 생각을 하지 않은 사람은 한 명도 없을 것이다.

하지만 아무도 무모한 짓을 실행하지 않았다. 그게 정답이다.

"카카캇카."

문이 닫히기 직전, 오르바르트가 웃은 것은 스바루 일행이 왜 고민하는지 알아차렸기 때문일까.

그 쉰 웃음소리도 포함하여 끝까지 『악랄옹』이란 이름에 어긋나지 않은 행동거지였다고 할 수 있다.

그렇게 오르바르트가 방을 나서고, 다시 실내에 아군만이 남으니——.

"타리타, 활을 내려라. 더 이상 겨눌 상대도 없다."

"네……."

적이 떠난 실내, 아벨이 타리타에게 겨누던 활을 내리라 말했다.

지시에 따르는 타리타의 얼굴에는 수치심이 짙게 배어 있다. 당연하리라. 활을 겨누는데도 오르바르트는 끝까지 태연한 표정을 관철했다.

슈드라크의 일원—— 아니, 이미 차기 족장을 맡은 타리타가 보자면, 괴노인의 태도는 슈드라크의 힘을 우롱한 것이나 마찬가지다.

오르바르트가 『슈드라크의 민족』을 깔보게 내버려 두었다. 그것도 자신의 힘이 부족한 탓에.

애당초 타리타가 마도에 동행한 것은 족장을 물려받을 결의에 자신감을 얻기 위해서다.

이래서는 자신감을 얻기는커녕 역효과에 불과하다.

"진심으로 저 영감님 장단에 맞춰 줄 셈이냐, 형제."

타리타에게 할 말을 찾지 못하는 스바루에게 알이 말을 붙였다.

좀처럼 익숙해지지 않는 복면을 두른 알, 그 어조에는 짜증과 불만이 배어 있었다. 알은 무슨 일이든 느긋하게 대처하는 인상이 있어서, 스바루는 뜻밖으로 여겼다.

그렇다고는 해도 오르바르트에게 당하고만 있는 이상, 알이 짜증을 내는 기분은 이해한다.

"나도 만세하며 기뻐하는 게 아냐. 하지만 아슬아슬하게 가능성은 남긴 셈이지, 안 그래?"

"가능성이라 해도……."

"우리가 원래대로 돌아갈 수 있는 가능성이잖아? 스바루찡."

바닥에 책상다리로 앉고 바동대는 루이를 붙잡고 있는 미디엄. 크기가 거의 똑같아진 루이를 어르는 기술은, 그녀가 자란 시설에서 기른 것이리라.

미디엄의 푸른 눈에 스바루는 "그래." 하고 끄덕였다.

"그 자리에서 상대의 비위를 상하게 했다간, 우리의 몸은 작아진 상태일 테고…… 장래 설계로 봐도, 이후 방침을 봐도 받아들일 수 없어. 돌아가는 건 필수야."

"그래서라면, 영감님을 둘러싸고 패는 수단도 있었잖아."

"되는 소리를 해. 우리가 죽지 않은 것은, 오르바르트 씨가 황제가 내린 명령에 따를 뜻이었기 때문이야. 마음을 먹었으면 손도 발도 못 써."

"마치 봤던 것처럼 말하는데 그래."

시선을 피한 알이 '그럴 리 없지' 라는 듯한 뉘앙스로 말했다.

그 통찰력과 표현은 적절하다. 실제로 스바루는 두 눈으로 봤으니까.

알이 그럴 리 없다고 생각한 현상도, 인정하기 싫지만 발생하는 현상이다.

인정하기 싫은 것이라 하면――.

"침묵하고 있군. 설마 오르바르트 씨가 목숨을 노려서 충격을 받았어?"

"멍청한 것. 놈에게 분수에 맞지 않은 야심이 있음은 알았다. 물론 그것이 황제의 목일 줄까지는 몰랐지. 그런 짓을 해 봤자 얻을 것이 없다고 생각했지만, 바라는 것이 마지막 달성감과 사후의 악명일 줄이야."

도무지 이해할 수 없다고 아벨이 좁은 어깨를 으쓱였다.

황제 자리에서 쫓겨나고 한없이 열세에 내몰렸어도 포기할 줄 모르는 아벨.

살아서 옥좌로 돌아가 황제 자리를 되찾는 것을 최선으로 치는 그가 보기에는, 자신의 목숨을 내던져 사후의 명성을 추구하는 자세는 이해할 수 없을 것이다.

그 점에서 스바루도 복잡하지만 같은 의견이다. 죽은 다음에 칭찬받고 싶지는 않다.

어쨌든——.

"그런데 오르바르트 씨도 의외로 맹한 구석이 있지. 속에 그런 야심이 있으면서, 눈앞에 있는 너의 정체는 조금도 눈치채지 못했으니까."

최소한 야유라도 하나 던질까 해서 스바루는 아까 아벨과 오르바르트의 대화를 회상했다.

숨길 생각이 전혀 없는 아벨의 답변에, 간파할 기색이 전혀 없던 오르바르트. 옆에서 보면 조마조마했지만 시노비의 관찰력도 한계가 뻔하다고——.

"네놈, 무슨 소리를 하고 있지?"

"아?"

"내 얼굴은 이 가면에 가려져 있다. 그렇다면 오르바르트의 반응은 당연한 것이 아니겠느냐."

아벨이 귀면의 뺨을 손가락으로 만지며, 목소리에 의아함을 띠고서 스바루를 보았다.

그 말에 스바루는 눈썹을 모아 의미를 모르겠다고 미간의 주름으로 표시했다. 그 즉시 아벨의 귀면 속 의아함이 노골적인 실망으로 변화했다.

"이 가면에는 타인의 인식을 일그러뜨리는 효과가 있다. 쓴 사람의 정체를 숨기는 효과지."

"뭣……! 그거, 설마 『인식저해』냐?! 하지만 그 가면은 원래 슈드라크의 촌락에 있던 물건인 게…….”

“네, 넵, 그렇습니다. 옛날, 황제와 슈드라크가 우의로 맺어졌을 때, 황제가 그 사실을 감추고 숲을 찾아오기 위해 사용했다는 전설이 있어서…….”

“그런 내력이 있는 가면이었어……?”

놀라운 사실이 밝혀져서 스바루는 벌어진 입을 다물지 못했다.

그런 충격을 받는 스바루에게 아벨은 낙담을 지속한 채로 다시 물었다.

“네놈, 지금까지 멋이나 객기로 내가 이 가면을 쓰고 있었다고 진지하게 생각하고 있었나?”

“————.”

스바루는 그 물음에 아무 말도 못하고 모멸의 시선을 감수할 수밖에 없었다.

확실히, 아벨의 기행 중 일부라고 여기며 아무것도 묻지 않았던 스바루도 잘못했지만, 설명 없이도 알 거라고 여기던 아벨에게도 문제가 있을 것이다.

덕분에 당하지 않아도 될 망신과, 하지 않아도 될 우려를 맛보는 처지가 되었다.

아무튼 오르바르트가 아벨의 정체를 깨닫지 못한 이유에도 납득이 갔다.

얼굴만 가리고 거만한 말투도, 거들먹대는 태도도 전혀 감출 마음이 없던 아벨이지만, 그 정체가 들키지 않을지 조마조마했던 것은 괜한 걱정이었던 셈이다.

"저기저기, 알찡, 알찡. 아벨찡은 저런 말 하는데, 알찡이 얼굴 가리는 것도 무슨 이유가 있어?"

"내 경우에는 얼굴 상처가 콤플렉스…… 아니, 내 얘기야 됐잖아. 벌써 숨바꼭질은 시작됐다고. 후딱 움직여야지."

그렇게 말하고 알이 손으로 가리킨 것은 창밖――마도의 거리였다.

제국에서도 대도시로 꼽히는 카오스프레임은 성곽도시 과랄과 비교해도 몇 배나 더 커서, 시노비와 '숨바꼭질'을 하기에는 절망적인 면적이라고 할 수 있다.

그것도 불과 두 시간, 고작 여섯 명의 인원으로 세 번이나.

"맛보기라고는 했지만, 여관 주위만 따져도 후보는 많아. 뭔가 작전이라도 있냐?"

"작전까진 아니지만…… 나도 시도해 보고 싶은 것은 있어."

"물론 쓸 수 있는 수단은 몇 가지 있다. 거기 광대와는 다른 생각이겠지만."

"군사에서 광대로 강등 처분이라니, 아까 가면 가지고 너무 속이 뒤틀렸잖아."

귀면 변장이 기행 취급당한 것이 어지간히 속을 자극했는지, 아벨의 차가운 음성에 스바루는 입술을 뒤틀며 끙끙댈 수밖에 없다.

어쨌든 대화에 낭비할 수 있는 시간도 한정적이다. 움직여야 한다.

"아—우—!"

"오오, 루이가 의욕이 넘쳐! 좋—아, 노력해서 그 할아버지를 찾자!"

"우—!"

두고 갈 수도 없는 루이의 목소리에 쌍검을 한 자루만 챙긴 미디엄이 활짝 웃었다. 알은 청룡도를 칼집째로 등에 지고, 스바루도 다룰 자신은 없지만 채찍을 들고 다닐 태세다.

그렇게 최소한의 장비를 챙기고, 일행은 마도로 나가야만 한다.

"그 영감님, 정상적으로 승부할 마음은 있대? 아무렇지도 않게 뒤통수 때릴 것 같지 않아?"

"그자도 정정했지만, 오르바르트의 목적은 자신의 승리가 아니다. 놈이 에두른 수단을 쓰는 이유는, 유희를 통해서 가늠하기 위해서다. 이쪽의 호언장담을 믿어도 될지를."

알이 오르바르트의 진의를 의심하자, 아벨은 확실하게 단언했다.

그 말에 거짓은 없다고, 스바루도 생각한다. 오르바르트의 주장을 순순히 믿는 것은 거부감이 들지만, 그 목적이 황제의 생명인 이상, 오르바르트에게도 스바루 일행의 목표와 품고 있는 정보가 믿을 만한 진짜인 편이 형편에 좋다.

오르바르트는 스바루 일행이 능력을 드러내게 해서 납득하고 싶은 것이다.

그러기 위해서도——.

"자세히 묻지는 않았지만, 『양검』의 화염이 어떻다느니 하는 얘기는……."

"공교롭게도 볼라키아 제국의 역사에 관해서 장황하게 해설해 줄 시간은 없다. 네놈의 잔머리는 몰라도, 나의 작전은 여관방에서 움직일 만한 것이 아니라서 말이다."

"쳇…… 알았다고."

밝힐 생각은 없다고 딱 둘러대서, 스바루는 혀를 찼다.

다만 오르바르트와의 대화로 추측건대 아벨=볼라키아 황제에게는 모종의 수호가 있으며, 그것이 있는 한 생명은 보장된다는 이야기이리라.

만약 그것이 사실이라면, 한 가지는 확인해 두고 싶었다.

"그, 『양검』의 화염이라는 것은, 지금도 너를 지키고 있어?"

"끈질기다. 아니면 네놈도 그 말을 듣지 못하면 나의 적으로 돌아서겠나?"

"그래서 무슨 득이 있다고."

야유하는 말투에 뺨을 일그러뜨리며 스바루는 이번에야말로 추궁을 포기했다.

그렇게 스바루는 여관에서 떠날 준비를 마친 동료들의 얼굴을 둘러보고 말했다.

"적은 시노비의 두령이며, 이쪽은 어린아이가 네 명이나 있어. 하지만 숨바꼭질 승부라면 몸도 마음도 동심으로 돌아갈 수 있는 우리가 더 유리해! 반드시 이길 수 있어!"

"무, 무슨 논리입니까……?"

"내버려 둬라. 물어봐도 의미가 없는 헛소리다."

실제로 너스레 이상이 아니므로 정답이지만, 미간의 주름으로 유감의 뜻만은 표명해 두었다.

그러고 나서 스바루는 "아무튼!" 하고 필요 이상으로 크게 소리쳤다.

"전원, 주위에 최대한의 주의를 기울여 줘. 그럼, 가자!"

"오—!" "아우—!"

"기운이 넘치는구만, 형제들."

임시방편으로 챙긴 옷으로 구색을 갖추어 꽤 꼴불견인 행색으로 기세를 올리는 스바루. 이에 따르는 미디엄과 루이가 주먹을 위로 내지르고, 그 모습에 알이 한숨을 쉰다.

한편, 최대 전력이 된 타리타는 긴장과 불안을 눈에 드러내며, 아벨은 귀면 너머의 표정을 드러내지 않은 채 여전히 그 손에 아무것도 들지 않는 불손함을 보였다.

그런 멤버로, 스바루 일행은 일제히 여관방을 뛰쳐나가고——.

"그리고 바로 돌아가기."

"헤?"

세게 내디딘 발로 곧장 바닥을 박차 스바루의 몸이 반회전. 막 나온 직후의 문을 향해 돌아서는 회전을 보자 알이 얼빠진 목소리를 흘렸다.

스바루는 그것을 거들떠보지도 않고 방문을 힘차게 밀어젖혔다.

그리고 스바루 일행이 출발한 직후의 방 안을 손가락으로 가리키고——.

"오르바르트 씨, 찾았다."

"카카캇카! 이것 보게, 바로 알아채다니 성격 고약하지 않아? 이런 걸 대뜸 간파당한 내가 개망신이잖아, 겁나 쪽 팔려!"

스바루 일행과 교차해서 방에 숨어든 오르바르트가 자신을 가리키는 스바루의 첫 번째 선언을 진심으로 유쾌한 듯이 웃어 넘겼다.

5

"진짜냐, 형제……!"

실내에서 식은 차를 다시 타려는 중이던 오르바르트의 모습을 목격한 알이 놀랐다.

그 탄성에, "아, 할아버지다!" "아―!" 하고 미디엄과 루이가 덩달아 소리치고, 마찬가지로 방을 들여다본 타리타도 눈이 동그래졌다.

그 반응에 뒤늦게 마지막으로 방을 본 아벨은 딱 한마디――.

"과연, '눈꺼풀 뒷면' 인가."

"이런 걸로 승부하려고 드는 사람이라면 한 번은 꼭 하거든."

가슴을 펴고 대답하는 스바루의 뇌리에 떠오르는 것은 그리운 기억―― 베아트리스와 처음으로 옛 로즈월 저택에서 만났을 적의 추억이다.

마법의 힘으로 루프하는 복도를 만든 베아트리스, 그 속셈을 스바루는 한눈에 간파하여 귀여운 베아트리스의 장난에 맞춰 주지 못했다.

하지만 오늘 상대는 심술도 고약한 오르바르트, 자비는 없다고 혀를 내밀어 주겠다.

"솔직히 훤히 다 보이던데, 『악랄옹』."

"카아— 나도 망신살이 톡톡히 뻗쳤어. 대단하이, 『악랄소년』."

"멋대로 이상한 상표 계승시키지 말아 줘! 하지만 이것도 확실하게 한 번이야!"

설마 10초 만에 발견되어 김이 샜다며 발뺌해도 곤란하다.

그렇게 염려하는 스바루가 확인하자 오르바르트는 "당연하지." 하고 찻잔을 놓았다.

"약속 중에 흉계를 꾸미는 거랑, 뭐든지 다 허용하는 건 다른 얘기야. 이래 봬도 나는 사리분별을 하고 싶은 성미라서 말이다. 그러니 초전은 그쪽 승리. 앞으로 두 번 남았다."

"오오~! 해냈구나, 스바루찡! 10초 남짓 만에 첫 번째야!"

"그래, 해냈어!"

환희작약하는 미디엄 옆에서 스바루는 안도감으로 가슴을 쓸어내렸다.

"이도 저도 다, 베아코……."

덕분, 이라고 말하려다가 스바루는 마음속에 사랑스러운 소녀를 그리려고 했다.

그러나 그 사고가 순간 하얘지며 정지했다.

"————."

희미한 위화감과 사소한 걸림돌이 마음을 긁는 감각.

그것이 무엇인지, 분명한 답을 추구하기 전에——.

"첫 번째는 기대를 넘어섰고, 하나 진짜 승부는 지금부터 시작이다."

하얀 이를 보이며 웃은 오르바르트가 훌쩍 방의 창으로 날았다. 창틀에 발을 올리고 뛰쳐나가려는 등에다 스바루는 "아." 하고 손을 뻗었다.

"오르바르트 씨! 다음 힌트!"

"어디 보자, 예컨대…… '전망이 좋은 나락' 쯤 되겠어."

그 말만 남기고 오르바르트의 몸이 스르륵 창을 지나 마도로 사라졌다.

"잠깐, 영감님! ……젠장, 벌써 없어졌어!"

허겁지겁 창으로 달려가 밖을 내다본 알이 복면을 쓴 머리를 붙잡고 외쳤다.

실제로 도주에 전념하는 오르바르트를 잡기란 매우 어렵다. 승부 내용이 숨바꼭질이 아니라 술래잡기라면 절망적이었다고 확신할 만큼.

어쨌든――.

"스바루, 그 남자의 다음 은신처는……."

"응응, 스바루찡이라면 알겠어? 알 것 같아?"

"으…… 그건, 저기."

뒤돌아본 타리타와 미디엄이 기대하는 바람에 스바루는 말문이 막혔다.

기대해 주는 것은 영광이지만, 아무래도 두 번 연속으로 즉답하기는 어렵다.

“미안해. 바로 떠오르질 않아. 아까도 전개를 예측한 느낌이니까…….”

“그렇구나~. 미안해! 다 의존하면 안 되겠지! 같이 생각하자!”

“그렇, 군요. 저도 머리를 쓰는 것은 잘 못합니다만 생각해 보겠습니다.”

스바루가 한심한 기분에 고개를 숙이자 미디엄과 타리타가 그리 대답했다.

처음의 은신처가 스타트 지점이라는 것은, 일종의 클리셰가 성립된 결과다.

만약 빗나갔어도 시간을 거의 잡아먹지 않는 장소라서 마음 편히 시도할 수 있었던 측면도 있다. 단, 지금부터는——.

“심플하게, 시간과의 싸움이 되겠지.”

“형제라도 다음 은신처는 짐작이 가지 않는다 이건가. 아니, 하긴 그렇겠지.”

“하긴 그렇다니……. 기대가 희박할지도 모르지만, 대놓고 말하면 힘이 빠진다고.”

본격적인 ‘숨바꼭질’ 승부의 시작, 그 초장부터 아군에게 공격받았다.

물론 그 평가도 타당하다고 스바루는 받아들였지만 부드럽게 돌려서 말해 줬으면 하는 게 솔직한 심정이다. 친할수록 드레스코드를 지키는 법이다.

그러나 스바루의 그 말에 알은 “아— 그런 게 아니고.” 하고 손을 내저었다.

"형제가 알지 못하는 것도 그럴 만한 얘기야. 여하튼 내가 같이 있으니 말이지."

"응? 무슨 소리인지 잘 모르겠는데. 알이 있으면, 내 지능지수가 떨어진다 같은 얘기야? 무슨 시스템이기에?"

"그런 얘기도 아니지만, 설명하기 어려운…… 것이지?"

"동의를 요구해도 모르겠는데……."

말하면서 알 본인도 확신을 가지지 못하는 표현인 것이 묘했다.

갸우뚱하는 알은 제쳐 두고, 이 화제가 더 건설적인 방향으로 진행될 일은 없을 것이다. 오르바르트가 남긴 다음 힌트, 그 해명이 최우선이다.

"'눈꺼풀 뒷면'으로 최초의 방이었어. '전망이 좋은 나락'이란 것도, 그럴싸하게 바꿔 말했다 싶지만……."

"전망이 좋다 하면, 높은 곳이라고 추측할 수 있지 않습니까?"

"하지만 나락이라면 구멍을 말하는 거지? 구멍이라면 지면에 있는 거 아냐?"

혹은 그렇게 표현될 명소가 카오스프레임에 있을 가능성도 있다.

여하튼 여관방에서 얻을 수 있는 정보량으로는 답에 도달할 것 같지도 않다. 더더욱 도시로 나갈 필요가 있을 것이다.

"머리가 잘 굴러가질 않네. 그러고 보니 우리 아벨의 작전은?"

"여기서 굴릴 만한 것이 아니라고 설명했을 텐데. 되도록 사람이 많은…… 그것도 외부인이 드나드는 곳이 형편에 좋아."

"타지인 전담이라는 뜻이야? 이 도시 어디가 되려나……."

아벨의 작전에 대해 물어본 알이 의문으로 갸웃했다. 그에 맞추어 스바루는 "그렇다면." 하고 손을 들었다.

"거긴 어때? 사람이 많이 드나드는 곳의 정석…… 그 왜, 저기, 술 마시는 곳."

"주점, 말입니까?"

"그래, 거기. 거기를 목적지로 잡는 게 좋을 것 같아."

딴 길로 새지 않고 오르바르트를 찾는 것과 아벨의 작전이 성립되는 것을 돕는 것. 어느 쪽이 유익한지는 논의할 여지가 있지만 현재는 아벨을 우선하는 것이 상책이다.

"아이들을 데리고 줄줄이 주점이라. 이목을 끌어도 이렇게 끌 수가 없겠군."

"6분의 4가 어린애인 시점에서 군소리하지 마라. 애초에 이목에 관해 말하자면 귀면을 쓴 시점에서 무리잖아. 아니면, 인식…… 으음, 가면 효과로 다른 얼굴로 보이기라도 해?"

"정체를 은닉할 뿐이라 겉보기는 귀면과 다르지 않을 것이다."

"그럼 무조건 눈에 띄잖아……."

아벨의 사리에 맞지 않은 불만을 흘려낸 스바루는 작은 어깨를 축 늘어뜨리고 한숨지었다.

그렇게 이번에야말로 방을 벗어나 여관을 떠난다. 입구에서 주점 위치를 물으려고 했지만, 타이밍 좋지 않게 여관 주인이 눈에 띄지 않았다.

그렇다고는 해도 넓은 도시에서 주점을 찾지 못할 리 없다고, 전원이 길거리로 나서고——.

“전원이 가게에 가기보다, 역할을 분담하는 편이 좋을까? 오르바르트 씨를 찾는 조와, 아벨과 같이 주점에 가는 조로——.”

갈라져서 행동을, 하고 제안하려던 순간이었다.

“——어?”

갑자기 시야 끝자락에 어른거린 붉은 불, 그것이 스바루의 눈을 부시게 한 것은.

그리고——.

6

“오, 좋은 이름이구먼. 그거 채용.”

“으에?”

순간, 일렁이는 붉은색에 눈길을 빼앗겨 눈을 깜빡인 스바루의 고막을 느닷없는 목소리가 두드렸다.

그 어감과 갑작스러움에 얼빠진 목소리가 흘러나오자, 스바루 바로 앞에서 실소가 일어났다. 그것은 나지막하고 쉰 웃음으로, 그 음성에 스바루가 눈을 부릅떴다.

“카카캇카! 뭐냐, 얼빠진 소리나 내고. 좋은 이름이라고 칭찬한 거다.”

“오르바르트, 씨……?”

목청을 떨며 좁은 어깨를 들썩이고 웃는 괴노인이 눈앞에 서 있었다.

그것이 너무나도 갑작스러운 상황이라서 스바루는 이해하지 못한 채 몇 번 눈을 깜빡였다.

그런 뒤에 침을 삼키고, 선언해야 할 말을 고했다.

"오, 오르바르트 씨, 찾았다."

"——? 뭐냐, 그건. 벌써 승부 시작한 기분이 든 게야?"

"어……?"

생각지도 못한 두 번째 발견과, 그 기회를 놓치지 않으려다가 위화감을 깨달았다.

갸우뚱한 오르바르트의 태도와 발언, 그리고 가장 큰 위화감은 주위 광경——. 마도의 길거리로 나왔을 텐데, 스바루가 있는 곳은 어느 방 안이었다.

아니. 어느 방이 아니다.

"현실이냐……."

스바루가 있던 곳은, 여관방. 방금 막 나왔던, 숙박실이다.

그리고 거기에 오르바르트와 마주 보며 대화하고 있다는 말은.

——죽지 않아야 했을 규칙 속에서, 『사망귀환』했다고 인정할 수밖에 없었다.

제3장 『혼혼(魂婚)』

1

——이해할 수 없는 상황이, 나츠키 스바루의 작아진 뇌를 유린했다.

그렇게 말해도 이상하지 않을 만큼, 충격이 스바루를 때려눕혔다.

'죽음' 을 자각하지 못한 채로 스바루는 오르바르트와 규칙을 정하는 상황으로 돌아왔다. 인정하기 싫어도 인정할 수밖에 없다. 죽었다고. 그것도——.

"죽지 않아야 할, 숨바꼭질 도중에."

스바루는 작은 손바닥으로 입가를 가리고 무슨 일이 일어났는지 떠올리려 했다.

하지만 특별한 일은 아무것도 없었다. 첫 번째 숨바꼭질에 승리하고, 두 번째 승리를 위해서 전원이 여관 밖에 나갔다가, 그게 다다. 그걸로 세상은 암전했다.

그리고 정신이 들었을 때는 이곳으로 돌아와 있었던 것이다.

"네놈의 제안, 수락하겠다면 약속을 명확하게 해 둘 필요가 있을 테지."

"호오, 무슨 소리지?"

스바루가 그렇게 생각에 잠기고 있을 때, 오르바르트와의 협상은 이미 지났던 단계를 진행하고 있었다.

아벨과 오르바르트의 대화 진전, 그 앞에 기다리는 것은 룰 결정의 전제가 되는 승부 방법 선택. 다시 말해——.

"숨바꼭질이다."

그렇게 아벨이 단언하는 장면이었다.

2

——그 뒤, 오르바르트와의 사이에서 주고받은 '숨바꼭질'에 관한 대화.

그것도 스바루가 아는 바와 같은 내용으로 일관했다. 새 조건이 추가되는 일도, 필요한 조건이 삭제되는 일도 없었다. 필연적으로 승부 내용은 동일하게 된다.

물론——.

"왜 그래, 형제. 낯빛이 퍽이나 안 좋은걸."

오르바르트가 떠난 실내, 고개 숙인 스바루에게 알이 그렇게 말을 붙였다.

이미 승부 시작은 선언되어 오르바르트는 첫 번째 힌트를 남긴 뒤다. 거기에 이르는 흐름은 아벨과 알 덕분에 전회차와 거의 다르지 않았다.

다른 점이 있다고 치면—— 다름 아닌 스바루가 대화에 거의 참가하지 않았던 정도일 것이다.

걱정받는 것이 당연하다. 하지만 스바루의 혼란은 아직도 잦아들 기색이 없다. 그만큼 갑자기 『사망귀환』한 사태에 대한 충격이 지나치게 컸던 것이다.

"미, 안해. ……저기, 듣고 있는 중에, 갑자기 피로가 확 밀려든 모양이라."

"왜 이래, 정신 차려, 이러지 말자고. 작아진 탓에 능력 반감한 나와 미디엄과 다르게, 형제의 강점은 작아져도 건재할 거잖아?"

"내 강점이라면……."

"당연히! 스바루찡의 대단한 점은 똑똑한 거야! 오빠도 대단하지만, 스바루찡도 대단하잖아? 가슴 작아져도 끄덕없잖아!"

알의 격려에 이어서 미디엄도 기운차게 끼어들었다.

루이를 안은 채로 그녀는 자신의 볼록함이 사라진 가슴을 탁탁 두드렸다. 두 사람의 모습에 스바루가 눈을 크게 떴다가 길게 숨을 내뱉었다.

격려해 주는 두 사람의 말이 맞다. 궁극적으로 몸집은 스바루의 활동에 큰 영향을 주지 않는다. 작아져도 같은 활동은 가능하다고, 아예 당당해질 필요가 있다.

회복하라고 자기 자신을 독려한다. 그 갑작스러운 '죽음'을 마주 보고, 뛰어넘기 위해서.

"그러니까 그렇게 노려보지 마라. 귀면의 효과라면 『인식저해』만으로도 충분하잖아."

"다소는 주위를 보는 눈이 돌아왔나. 하지만 생각 외로 놀랐다. 네놈은 이 가면이 가진 효과를 눈치채지 못하는 얼간이일 줄 알았으니 말이지."

"네가 그냥 취미가 고약해서 가면을 쓰고 있는 녀석이라도 놀라지 않겠지만."

『인식저해』의 귀면을 천연덕스럽게 언급한 스바루는 야유로 감정을 회복했다. 아벨도 무용지물을 보는 눈은 거두고 그 이상의 이죽임은 집어넣은 눈치다.

그 반응과, 대화가 일단락된 것을 기회 삼아 마침 검토하고 싶은 화제가 있었다.

그것은——.

"저기 말이야……. 오르바르트 씨가, 약속을 어기고 습격할 가능성은 없을까?"

"아? 그건, 규칙을 무시하고 공격할 거란 소리야?"

"응, 맞아. 그럴 일이 있다면 무섭다고 생각하는데……."

"있을 리 없군."

여관을 나가자마자 『사망귀환』한 것을 보아, 스바루는 은근슬쩍 동료의 주의를 오르바르트에게 돌리려고 했다. 하지만 그것은 아벨에게 분명하게 부정되고 말았다.

즉답에 스바루가 눈을 크게 뜨자 아벨은 거듭 "있을 리 없어."라고 덧붙였다.

“그와 같은 행위, 오르바르트에게 얻을 것이 없어. 따라서 있을 수가 없다.”

“그, 그래도! 오르바르트 씨는 황제 시해까지 염두에 두고 있었다고! 너도 그걸 전혀 상상하지 못했다며…… 그렇다면!”

“사후의 명성은, 나에게는 없는 발상이라는 소리였다. 하지만 그런 집착이 존재하는 것은 이해할 수 있지. 그것을 원하는 자가 있는 것도. 하나 아까 조건은 그것과 맞물리지 않아.”

“――――.”

“네놈의 우려를 동기로 삼는 자는 이미 사람이 아니다. ‘파멸희망’ 이라고 하지.”

귀면 속의 날카로운 시선에 꿰뚫린 스바루는 심장이 오그라드는 기분을 맛보았다. 아벨이 구태여 마지막으로 덧붙인 견해에는, 그때까지와 다른 무게가 담겨 있었다.

다만 그렇게 냉정한 말을 듣고 보니, 이상한 일투성이라고 스바루도 생각했다.

――오르바르트는 정말로 한 차례 스바루 일행 전원을 직접적으로 해쳤다.

하지만 그것은 오르바르트 안에서 사리에 맞는 행동이며, 그 이유는 공감할 수 없어도 납득은 할 수 있었다. 그때는 전부 최악의 타이밍이었던 것이다.

그리 생각하면 이번 『사망귀환』은 오르바르트의 사리에 맞지 않았다.

그때 오르바르트가 스바루 일행을 죽이는 건 이상한 상황이다.

즉——.

"어떻게 되는 거지……?"

"저기저기, 스바루찡, 뭐가 걱정이야? 밖이 걱정돼?"

머릿속이 뒤죽박죽으로 정신을 못 차리는 스바루의 얼굴을 미디엄이 들여다보았다.

바로 눈앞에 파랗고 동그란 눈이 있어서 스바루는 무심결에 "호왓." 하고 몸을 뒤로 확 젖혔다. 스바루의 그 반응에 미디엄은 "와오." 하고 스바루의 손을 잡고 끌어당겼다.

그리고——.

"착하지, 착해, 스바루찡. 진정해, 진정."

"아."

끌어당긴 스바루의 머리를 품속에 안고 미디엄이 등을 어루만졌다.

그 다정한 손놀림과 그녀의 심장 소리를 느끼자 스바루의 초조감과 혼란이 부드럽게 녹았다. 스바루가 숨을 내뱉자 미디엄은 "진정했어?" 하고 물었다.

"나도 머리가 엉망진창이 되었을 때엔 오빠더러 해 달라고 하거든~. 오빠도 옛날에 누가 해 주었대."

"……진정한, 느낌이 들어."

"응응, 잘됐네! 그러면 가르쳐 줄래? 스바루찡은 밖의 뭐가 걱정돼?"

머리 바로 위에서 떨어지는 미디엄의 목소리는 스바루에게 답을 재촉하지 않았다.

어려져도 너그러움이 변하지 않은 미디엄, 그 마음씨에 기대고 싶어지지만, 그것은 시간이 허용하지 않는다고 느낀 스바루는 더듬더듬 사고를 재개하며 말했다.

"그게 말인데, 저기…… 여관 밖이, 엄청나게 위험한, 느낌이, 들어서……."

"밖이 엄청나게 위험한 느낌?"

"그, 그래. 누군가가, 우리를 노리고, 있다고, 생각해……."

흠흠 끄덕이던 미디엄이 스바루의 애매하기 그지없는 이야기에 귀를 기울였다.

솔직히 자신이 지긋지긋해질 만큼 애매모호한 이야기다. 말을 더 잘하지 못하면 미디엄은 몰라도 아벨이나 알은 진지하게 상대해 주지 않을 것이다.

예를 들면――.

"아까, 우리가 여관 밖에 나갔더니 거기서 죽――."

――그 순간, 세계가 정지했다.

"――――."

또렷하게 들리던 미디엄의 심장박동이 영원 저 너머로 사라지고, 바로 눈앞에 있던 그녀의 얼굴도, 숨결도, 손이 닿지 않는 곳으로 간다.

모든 것이 멀다.

색이 사라지고, 소리가 사라지고, 시간의 흐름이 사라지고, 자신의 몸에서 자유가 사라진다.

그리하여 목소리도, 호흡도, 안구조차 자유롭지 않은 스바루의 의식 끝자락을, 끔찍하고, 두려우며, 오싹한 무언가가 천천히 접근한다.

왜 금기에 저촉했냐고 검은 그림자가 슬퍼하듯이 슬금슬금 다가온다.

왜 이것을 잊었냐고 어둠색의 가느다란 손가락이 가슴에 쑥 들어온다.

왜 수없이 반복하려 드느냐고 모든 것을 덧칠하는 『마녀』의 목소리가 다가온다.

「——사랑해.」

퍽이나, 퍽이나 오랜만에 듣는 목소리가 스바루를 지옥으로 끌고간다.

심장이 붙잡히고 무시무시한 격통이 움직이지 않는 스바루의 육체를 갈가리 찢는다. 고문한다. 유린한다. 능욕한다. 다시는 잊지 말라고 각인한다.

그리고——.

"스바루찡?"

갑자기 소리와 색, 시간의 흐름과 몸의 자유가 돌아왔다.

돌아오자마자 온몸의 혈류가 재개되어 부드럽게 울리던 미디엄의 가슴 고동이 자신의 시끄러운 심장박동에 덧칠되었다. 공포가 스바루의 영혼을 지배하고 있었다.

금기를 건드려 『마녀』의 분노를 사는 실수를 저지른 스바루는 자기 자신을 저주할 수밖에 없었다.

어째서 그만한 아픔과 괴로움에 스스로 뛰어드는 짓을 했는가.

결코 타인에게 『사망귀환』을 털어놓을 수 없다는, 절대적인 규칙을 왜 잊었나. 그런 짓을 하면 『마녀』는 스바루에게 벌을 내린다. 아니, 스바루뿐이라면 그나마 낫다.

"위험, 했어……."

그렇게 중얼거리고 스바루는 자신을 껴안아 주고 있는 미디엄과, 주위에 있는 아벨 및 알, 타리타와 루이가 무사한 것을 확인했다.

——『사망귀환』의 고백, 그것이 스바루에게 내리는 가장 큰 페널티는 스바루와 가까운 누군가가 대신 벌을, 그것도 목숨을 빼앗길 정도의 벌을 받을 가능성이다.

한 번은 에밀리아가 그 벌을 받아 목숨을 잃었다. 그 이후로 스바루는 다시는 같은 실수를 저지르지 않겠다고 자신에게 단단히 당부했을 텐데.

운이, 좋았다. 그리고 그 도박에 다시는 누군가를 끌어들여서는 안 된다.

"미디엄, 씨…… 고마워. 이제 괜찮아."

"진짜로? 왠지 아까보다 더 힘들어 보이는데……."

"내가 힘들 뿐이라면, 제일 나은 상황이란 뜻이라서."

허세 부리며 대답하고 스바루는 미디엄의 포옹으로부터 해방되었다. 다정한 그녀가 위험에 처하지 않기 위해서라도 더 이상

마냥 당황하고만 있을 수 없다.

설령 유치한 말일지라도 동료의 생명을 구하기 위해서 전력을 다해야 한다.

"이상하게 말을 해서 미안해. 하지만 밖이 위험하다고 느낀 건 사실이라……."

"그렇다면 어쩌잔 말이지. 여관에 틀어박혀 있어선 오르바르트와의 승부가 되지 않을 터다. 놈과의 승부에 나서지 않으면 네 놈들의 팔다리는 작아진 채로 남는다. 그러기를 바라나?"

"——윽, 그건."

"자자, 기다려 보자고. 아벨, 그렇게 무섭게 다그치지 말자."

『마녀』의 방해를 겁내면서 말을 고른 스바루에게 아벨이 날카롭게 추궁했다. 반사적으로 끼어든 알이 두 사람을 중재하고자 "진정해." 하고 말했다.

"자다 깼더니 작아진 데다가, 심보 고약한 영감님이 괴롭혀서 형제도 혼란에 빠진 거야. 하지만 형제가 생뚱맞은 말을 꺼내는 건 어제오늘 일도 아니잖아."

"멍청한 것. 생뚱맞은 발언에 관해서는 부정하진 않겠지만, 상황이 다르지 않나."

복면과 가면, 얼굴을 가린 자끼리의 눈싸움은 안색을 읽을 수 없는 만큼 긴장감이 어마어마하다.

다만 알의 두둔을 듣자 스바루는 지금까지 아벨과 겪은 일을 떠올렸다.

그리 오랜 관계는 아니지만 과랄의 '무혈입성' 작전도 그렇고, 아벨은 제대로 의견에 귀를 기울일 도량이 있다고 생각한다. 단, 그것은 지금까지의 스바루가 아벨에게 도움이 되는 의견이나 제안을 말할 수 있었기 때문이다.

그러니까, 이번에도 똑같이 이야기를 진행하고 싶다면——.

"나, 나! '눈꺼풀 뒷면' 이 어디인지 알겠어!"

"뭣이?"

손을 들고 힘차게 스바루가 그렇게 말하자 아벨의 미심쩍어하는 눈길이 닿았다.

무서운 귀면 속의 무서운 눈, 거기에 스바루는 어금니를 꽉 깨물었다. 말다툼은커녕 노려보는 시선만 받았을 뿐인데 져 버릴 수는 없다고.

그때——.

"말해 두겠는데, 아벨. 여기서 형제의 의견을 듣지 않는다면 형제를 데리고 다닐 의미가 없어. 그리고 형제를 업신여기겠다면 나도 기분이 편치 않고."

어조를 낮춘 알이 스바루 옆에 나란히 섰다.

목소리가 낮다고 해도 소년 목소리 수준이지만 그래도 그의 진지함을 표시하기에는 충분했다. 그런 알의 살짝 살벌한 의사표명에 아벨의 시선에 서린 열기도 한 단계 식었다.

——그다지 의식하지 않았지만, 아벨과 알의 관계는 아주 희박했다.

애당초 알이 마도에 동행한 것은 스바루의 힘이 되겠다는 약속 때문이다. 그리고 스바루와 같이 루그니카 왕국의 사람인 그는 아벨의 황제 복귀에 구애되지 않았다.
굳이 말하자면, 알의 주인인 프리실라가 바라고 있는 정도지만——.
"나 개인은 어느 쪽이든 상관없어. 꺼림칙한 추억밖에 없는 나라 꼭대기가 누군지는."
"호오."
"자, 잠깐! 잠깐, 그만두자! 싸우면 안 돼! 내가 잘못했어!"
눈싸움하는 두 사람의 시선이 험악해지자, 스바루 쪽이 더 버티지 못했다.
스바루는 두 손을 휘두르며 둘 사이에 끼어들어 내분을 어떻게든 막으려 했다. 그러자 스바루의 호소에 타리타가 "그렇지요." 하고 끄덕였다.
"스바루의 말이 맞습니다. 저희는 적의 함정에 걸렸고 여기는 적진 한복판이겠지요. 이전보다 더욱 경계한다……. 그것은 중요한 일 아닐까요?"
"그래그래! 나도 스바루찡과 타리타에게 찬성! 이 이상 조그매지면 큰일이잖아? 그러니까 다 같이 조심하자! 그런 거지?"
"우—!"
타리타의 찬동에 미디엄도 편승하고, 루이도 기세에 따라 두 손을 들었다.
여성진의 반응으로 스바루는 "얘들아……." 하고 감동하고 말았다. 루이는 몰라도 미디엄과 타리타, 알까지 주의를 환기하는 데 성공한 것이다.

문제는 그런 주의로는 부족할 정도로 '죽음' 이 임박했을 경우지만, 그때는 이미 스바루가 몸을 던져서 모두를 구할 수밖에 없다.

"그래서?"

"응?"

"그래서, 네놈이 생각하는 '눈꺼풀 뒷면' 이란 어디지?"

스바루의 안도를 아는지 모르는지, 아벨은 담담히 한 번 멈춘 화제를 재개했다.

거기에 알이 불만스럽게 혀를 차는 것을 흘깃거리며 스바루는 아벨 쪽으로 돌아섰다.

이 황제 각하의 저조한 대인 능력은 지금 시작된 일이 아니지만——.

"몸이 원래대로 돌아가면, 너는 알에게 맞을 각오나 해 두는 편이 나을 거야."

일단은 여관에서 나가기 전에 먼저 주의를 환기하게끔 말해 두었다.

3

"어디 보자, 예컨대…… '전망이 좋은 나락' 쯤 되겠, 군!"

"잠깐, 영감님! ……젠장, 벌써 없어졌어!"

창틀을 밟고 몸을 내민 오르바르트의 모습이 마도의 북새통 사이로 사라졌다.

알이 날렵한 괴노인을 허겁지겁 쫓으려 하지만, 그가 창문에 당도했을 때 숙련된 시노비의 모습은 그림자조차 사라진 뒤였다.

"스바루, 그 남자의 다음 은신처는……."

"응응, 스바루찡이라면 알겠어? 알 것 같아?"

전개는 동일한 흐름을 따라서 오르바르트의 처음 은신처를 가뿐히 간파한 스바루를, 타리타와 미디엄이 기대하는 눈으로 본다.

그러나 안타깝게도 다음 은신처, '전망이 좋은 나락' 의 답은 불명이다.

그 답은 지금부터 모두가 하나로 뭉쳐서 해명할 필요가 있지만——.

"그래서, 어때, 아벨. 형제는 제대로 성과를 냈거든?"

"성과를 낸 것은 평가할 가치가 있군."

"그게 전부……?"

"시간의 유예는 없다. 더 할 말이 어디 있나."

"그러십니까……."

아까 벌인 눈싸움의 살벌한 느낌은 두 사람 사이에 미묘하게 흔적을 남기고 있었다.

그렇다고는 해도 아벨의 태도는 변함이 없고, 시비를 거는 것은 어디까지나 알이다. 한편, 아벨은 알의 역정을 상대할 작정이 없는 눈치라 혼자만 씩씩대는 모양새였다.

어쨌든——.

"전망이 좋다 하면, 높은 곳이라고 추측할 수 있지 않습니까?"

"하지만 나락이라면 구멍을 말하는 거지? 구멍이라면 지면에 있는 거 아냐?"

"다들 좋은 가능성을 짚은 것 같아. 나머지는…… 맞아, 아벨은 사람이 많은 곳에 가고 싶은 게 아니었던가?"

아이디어를 서로 꺼내며 다음 오르바르트의 은신처를 추리하는 가운데, 스바루는 지난번에 잘 풀리지 않았던 아벨의 작전에 의존하고 싶다고 그에게 말을 돌렸다.

그러나 스바루의 질문에 아벨은 부자연스럽게 침묵했다.

"야, 아벨? 왜 그래?"

"네놈의 생각이 옳다. 사람이, 그것도 타지인이 많이 드나드는 곳이라면 바람직하지. 거기서, 일손을 모으겠다."

"일손? 어, 이보셔, 설마……."

아벨이 한순간의 침묵 뒤에 이은 말에 알이 어이없다는 목소리를 흘렸다.

스바루도 이전 회차에서는 듣지 못한 주점에 가는 목적—— 그것이 일손을 모으려는 의도였음을 알고 아벨의 어른스럽지 못한 '숨바꼭질' 대책을 이해했다.

"수색의 기본은 머릿수다. 오르바르트와 약속을 확인했을 때, 사람을 고용하는 행위를 금지하는 문구는 없었지. 그렇다면 비난받을 이유는 없다."

"아항, 궤변을……. 그래도 군자금은? 일손을 고용하는 데도 돈이 든다고?"

"대비는 해 두었다. 타리타."

"네, 여기 있습니다."

알의 지적에 끄덕인 아벨이 타리타에게 무언가를 가져오라 시켰다.

그것은 질풍마에서 내리고 여관에도 가져온 짐 중 하나였다. 자물쇠가 달린 가방이라 다른 짐보다 엄중해 보인다 싶기는 했지만.

"과랄에서 출발할 때, 지크르에게 도시청사의 창고를 열라고 지시했다. 협력자를 얻는 데 가장 효율적인 수법이지. 쓰지 않을 이유는 없다."

"빈틈도 없으셔라……."

왠지 분한 듯한 알의 말에 아벨은 어깨를 으쓱이고 가방을 타리타에게 들게 했다.

사람을 고용한다는 아벨의 방침, 그것을 위해서 필요한 군자금도 있다면, 구태여 반대할 필요도 없을 것이다. 목적지는 타지인이 모이는 주점이다.

그리하여 전원이 외출을 위한 장비를 갖추고 문제의, 여관 밖으로 나가는 흐름에서——.

"정면은 피하고 여관 뒷문으로 나가지."

아벨이 그렇게 말을 꺼낸 바람에 스바루는 얼떨떨하게 굳고 말았다.

확 바뀐 의견에 당연히 다른 사람들의 눈도 동그래졌다.

"어라? 아벨찡, 그건 스바루찡이 한 말을 믿는다는 거야?"

"경계해서 나쁠 것은 없다. 오르바르트의 위치도 특정한 이상,

놈의 상신에 일고할 여지도 있을 테지. 단지 그뿐인 얘기다만?"

"넌 알만이 아니라 내 주먹도 조심해라."

스바루가 원망하듯 말하는데도, 아벨은 "흥." 하고 코웃음만 친다.

그 오만한 자세를 너그럽게 넘기면, 아벨의 판단은 스바루에게 도움이 된다. 사실 아벨이 말을 꺼내지 않았더라면 스바루가 먼저 뒷문으로 가자고 설득할 심산이었다.

"형제의 공적을 제대로 인정할 생각이 있단 뜻이려나."

"그런가 봐. 아니, 여태까지도 그렇기는 했지만."

무슨 이유인지, 아벨이 말하는 '신상필벌'의 기본 자세도 의심하고 말았다.

그 신조만 알면 아벨을 어떻게 대할지 요령도 파악할 수 있다. 그렇다. 스바루 본인도 생각이 있었을 텐데, 마치 아벨을 대하는 요령을 싹 다 다시 배우는 것만 같았다.

"그나저나 용케 영감님이 어디 있는지 알았네. 공략본이라도 본 것 같아."

"공략본이라니 무지무지 그리운 말이군……. 그런 게 있었으면 편리하겠지만 전혀 그런 게 아니야. 그건 그냥, 경험 덕이지."

"경험? 숨바꼭질의?"

"비슷한 셈이야. 전에도…… 전에도?"

오르바르트 발견의 공훈을 다시 끄집어내자 쓴웃음을 지은 스바루의 사고가 정지했다.

맨 처음 방에 오르바르트가 있을 거라 생각한 것은, 그런 클리

셰에 경험이 있었기 때문이다. 그 클리셰를 오르바르트 전에 스바루에게 선보인 인물이 있었을 터다.

그러니까 스바루는 오르바르트와의 숨바꼭질에서도 맨 먼저 그것이 떠올라서.

그것이 언제 있었던 일이었는지, 스바루는 "아— 우—." 하고 신음하면서 기억해내려 했다.

"이봐, 뭔데, 건망증이야? 젊어졌는데 노인네 같잖아, 형제."

"건망증……."

"그거 아냐? 누군가가 했었던 거라면, 형제네 식구 중 누구라거나. 은발 아가씨는 아닐 테고, 항상 데리고 다니는 로리 소녀……."

"베아트리스!"

"우옷."

번쩍 고개를 쳐들고 강하게 외친 스바루의 말에 알이 흠칫 어깨를 떨었다.

그러나 스바루에겐 알의 놀라움에 상관할 여유가 없었다. 당연한 노릇이다.

"이게 말이 돼……?"

스바루가 아연하게 중얼거렸지만, 아무리 생각해도 이상한 이야기였다.

베아트리스, 베아트리스다. 스바루의 파트너이자 더없이 사랑스러운 대정령. 그 아이가 스바루에게 시도한 최초의 장난, 그것이 오르바르트를 찾아내는 단서가 되었다.

이번 발견이 공훈이라면, 그것은 스바루와 베아트리스가 함께 쟁취한 공훈이다.

그런데도 그 사실을 쏙 빼먹다니, 있어서는 안 될 일이었다.

"스바루! 알! 와 보십시오!"

그렇게 경악한 스바루를 갑자기 타리타의 날카로운 목소리가 불렀다.

무심코 고개를 들자 여관 뒷문에서 바깥 상황을 살핀 타리타가 아름다운 옆얼굴에 강한 경계심을 띠고 있었다.

그 경계심의 원인이야말로 곧 전회차에서 스바루 일행을 습격한 '죽음' 이어서——.

"이미 포위되었습니다. 아마도 백 명 가까운 상대에게."

"——?!"

——앞문의 호랑이, 뒷문의 늑대.

여관 뒷문을 통해 밖을 엿본 타리타에게 보고를 들은 스바루의 뇌리에 그런 말이 떠올랐다. 다만 그 속담도 이렇게까지 수적으로 불리한 상황은 상정하지 않았으리라.

위협이 올 줄은 알고 있었다. 하지만 그것이 백 명이나 되는 적이라니——.

"백 명 가까운 적이라고라?!"

"네, 적게 어림잡아도. 더 늘어날 수도 있습니다."

놀란 알이 기성을 지르며 부산을 떨자 타리타가 냉정한 투로 대꾸했다.

돌발 상황에 약하다는 인상이 있던 타리타인 만큼, 그 모습이 뜻밖이기는 했다. 하지만 이런 상황이라면 냉정한 사람이 많은 편이 더 달갑다.

적의 존재와 자신의 머리, 혼란에 빠질 여지가 많은 스바루로서는, 특히나.

"포위만 했나. 공격할 낌새는?"

"지금은 아직. 아군이 모이기를 기다리고 있는 걸지도 모릅니다만……."

"공격하지 않는다는 것은, 우리가 녀석들의 요건을 충족하지 않았다는 뜻이지."

타리타의 의견에 고개를 가로저은 아벨이 검은 눈에 사색의 빛을 섞었다.

하지만 필요한 시간은 많지 않다. 불과 몇 초 뒤에 아벨은 귀면의 이마를 짚은 채로 몸을 돌려 스바루 쪽을 바라보았다.

그 눈초리에 귀면과 관계없이 압박감을 느낀 스바루가 숨을 집어삼켰다.

"바깥에 있는 자들은, 어떻게 굴면 습격하지?"

"어……."

날아온 질문에 삼킨 숨이 갈 곳을 잃었다.

"대답해라. 바깥에 있는 자들이 우리 쪽을 공격하는 조건은?"

눈이 휘둥그레진 스바루가 아무 대답도 못하자 아벨의 질문이 거듭되었다.

간신히 그 질문 내용을 머리가 이해했지만, 이해해도 답은 나오질 않았다.

왜냐면 모르는 것은 대답할 수 없으니까. 바깥에 있는 사람들은 모른다.

"대답해라."

그런 스바루의 초조함과 혼란을 짓밟으며 아벨은 질문을 거듭했다. 그 말에 스바루가 대답하지 못하고 있으려니, 귀면은 그 분노의 표정 그대로 어린 어깨를 움켜쥐었다.

"대답해라! 나츠키 스바루!"

"모, 모르겠다고! 바깥에 나가면, 갑자기 습격하고…… 그게 다야!"

으름장 놓는 대로 대답을 해 버린 스바루는 허둥지둥 자신의 가슴을 잡았다.

또다시 충동적으로 『사망귀환』으로 얻은 정보를 밝히고 말았다. 다시금 금기를 범한 페널티가 찾아올 가능성에 움츠러들었다. 그러나 아무 일도 없었다.

주위의 시간이 멈추는 일도 없거니와, 스바루에게 아픔이라는 벌을 내리는 마수(魔手)도 나타나지 않았다.

다만 그 대신에――.

"우―!"

앓는 소리와 함께 루이가 스바루를 등에 감싸듯이 두 사람 사이에 끼어들었다.

어깨를 잡은 팔을 때리고 노려보는 루이를 아벨이 불쾌한 듯이 보았다. 그러나 그런 루이에게는 금세 든든한 아군, 미디엄이 옆에 붙었다.

"아벨찡! 스바루찡을 괴롭히지 마! 오빠에게 이를 거야!"

"그자에게 고자질한다고 내가 어쩐단 말인가. 애초에 필요한 정보를 말하도록 시켰을 뿐이다."

아벨은 켕기는 기색도 없이 나무라는 미디엄의 시선을 맞받아쳤다. 그 태도에 미디엄은 "아유!" 하고 볼을 부풀렸지만, 스바루는 그럴 경황이 없었다.

아벨 상대로 말로든 행동이든 받아치지 못하는 자기 자신이 믿기지 않았다. 하물며 그 서슬에 내몰릴 때 스바루가 느낀 것은 말로 표현하지 못할 저항감과 분명한 두려움.

그래서는, 마치——.

"마치 어른과 아이 같군. 그것도 겉모습만 보고서 하는 말이 아니야."

가슴을 잡고 고개 숙인 스바루의 옆얼굴에 내뱉는 것만 같은 알의 목소리가 닿았다.

방금, 스바루와 아벨의 대화를 본 솔직한 감상이리라. 그러나 그 어른과 아이라는 표현에 스바루 안의 커다란 의문이 해명되었다.

스바루가 아벨에게 느낀 공포, 그 정체는 어른과 아이의 역학 관계였다.

겉모습만의 이야기가 아니라, 그 내용물까지 『유아화』에 끌려가는 것처럼——.

"들어라. 포진한 상대에 짐작이 갔다."

"윽, 진짜냐."

스바루의 의문이 풀린 타이밍에, 아벨도 자신이 생각한 결론을 내렸다.

그 놀라운 발언에 알이 반응하자 아벨은 모두에게 보이도록 손가락을 두 개 세웠다.

"우선, 마도에 백 명 규모의 수하를 준비할 상대라는 것만으로도 후보는 한정된다. 그 시점에서 이미 양자택일…… 황제 일행과 진짜 목표다."

"그 표현으로는, 가짜 아벨의 일동께선 진짜 목표가 아니란 말인가. 이유는?"

"치샤 놈이 변신한 황제가 명령했다면, 오르바르트의 행동과 모순된다."

아벨의 단정적인 주장, 그 근거가 오르바르트의 언동에 있다는 것은 수긍이 간다.

만약 밖에 있는 백 명이 가짜 황제의 부하라면 간섭 금지의 명령을 취소했다는 뜻이다. 그 경우, 오르바르트는 희희낙락 스바루 일행을 사로잡고 고문했을 터다.

"이해는 가는데, 떨떠름한 신뢰로군……. 그런데 이것저것 궤변을 늘어놓았을 가능성은 있지 않아?"

"그렇다면 묻겠지만, 내가 그 가능성을 채택할 거라 생각하나?"

"생각하지 않습니다."

대답한 타리타 옆에서 알도 마찬가지로 마지못해 고개를 아래위로 흔들었다.

그것은 가짜 황제에게 발생한 딜레마——. 가짜가 아벨로 변신한 이상, 그 판단 기준은 황제인 아벨과 동일할 터다. 즉, 진짜가 하지 않을 행동은 가짜도 할 수 없다.

즉, 가짜 황제는 계속해서 속 좁은 황제를 연기할 필요가 있다는 말이다.

"하지만 아벨찡의 가짜가 적이 아니란 것은……."

"그래, 다른 한쪽이란 뜻이겠지. 아벨 생각으로도 그쪽이 유력하다 그러고."

미디엄과 알의 시선이 답을 요구하며 아벨을 보았다. 자연히 상황을 파악하지 못한 루이 이외의 전원이 아벨에게 시선을 집중했다.

그 주목을 받으며 아벨은 세운 두 손가락 중 하나를 접었다.

"오르바르트가 제시한 조건, 바깥에 있는 백에 육박하는 자객들……. 판 위에 말을 놓을 자격을 따지면 저절로 가능성이 좁혀진다."

"그래서, 똑똑한 아벨의 견해는? 누가 우리를 노리고——."

"카오스프레임이다."

손가락에 시선을 모으게 하고, 아벨이 대치하는 적의 이름을 명언한다.

하지만 들은 이름을 검색해도 머릿속에 상대의 얼굴은 떠오르지 않았다.

당연한 바다. 왜냐면 카오스프레임이라는 것은 인명이 아니니까. 도시의 이름이다.

"카오스프레임…… 다시 말해 마도의 주민이다. 황제의 모략이 부정된 이상, 이 도시에서 백이나 되는 전력을 동원할 수 있는 다른 후보를 찾을 수 없어."

얼떨떨한 다른 일행과 다르게, 이미 가능성 검토는 할 만큼 했으리라.

스바루는 적의 정체를 당연한 듯이 받아들이는 아벨을 쫓아가는 것이 고작이었다. 애초에 만약 그것이 사실이라면 보통 일이 아니므로.

왜냐면 밖에 도시 주민이 대기하고 있다면, 그들을 움직인 흑막은――.

"요르나가, 우리를 공격하라고 시켰다는 뜻이야?"

"다른 이유는 생각하기 어렵지 않을까? 애초에 우리에 대해 알고서 노릴 만한 이유가 있는 녀석은 달리 없으니까."

"아벨은? 아벨은 어떻게 생각해?"

마도 카오스프레임, 그 주민을 장기짝처럼 움직일 수 있는 인물. 당연히 그 조건으로 맨 처음 떠오르는 것은 이 마도의 지배자인 요르나 미시구레다.

그러나 오르바르트와 마찬가지로――아니, 그 이상으로 속마음을 알 수 없는 상대라고는 해도, 한 번은 스바루 일행을 사자로 인정한 자가 그런 흉계를 꾸밀까?

그런 의혹을 담은 스바루의 물음에 아벨은 귀면의 이마를 손가락으로 두드리다가.

"못마땅하군."

짧게 대꾸했다.

그 지나치게 짧은 답변에 아쉽게도 스바루 일행 쪽은 납득이 가지 않았다. 그 분위기를 감지했는지 아벨은 "친서 말이다." 하고 탄식과 함께 말을 이었다.

"어제 보낸 친서에는, 그자가 원하는 것을 상으로 주겠다는 취지를 적었다."

"그 언니가 원하는 것…… 즉, 황비 자리?"

"아벨찡의 색시?"

친서 내용을 아벨이 언급하자 알과 미디엄이 잇달아 말했다.

어제 이야기로는, 요르나가 원하던 것은 '황제' 이며, 그것은 아벨에만 한하지 않고 '황제 지위' 라 설명이 되었을 터다.

그렇기에 요르나가 원하는 것을 주겠다고 썼다면, 그런 상황일 터.

"그런 걸 편지로 전해도 돼?"

"네놈의 척도로 문제를 축소하지 마라. 그자에게는 원하는 것을 준다. 그렇기에 우리를 성에 불렀지. 그런데도 수하를 파견하다니 앞뒤가 맞지 않아."

"아, 죽이고 싶을 만큼 아벨의 신부가 되는 것이 싫었을 가능성은……."

혹은 죽이고 싶을 만큼, 편지에 무례한 말이 적혀 있었을 경우다.

직접 대화 중인데 이런 태도니까, 결혼하려는 상대에게도 거들먹대며 접했을 가능성은 아주 높다고 스바루는 추측했다.

하지만 아벨은 그런 일행의 생각에 코웃음 쳤다.

“필요가 있다면 그렇게 한다. 감정은 다음 문제지. 프리실라도 아니건만.”

“나는 그 언니가 성가시기로 치면 공주와 상통하는 면이 있다고 생각했는데 말이다!”

그것은 스바루도 같은 의견이다. 프리실라도 요르나도, 둘 다 무섭다.

다만 확신이 서린 말투였기에 아벨의 주장에도 일리가 있는 듯이 느껴졌다. ——게다가 어제 요르나에 관한 기억을 봐도 떠오른다.

‘저도 이 마도의 주인. 시종도 있는 앞에서 거짓부렁은 하지 않는답니다.’

그렇게 말하고 약속한, 자존심이 센 듯한 요르나가 일방적으로 먼저 한 말을 뒤집는 것은 생각하기 어렵다는 추측. 오히려 정면에서 선전포고하고 습격할 느낌이 든다.

“치샤든 요르나 미시구레든, 자객을 보낼 이유가 마땅하지 않아. 하지만 상황은 적이 마도 주민임을 시사하지. 따라서——.”

“적은, 카오스프레임인가…….”

“그렇다.”

아벨의 수긍에 비로소 다른 일행의 사고도 그와 같은 지점에 따라붙었다.

따라붙어 봤자 그 이상의 답은 현재 낼 수 없다는 것 또한 이해했다.

그러는 와중에——.

"슬슬 밖도 인내심이 바닥났습니다. 어떻게 하겠습니까?"

밖을 경계하던 타리타가 마침내 한계라고 진퇴 여부를 물었다.

아벨이 말한 습격의 요건——상대가 습격하는 조건을 말하는 것이지만, 현재 그것은 밖에 나가는 행동이라 추측 중이다. 그러나 상대가 습격할 준비를 하고 있는 이상, 언제 억지로 밀어닥칠지 알 수 없다.

따라서 상황 타개를 위해서도 스바루 일행은 여관에서 탈출할 필요가 있다.

단, 아무 작전도 없이 밖에 나가면 전과 똑같이 목숨을 잃을 처지가——.

"타리타, 놈들을 유인해라."

"아벨?!"

그 순간 아벨이 내뱉은 것은 가장 잔혹하게 느껴지는 지시였다.

지시를 받은 타리타가 얼굴을 굳히고 스바루는 소리쳐 아벨을 규탄했다. 하지만 아벨은 스바루의 말을 무시하고, 시선을 타리타에게 고정한 채로 말을 거듭했다.

"요란하게 날뛰어 바깥에 있는 자들의 주의를 끌어라. 그사이 우리는 밖으로 피신하겠다."

"아벨, 하고 싶은 말은 알겠지만 더 좋은 발상은……."

"없다. 현재 가진 패로 가능한 최선의 수다. 너희가 작아지지만 않았으면 다른 수단을 모색할 길도 있었겠지만."

"쓸데없는 소리는 떼!"

"아우—!"

알이 타리타의 안전을 염려하자 아벨은 매몰차게 단언했다.

그 냉혹함에 스바루가 대들자 똑같이 루이가 의분의 목소리를 질렀다. 그러나 그런 두 사람의 반응에——.

"아니요, 알겠습니다. 제가 밖에 있는 상대의 주의를 끌겠습니다."

"타리타 씨! 아무리 그래도……."

고개를 가로젓고 아벨의 턱없는 지시를 받아들이려는 타리타.

어떻게든, 더 나은 작전으로 안전을 확보하고 싶다. 하지만 현재 스바루의 머리에 떠오르는 것은 바깥에 있는 아주 위험한 적에 대한 경계와 불안, 이렇게 두 종류뿐이었다.

"타리타, 짐을 넘겨라. 그것은 앞으로 필요하다."

"여기 있습니다. 제가 충분히 주의를 끌면, 틈을 보아 빠져 나가십시오. 신호를 내릴 여유는 없겠습니다만……."

"필요 없다. 그 부분은 미디엄에게 판단을 시키겠다."

"어, 나?"

타리타가 메었던 짐을 아벨이 받아 들어 좁은 어깨에 가방을 메었다. 아벨이 잇달아 내린 지시에 지목된 미디엄이 눈을 동그랗게 떴다.

그런 미디엄을 돌아본 아벨이 "그렇다." 하고 끄덕였다.

"몸이 작아져도 기회를 보는 눈은 남았겠지. 여기서는 네가 적임자일 거다."

"음~ 알았어. 제대로 주의해서 볼게! 타리타도 조심해!"

"네."

스바루를 내버려 두며 척척 이야기가 진행되고 있다.

아벨은 몰라도, 타리타와 미디엄은 지나치게 배짱이 두둑하다. 특히 타리타는, 가장 위험한 역할을 맡았건만.

"그러면, 가겠습니다."

활을 움켜쥔 타리타가 슬금 뒷문에 손을 뻗었다. 그 등에다 스바루는 참다못해 "타리타 씨!" 하고 소리쳤다.

"저기, 주, 죽지 마요……!"

"────."

어쩜 이렇게 재주 없는 말을 뱉었느냐며, 자기 자신이 싫어졌다.

도움이 될 의견이나 필승의 작전을 선사할 수 없으면, 최소한 타리타에게 용기나마 주어야 했다.

그런데도 나온 것은 떨리는 목소리의 애원. ──하지만 타리타는 희미하게 눈웃음을 지었다.

"네, 나중에 또 뵙겠습니다."

희미하게 웃는 타리타가 밖으로 쏜살같이 뛰쳐나간다.

그 직전, 적진으로 떠나는 타리타의 등에 대고 아벨이 마지막 말을 던진다.

그것은──.

"타리타, 힘을 뺄 필요는 없다. 진심으로 해라. ──『혼혼술(魂婚術)』의 영향 아래에 있는 한, 이 도시의 사람은 누구든 쉽게 죽이지 못한다."

격려라고도 필승의 작전이라고도 못할, 섬뜩한 충고였다.

4

——밖으로 발을 내디딘 순간, 맹렬한 기세로 적의가 커졌다.

그것을 갈색 피부로 느끼면서, 타리타는 가늘게 뜬 눈으로 좌우 전역을 단숨에 내다보았다.

밀림 속에서 수렵자로 사는 『슈드라크의 민족』에게 지형과 상황을 한순간에 파악하는 건 최소한의 필수 기능이며, 타리타도 예외가 아니다.

——아니, 타리타는 언니 미젤다로부터 족장의 역할을 물려받은 입장이다.

따라서 타리타는 슈드라크 동포 중에서도 유달리 그 기능들에 뛰어날 필요가 있다. 그리고 실제로 그러했다.

"——아."

목구멍에서 희미하게 숨을 들썩이며 타리타는 자신에게 쏠리는 적의의 수를 파악했다.

주위, 전의가 있는 자는 약 백 명, 그러나 뒷문에서 뛰쳐나온 타리타를 포착한 적은 그중 스물에도 미치지 못한다. 일단 그들의 발을 쏘아 맞추려——.

"아니요."

진심으로 하라는, 뛰쳐나오기 직전에 아벨이 던진 충고가 뇌리에 스쳤다.

아벨은 오만하며 잘생긴 남자다. 미젤다가 선호하는 남자의 조건을 충족한 인물로, 타리타에겐 영 어려운 축에 속하는 상대였다. 강권에 약한 자신은 떠밀리기 쉬워서, 언니나 아벨 같은 성격의 상대와 대치하면 자신의 의견 하나 말하지 못한다.

그렇기에 타리타는 이야기를 들어주는 상대가 좋다. 특히 자신은 의견을 정리하는 데 시간이 걸리기에 재촉받으면 정신을 못 차릴 때도 많다.

그런 관점에서 말하면, 과랄에 남기고 온 플롭이라면 아주――.

"윽, 무슨 생각을 하는 겁니까."

한순간의 수치심에 얼굴을 붉히면서 타리타는 화풀이처럼 활시위를 당겼다.

찰나, 시위에 메긴 화살이 동시에 세 발, 그것이 섬세한 손가락 조정으로 각도를 바꾸어 각각 다른 사냥감의 목과 급소를 노리며, 쏘아져, 뚫는다.

――동포 중에서도 나란히 설 자가 없는 타리타의 궁술이 본색을 발휘했다.

"사냥은, 좋습니다."

누구와도 대화하지 않아도 되니까 타리타의 적성에 맞았다.

사냥감은 타리타가 말하는 것을 바라지 않는다. 타리타도 사냥감과 마음을 터놓을 수 있기를 바라지 않는다. 대화다운 대화는, 쏜 화살의 교전뿐.

게다가 삶과 죽음이라는 결과는, 대화 끝에 나올 필요가 없는 것이다.

"――오오오오!"

용맹한 포효를 지르며 쓰러진 남자들을 대신해 새로운 적이 골목으로 뛰어들었다.

선두에 달리는 것은 덩치가 2미터가 넘는 소 인간, 우인족(牛人族)이다. 그 정수리에 짧고 굵은 뿔이 난 거한이 타리타를 짓뭉개고자 돌진했다.

길은 좁아 좌우로 피할 곳이 없다. 그렇게 판단한 타리타가 즉시 앞으로 달리기 시작했다.

"꺽?!"

설마 상대가 다가올 줄은 몰랐는지 우인족은 경악해서 눈을 부릅떴다. 걷어찬 발바닥으로 그 안면을 깨부수고, 타리타는 코피를 뿌리는 남자를 밟고서 높이 날았다.

빙글빙글 공중에서 회전하는 타리타, 그 몸이 좌우의 건물을 넘어 높은 지점에 이르렀다.

——회전하는 시야. 조금 전에는 내다보지 못한 배후도 포함한 360도의 시야를 확보. 건물 그늘과 지붕 위, 도시에 깔린 발판에 선 적을 일제히 포착했다.

"화살이 부족하겠네요."

말하면서 등에 진 화살통의 화살을 한꺼번에 손가락 사이에 끼워서 뽑은 타리타는 아찔한 속도로 노도 같은 3연사를 반복하여 적을 줄였다. 화살 개수와 적의 수가 맞지 않는 만큼, 오랜 세월의 감에 의존해 역량이 높은 자부터 우선적으로 노리기로 했다.

서 있는 모습, 자세, 몸의 긴장과 표정으로 그자들을 한순간에 선별하고——.

"우와아아악——?!"

그 결과, 미쳐 날뛰는 화살이 폭풍처럼 쏟아지며 맞은 자들이 잇달아 쓰러졌다.

아벨의 충고에 따라 모든 화살을 급소에 박아 넣었다. 전부 가슴과 목, 노릴 수 있다면 눈이나 입을 노리고 치명상을 입힐 심산이다. 약 서른 명의 적이 쓰러졌을 터.

단, 화살은 동나고 말았기에 이제는 달아나면서 사용한 화살의 회수를――.

"이것은 약간, 예상하지 못했습니다만."

착지하고 다음 사냥감 쪽으로 가려던 타리타의 발길이 멈추었다.

타리타도 수렵자다. 여태까지 세지도 못할 만큼 짐승의 목숨을 앗았다. 다소 형태는 다를지언정 생물의 급소를 맞춘 감각은 시위를 놓았을 때 알 수 있다.

그 경험을 고려하여 타리타에게는 적을 사살했다는 확신이 있었다.

"우, 우……."

그런데도 신음하면서도 일어나는 자들은 한 명도 목숨을 잃지 않았다.

가령 죽지 않아도 싸울 수 있을 턱이 없다. 일어나다니 말도 안 된다. 하지만 일어난 그들은 빈사이기는커녕 전의조차 잃지 않은 눈으로 타리타를 노려보고 있었다.

그, 타리타를 바라보는 눈에 변화가 발생했다.

"그것은, 대체 무엇이지요?"

일어난 우인족의 남자에게 타리타가 눈썹을 찌푸리며 물었다. 그 물음에 남자는 답하지 않지만, 그의 신변에 일어난 변화는 너무나도 이질적이라 이목을 끌었다.

——그 오른쪽 눈을 붉은 화염이 뒤덮고 있었다.

눈동자가 타오르고 있는 것은 우인족 남자만이 아니다.

타리타의 화살을 맞아 쓰러진 자들은 전원 오른쪽과 왼쪽의 차이는 있어도 각자 한쪽 눈에 붉은 화염을 맺으며 타리타를 응시하고 있었다.

그렇게 눈동자를 불태우는 것은 딱히 타리타의 화살을 맞은 자들만이 아니었다.

나타난 타리타를 포위하기 위해 뒤늦게 이 자리에 들어선 자들도 그 눈에 붉은 화염을 맺고 있다. 이글이글 불똥을 튀기며 타오르는 화염.

그리고 놀라운 점은 그것과 같은 화염이 우인족들이 입은 상처를 태워서 치유하는 것.

발에 차여 깨진 우인족의 코도, 화살에 맞은 자들의 상처도, 모조리.

"설명이 조금 부족하지 않습니까, 아벨."

그 광경과 아까 아벨의 충고가 겹쳐지자 타리타는 한숨과 함께 뇌까렸다.

그 말투를 생각하면, 아벨은 적지 않게 이 사태를 예상했었을 터다. 그렇다면 더 알기 쉬운 표현으로 충고해 주었으면 했다.

그러나——.

"저의 역할은 미끼이지, 적을 섬멸하는 것이 아닙니다."

따라서 자신의 역할에 집중한다는 점으로는, 이것은 잘 풀리고 있다 해도 무방하다.

나머지는——.

"화살은, 부러뜨리겠지요."

화살에 맞은 자들이 자기 몸에서 떨어진 화살을 잇달아 부러뜨리기 시작했다. 회수할 여지가 사라져서 타리타의 특기인 궁술이 봉인된 상태다.

단, 그걸로 수단이 없어졌느냐면, 그것도 틀렸다.

"사냥에는, 단검도 투석도 쓰니까요."

그렇게 말하면서 타리타는 몸을 낮추고 입은 예복 안에 숨긴 단검과 쏠 화살을 잃은 활을 같이 들었다.

계속해서 역할을 완수하려는 타리타의 응전은 이제 막 시작된 참이다.

5

떠나 보낸 타리타가 분전하는 사이에 여관 뒷문으로 도주하여 골목길을 내달렸다.

백 명이나 되는 추적자가 타리타에게 주목하는 동안에 들키지 않기를 빌면서 필사적으로, 필사적으로 달리고, 달리고, 계속 달리다가——.

"멈춰라. 일단 여관 주위에 있던 자들은 뿌리친 모양이다."

"——윽."

선두에서 달리던 아벨의 목소리에 스바루도 앞으로 휘청거리면서도 발을 멈추었다.

심장이 쿵쿵 뛰고 산소가 부족하다며 허파가 통증을 호소하고 있다. 도중에 몇 번씩 넘어질 뻔하면서도 타리타의 노력을 허사로 만들지 않기 위해서 열심히 달렸다.

덕분에 모두가 인기척 없는 골목까지 흩어지지 않고 도망칠 수 있었다.

"타리타, 괜찮을까. 내가 생각하던 것보다 훨씬 더 잘 움직였지만."

"하아, 하아…… 응, 굉장했어. 깡충깡충 뛰어다니며, 쓩쓩 쏘고……."

"형제, 그거 일부러 그러는 거야? 아니면……."

"——? 일부러라니, 뭘?"

흐트러진 숨을 고르면서 알의 질문에 갸우뚱했다.

이상한 소리를 할 생각은 없었다. 미디엄과 마찬가지로 타리타의 분투를 되돌아보았을 뿐이다. ——실제로 타리타의 활약은 굉장했다.

내성적이고 얌전한 타리타가 가진 실력이 슈드라크 중에서 몇 번째 정도인지도 모른 채, 스바루는 그녀를 꽤 낮추어 보고 있었음을 깨우쳤다.

하지만 생각해 보면 당연하다.

타리타는 언니이며, 전대 족장이기도 한 미젤다로부터 직접 다음 족장으로 지명되었다. 그리고 그 사실에 무투파만 모인 슈드라크 중 누구도 반대하지 않았으니까.

다만 그런 타리타라도——.

"저 사람들, 왜 화살에 맞았는데 아무렇지도 않을까."

여관을 포위한 백 명이나 되는 적, 그들과 타리타의 싸움은 일부밖에 보지 못했지만 그 불과 일부라도 상대의 이상성은 충분하고도 남게 전달되었다.

타리타의 공격을 맞아도 쓰러지지 않는 터프니스와, 아인족이기 때문이라는 이유로는 치부할 수 없는 강한 피지컬——. 그런데 다들, 평범한 도시 주민의 행색이라서.

아무도 무기 및 방어구로 무장하고 있지 않아서, 그것이 제일 섬뜩했다.

"저런 식이라면 타리타도 언젠가 붙잡힐 거야. 우리가 도우러 가지 않아도 될까."

"불필요하다. 타리타의 안목을 신용해라. 저자는 골수까지 수렵자……. 물러날 때와 도주하는 수단은 잘 알고 있을 테지. 오히려 짐짝이 돌아가는 편이 죽는 사람이 늘 거다."

"그러고 보니 아벨은 뭔가 짚이는 데가 있는 것 같았지."

아벨이 타리타를 걱정하는 미디엄을 물리고 엄격한 의견을 읊자 알은 복면의 눈 부분을 손가락으로 가리켰다. 그것은 자신의 눈이 아니라 길거리에서 타리타와 싸운 자객의 눈—— 그, 각자의 한쪽 눈에 맺힌 붉은 화염을 의미했다.

"뭐라 그랬던가. 아마, 혼혼……."

“『혼혼술』―― 옛 문헌에서 본 적이 있는, 이미 실전되었을 비술이다.”

“실전…… 기록이 없다는 뜻이야? 하지만.”

“아마도 비술의 사용자는 요르나 미시구레일 테지. 만약 정말로 그렇다면, 도저히 제정신으로 하는 짓이라고는 못할 소행이다마는.”

팔짱을 끼고 벽에 등을 기댄 아벨이 자신의 추측을 무거운 목소리로 엮어냈다.

제정신으로 하는 짓이 아니다. 그, 처음으로 듣는 『혼혼술』이라는 비술이, 대체 어떤 효과를 초래하는 것인지 모르겠지만――.

“아벨, 너무 두루뭉술하게 말하지 마. 대체 뭔데, 『혼혼술』이……. 숨기는 게 많잖아! 너의, 너만의 문제가 아니라고!”

머리에 피가 확 치솟은 스바루는 벽에 기댄 아벨에게 시비를 걸었다.

주민들의 눈동자에 맺힌 화염은 못 본 척할 수 없다. 그 붉은 일렁임이야말로 지난 루프에서 맞이한 ‘죽음’의 순간, 스바루의 의식에 언뜻 새겨진 찰나의 기억이다.

즉, 틀림없이 저 자객들이야말로 스바루 일행이 ‘죽음’을 맞이한 원인――.

“『혼혼술』이란, 술자와 대상의 영혼을 묶는 비술이다. 묶인 영혼끼리는 연결되어 힘의 일부를 공유하지. 그자 본연의 그릇을 넘어서는 힘조차 발휘시킬 수 있다.”

스바루의 기백이 통했는지 아벨이 비로소 자신의 지식을 내보였다. 그러나 그 표현이 어려워서 스바루는 눈을 동그랗게 뜨고 말았다.

"이렇게 말하면 의미를 알겠나? 술자인 요르나 미시구레는 이 마도를 구성하는 모든 이와 영혼으로 맺어져 계약을 나누고 있다."

"뭣……."

알기 쉬운 설명을 요구한 스바루에게 아벨이 이용한 것은 '계약'이라는 단어.

그것은 스바루에게 친근하며, 아주 중요한 의미를 가진 소중한 맹세다. 그리고 그걸로 설명되는 사건이란, 상상만 해도 무시무시한 것으로――.

"요르나 미시구레는 자신의 영혼을 도시 전체와 연결하고 있다. 따라서 도시 주민은 남김없이 그자의 힘 일부를 휘두를 특권을 지니고 있지."

"그딴, 어처구니없는 얘기가……."

"따라서 내가 말했던 것이다. 제정신으로 하는 짓이 아니라고."

믿기 어려운 이야기에 동요하는 알에게로 아벨은 자신의 추론을 그리 매듭지었다. 스바루도 알이 받은 것과 같은 충격을 받았다가, 같은 의견에 도달했다.

자신과 상대의 영혼을 묶는 『혼혼술』, 그것은 아벨이 설명했다시피 계약―― 정령술사와 정령 사이에 주고받는 계약 관계와 가까운 것이다.

영혼=오드라고 바꿔 말해도 된다면, 스바루는 드레스를 입은 사랑스러운 소녀—— 베아트리스와 『혼혼술』로 맺어졌다고 할 수 있을지 모른다.

에밀리아가 회색 새끼 고양이, 팩과 맺은 것과도 똑같다고 할 수 있겠다.

"하지만 그건 일대일이라서……."

"그것이 요르나 미시구레의 비정상적인 점이지."

스바루의 속마음, 경악으로 균열이 생긴 사고에 맞춰서, 아벨이 깊이 끄덕였다.

그 목소리에는 두려움도 혐오도 없이, 사실을 담담하게 읊고 있을 뿐이다. 그렇듯 어떻게 느낄지를 상대에게 맡긴 화술이기에 스바루의 가슴은 이토록 무거워진 것일까.

"영혼의 일부라고는 말했지만, 대상이 늘어날수록 근본이 되는 술자의 영혼은 갈가리 찢기는 셈이 된다. 그것을 감히 불특정 다수와 맺어서 자아를 유지하다니 예사로운 정신성이 아니야. 어쩌면…… 아니, 이건 의미 없는 얘기군."

아벨은 마지막 부분만 자기 내면에 감추고 『혼혼술』의 추론을 마쳤다.

그 설명에 압도된 스바루도 어제 직접 얼굴을 마주한 요르나가 무서운 사람이라 여기기 시작했다.

——자신의 영혼을 많은 사람들과 공유한다.

스바루로 말하자면, 자신의 영혼을 베아트리스 말고 다른 많은 사람들에게 나누어주는 것과 같다. 물론 영혼을 넘겨도 괜찮다 여기는 사람이라면 스바루에게도 있다.

여기에 있는 미디엄이나 알도 나쁜 짓을 하진 않으리라. 하지만 아벨에게 넘길 수 있느냐고 물으면 그건 싫다고 떼쓰고 싶다.

그 밖에도——.

"우……."

"——아."

스바루의 옷소매를 꼭 잡고 작게 앓는 소리를 내는 인물에게 의식이 쏠렸다.

긴 금빛 머리카락을 머리 뒤로 묶은 루이는 여태까지 얌전히 일행의 도주극에 따라왔다. 아니, 여태까지만 그랬던 것이 아니다.

루이는 뜻밖일 정도로 말을 잘 듣고, 떼를 쓰거나 난동을 부리거나 한 적도 거의 없다. 분부를 잘 지키며 일행의 발목을 잡지 않게 하고 있다.

무엇보다 지금 스바루의 옷소매를 잡고 있는 것은 자신이 불안하고 조마조마하기 때문이 아니라, 스바루의 불안을 달랠 방법을 찾는 듯이 보이는 것이다.

"너는……."

싫은 녀석이고, 무서운 녀석이고, 용서하지 못할 녀석이다.

그 사실은 이미 충분히, 충분하고도 남을 만큼 생각해서, 의심하지 않는다.

함께 볼라키아 제국으로 날아온 후, 그 자리에서 이 소녀를 버리지 않은 것은 그 아이가, 렘이 루이를 소중히 여기려고 했기 때문이다.

지금도 렘에게 미움받고 싶지 않으니까. 그것만이 루이와 함께 있는 이유다.

그런데도――.

"아아, 젠장! 하나도 모르겠어!"

"――읏."

옆의 루이를 상대로 말로 표현 못할 감정에 고민하는 스바루.

그 사고가, 거칠고 짜증 서린 알의 말에 차단되었다. 알은 작은 발로 골목의 벽을 난폭하게 걷어차고 목덜미를 벅벅 긁었다.

"실제로! 진짜 『혼혼술』인지도, 적이 요르나 언니인지 그렇지 않은지도, 오르바르트 영감님이 거짓말을 안 했는지 여부도 모르는 거잖아!"

"아, 알……?"

부르짖은 알의 서슬에 스바루는 이 남자답지 못하다 느끼고 아연실색했다.

여유작작하고, 버드나무처럼 어떤 난관도 설렁설렁 흘리는 남자. 그렇게 좋은 의미로 가벼운 성격이던 알, 그것이 지금의 그에게는 흔적도 없다.

그리고 알은 그 짜증을 품은 채로 아벨에게 훌쩍 다가섰다.

"어쩔 거야, 아벨. 이런 식이라면 같이 못 가 줘. 말해 두지만 나는 그쪽의 복권보다 우선할 것이 있거든. 그러니까……."

"네 소망에 흥미는 없다. 하지만 확인할 방법은 있다."

"확인하다니, 뭘 말이야."

"저자들의 강인함이, 실제로 『혼혼술』에 의한 것인지 말이다."

다그치는 알에게 그렇게 내뱉은 아벨이 골목 밖의 길거리를 손가락으로 가리켰다.

어두운 골목에 인접한 길에는 거의 인기척이 없었다. 언뜻언뜻 보이는 것은 방치된 텐트나 사람이 없는 빈집 등.

무언가, 아벨이 구체적으로 가리킨 것 같지는 않지만──.

"아무것도 없는데, 뭘……."

"지나가는 사람을 무작위적으로 선택해 해친다. 상처가 아물면 『혼혼술』의 영향 아래에 있는 것이다. 그렇지 않다면 『혼혼술』이 사용되었다는 추측은 버릴 수 있지."

담담한 어조로 아벨이 도저히 믿지 못할 의견을 제안했다.

그것은 즉, 아무나 따지지 말고 해쳐서 자신의 생각이 맞는지 확인하자는, 그런 이야기다. 너무나도 어처구니가 없어서 머리에 확 피가 올랐다.

"그딴 짓은──!"

"거부하겠다면── 어쩔 거지? 대안을 내놓을 수 있나?"

반사적으로 따지려고 하는 스바루를, 아벨이 말로 선수를 쳐서 제압했다.

귀면 속 검은 눈이 마음을 간파하고 얄팍하다며 비웃는 것 같아서 스바루의 얼굴이 화끈거렸다. 하지만 입 다물고 있을 수는 없다. 입 다물고 물러나기 싫다.

"누, 누군가를 해치다니, 그런 짓을 하지 않더라도 다른 방법이……."

"있다면 말해 봐라. 고려할 만한 제안이라면 귀를 기울이겠다.

물론 지금의 너에게 그것을 기대하는 것도 가혹한 셈이겠지만."
"그건!"
"너는 유난히 희생이 생기는 것을 두려워하지."
냉혹한 목소리가 뜨거워지는 스바루를 쪼개듯이 꿰뚫었다.
진짜로 꿰뚫린 것만 같은 아픔을 느낀 스바루는 어금니를 깨물고 고개를 숙였다.
희생은, 싫다. 아군은 물론 적이라도 죽거나 다치는 사람은 적은 편이 낫다. 그렇게 생각할 수 있는 건 스바루가 무르고 풋내나며, 약하기 때문이라고 힐난을 받는다.
"그게 왜 안 된다는 건데."
"부정이 아니다. 단순한 사실이다. 자신의 소망을 최대한으로 관철하겠다면 그에 걸맞은 지략이나 실력이 필요하지. 부족하다면 소망을 덜어내고 타협할 수밖에 없다. 그것이 네가 설파한 무혈입성, 그 안에서 일어난 과정과 결과다."
"————."
"사망자도 부상자도 바라지 않는다면, 그 결과를 끌어들일 수 있는 힘이 필요하다. 네가 진심으로 그러기를 바란다면, 힘을 아끼는 건 모순 아닌가."
힘을 아낀다는 말에 스바루의 마음이 극심하게 삐걱거렸다.
아벨의 진의를 모르겠다. 다만 귀면 속의 검은 눈은 스바루를 응시하며, 비교도 되지 않게 나약한 스바루의 눈에서 그 본심을 찾으려 하고 있다.
모르겠다. 정말로 몰랐다. 스바루가 아끼는 힘이란, 무엇인가.

열심히 생각하며 치미는 눈물을 참아도 답은 아무것도 나오질 않았다.

짧은 팔다리와 작은 허파로는 타리타처럼 날고뛰는 것도 잘할 수 없다. 가져온 채찍도 손잡이가 굵고 무거워서 도저히 다룰 수 없다.

그래도 아무도 다치게 하고 싶지 않다면, 그러기 위해서는——.

"그렇다면 내가 다치면 되잖아!"

머릿속이 뒤죽박죽으로 뒤엉켜서, 스바루는 그렇게 아벨에게 악을 썼다.

능력이 부족한 것도, 생각이 짧은 것도 다 알고 있다. 그것은 스바루가 이렇게 몸이 작아져 버리기 전부터 항상 끌어안고 있던 문제이기 때문이다.

꼭 감은 눈 안에서 뜨거운 것이 치밀었다.

그것이 확실하게 눈물로 바뀌기 전에, 스바루는 뒤돌아서 달리기 시작했다.

"형제?!" "스바루찡!"

갑자기 스바루가 달려 나가자 알과 미디엄이 비명 같은 소리를 질렀다.

두 사람의 목소리도 무시하고 스바루는 골목 밖의 길로 뛰쳐나갔다. 그리고 아벨에게 들은 부족한 것, 원하는 결과에 모자란 몫을 메꾸기 위해서——.

"덤벼! 난 여기 있어!"

거리 한복판에 서고, 스바루는 두 팔을 벌려 목청껏 소리쳤다.

톤이 높은 어린아이의 목소리가 고요한 길거리에 울리고, 메아리치는 자신의 목소리에 고막이 떨렸다. 기세에 맡겨 외치고서 오르락내리락하는 어깨로 가쁜 호흡을 반복하던 스바루는 깨달았다.

골목 바로 밖에 또렷하게 스바루를 보고 있는 하얀 머리 소년이 있음을.

"——아."

성급하게 굴었다고, 저지른 다음에야 후회한다.

놀라고 있는 소년, 같은 또래 아이의 시선을 받으며 스바루는 급격하게 솟구치는 수치심과 공포에 가슴이 찔렸다. 화끈해지는 얼굴을 내렸던 스바루가 퍼뜩 뒤돌아섰다.

그대로 바보 같은 짓을 했다고 혼나러 돌아가려던 순간——.

"잠깐."

내빼려던 팔이 붙잡히자 스바루는 놀라 "어." 하고 고개를 들었다.

그 팔을 잡은 건 방금 그 백발 소년이었다. 간소한 복장에 짧은 삐죽머리—— 아니, 곱슬거리는 머리카락 끝이 말려 있으니 짧게 보이는 것이다.

대체로 작아진 스바루와 또래 느낌의 소년이지만, 그 소년이 붙잡자 스바루는 입을 뻐끔거리며 방금 행동을 변명하려 들었다.

"미안해."

"——어?"

——다음 순간, 스바루의 몸은 훌훌, 오른쪽 눈에 불이 붙은 소

년에 의해 던져졌다.

무슨 일이 일어났는지 빙글빙글 회전하는 시야에 압도된 스바루는 알지 못했다.

돌연한 사태였다. 그리고 그 돌연함은 지금도 스바루를 압도한 상태였다.

"와, 와아아아아아——?!"

왜, 어째서, 의문이 머릿속에서 이리저리 뛰어다니고, 몸속이 휘저어졌다.

스바루를 내던진 소년, 그 오른쪽 눈이 불타고 있었다. 아벨이 설명했던 『혼혼술』과 관계가 있을 법하지만, 그것을 확인할 방법은 공중에 없다. 아무것도 없다.

——회전하면서 푸른 하늘에 떨어지는 스바루는 아무것도 할 수 없었다.

"아."

비명이 끊기고, 회전하는 스바루의 몸에서 이상하게 붕 뜨는 느낌이 든다.

그것은 던져진 스바루가 최고점에 도달하고 다음에는 거기서 거꾸로 떨어질 조짐이지만, 그걸 구별하는 의미는 없다.

"히아아아아아아악——!"

지면에서 멀어지던 목소리가 이번에는 지면에 가까워지면서 울려 퍼졌다.

가까워지는 지면이 지금의 스바루에게는 『죽음』 그 자체처럼 여겨져서.

"알찡!"

"오냐!"

그 직후, 스바루 본인의 비명에 섞여서 잘 아는 목소리가 심각하게 들렸다.

곧장 팽팽한 무언가가 베이는 소리와 홀쭉한 금속이 여러 개 쓰러지는 소리가 이어졌다. 그 정체도 알지 못한 채 스바루의 몸은 지면에――충돌하기 전에, 받아 주는 감각이 있었다.

"와, 와아아, 와아아아…… 와흑!"

부드러운 감촉이 받쳐 주는데도 멈추지 않는 기세가 스바루의 몸을 굴리고, 그 감촉 끝에서 단단한 지면 위로 던져졌다.

데굴데굴 구르다가 곧 멈추었다. 입 안에 피 맛이 나고, 이곳저곳이 아프다.

그래도――.

"살아, 있어……?"

스바루는 죽지 않은 것이 믿기지 않는다는 투로, 겨우겨우 몸을 일으켰다.

그리고 스바루를 구한 것이 알과 미디엄이고, 두 사람이 어떻게 했는지도 이해했다.

두 사람은 추락하는 스바루를 받아내려고 길거리에 있던 텐트를 부수어 최대한 펼친 막을 이용해 즉석 쿠션으로 삼은 것이다.

덕분에 스바루는 지면에 처박히지 않고 끝났다.

그러나 스바루를 받아내기 위해서 달려온 두 사람도 무사하지는 않았다.

"아, 아파파파……."

"아, 알! 미디엄 씨!"

소리친 스바루의 시야에서 알과 미디엄 둘이 길 위에 쓰러져 있는 모습이 보였다.

『유아화』한 두 사람도 당연히 평소와 같은 힘을 발휘하지 못하고, 떨어지는 스바루를 받아냈다가 그 충격으로 날아간 모양이다.

그리고 나쁜 소식은 그뿐만이 아니라——.

"아까 그걸로 끝났으면 했는데……."

그렇게 말하면서, 스바루를 내던진 소년은 괴로운 눈치로 얼굴을 일그러뜨렸다.

소년은 스바루와 쓰러진 두 사람을 바라보며 입술을 깨물었다. 그 오른쪽 눈에 붉은 화염을 깃들인 채로.

스바루를 던진 힘, 오른쪽 눈의 화염, 조건이 다 맞다. 이 소년 또한 적과 한패다.

"이봐…… 이봐! 너……."

"필요한 일이야. 이 도시는…… 우리는, 그분을 잃을 수 없으니까."

스바루는 어떻게든 소년의 주의를 끌려고 아픈 몸을 떠밀어 소리를 질렀다.

알과 미디엄을 해치지 못하게 하려는 일념이지만, 돌아본 소년과 눈이 마주치고 그 필사적인 표정을 목격하는 바람에 마음이 흔들렸다.

그 표정은 본 적이 있었다. 그것은 누군가를 위해서 필사적인 사람의 눈이다.

그리고 타리타와 맞서고 있던 사람들의 눈도 똑같았다.

"용서해 달라고는, 안 해. 미안해."

눈동자에 미혹을 남긴 채로 소년이 천천히 스바루의 눈앞으로 다가왔다.

기어서 도망친다 해도 아직 지면 위에 떨어진 대미지가 남아 있어서 손발이 제대로 말을 듣지 않았다. 도망칠 수 없다면, 최소한.

최소한 눈을 피하지 않도록 소년을 바라보았다가, 깨달았다.

소년의 삐죽머리 안, 그 머리 옆쪽에서 슬쩍 엿보이는 부위——작은 뿔의 존재를.

하얀 삐죽머리와 뿔이 마치 양 같다고 엉뚱한 생각을 했다.

그것을 마지막으로, 눈을 불태운 소년의 손이 크게 휘둘러지고——.

"————."

얼굴을 찡그리며 눈을 뜬 채로 소년의 행동을 놓치지 않으려다가, 스바루는 보았다.

"아, 우—!!"

스바루 앞에 끼어든 금발 소녀가, 둔탁한 소리와 함께 붉은 피를 흩뿌리며 나뭇잎처럼 팔랑팔랑 날아가는 모습을.

제4장『사라지지 않는 ■■』

1

가냘픈 비명을 터트리며 조그만 몸이 팔랑팔랑, 팔랑팔랑 날아간다.

소녀의 몸이 땅바닥에 튕기고, 속도를 죽이지 못한 채로 몇 번이고 통통 튀어서 길 끝으로 날아간다. 막을 벗긴 텐트 기둥에 부딪쳐서 기울어진 골조가 소녀를 깔아뭉갰다.

"────."

그것을 스바루는 찍소리도 못하고 멍하니 보고 있었다.

순식간에 생긴 일이라 무슨 사태가 벌어졌는지 모르겠다는 변명은 불가능하다.

순식간에 생긴 일이라서 반응할 수 없어도, 그 찰나에 생긴 일은 검은 눈으로 똑똑히 보고 있었다.

머리가 확 뜨거워져서 감정적으로 뛰쳐나갔다가, 그리고──.

"루이……."

두 팔을 벌려 스바루를 감싼 루이가 고무공처럼 튀었다.

무방비하게 피를 튀기며 날아간 소녀는, 도저히 무사하다고는 여길 수 없는 몰골이었다.

"미안해."

무너진 텐트 밑에 깔린 루이, 그 모습을 눈으로 좇은 스바루의 고막을 사죄의 말이 건드렸다.

땅바닥에 앉은 스바루의 정면에 선 양인족(羊人族)—— 루이를 날려 버린 소년의 사죄였다. 씁쓸한 표정으로 팔을 쳐든 소년, 그것이 스바루의 머리를 노리고 있다.

피한다 같은 선택지도 떠오르지 않는다. 기껏 루이가 감싸 주었는데——.

"스바루찡! 일어서!"

그 순간, 엄청난 기세로 날아온 그림자가 소년의 어깨를 가는 다리로 걷어찼다.

놀란 표정으로 소년이 물러난 자리에 끼어든 것은 긴 금발을 나부끼는 미디엄이었다. 그녀는 얼굴을 붉히고 망연자실한 스바루에게 서라고 외쳤다.

땅바닥에 엉덩방아를 찧고 와들와들 떨지도 못하는 스바루에게.

"루이를 부탁해!"

그런데도 미디엄은 격려나 위로도 없이, 스바루에게 그렇게 말하고 달려나갔다.

한 자루만 가져온 검을 가녀린 두 팔로 잡고서, 춤추듯이 멋지던 이전과는 전혀 다른 움직임으로, 그럼에도 열심히 소년에게 맞서 나간다.

소년 쪽도 미디엄의 강함보다 기백에 더 놀란 표정을 짓고 있었다.

"끄, 으으윽……."

미디엄의 분투에 구원받은 스바루는 떨리는 팔다리를 구사하여 가까스로 일어섰다. 그리고 루이가 깔린 텐트로 달려가 밑에 묻힌 소녀를 찾았다.

"루이, 루이! 사, 살아 있냐! 야, 루이!"

필사적으로 부르면서 스바루는 눈 속에서 치미는 열기를 또다시 느꼈다.

이 성가신 열기는 아까부터 줄곧 스바루의 얼굴 속에서 나오는 것을 이제나저제나 기다리고 있는 모양이다. 그것을 밀어내고 서둘러, 서둘러서 짐을 치우고――.

"아, 우……"

"루이!"

허약한 신음 소리가 나자 스바루는 흙먼지로 더러워진 루이를 비로소 찾아냈다.

루이의 몸은 쓰러진 텐트의 지주 아래에 들어가 있었다. 지주가 버팀목이 되어서 아슬아슬하게 무거운 것 아래에 깔리는 사태를 모면했다.

그 사실에 안도했다. 하지만 안도하자마자 깨닫고 말았다.

――스멀스멀, 루이의 하얀 옷이 흙먼지가 아닌 붉은 얼룩으로 더러워져 가는 것을.

"아……."

그 모습을 보고 눈을 부릅뜬 스바루의 손발이 차가워지며 머릿속이 새하얘졌다.

핏기가 가신다 함은 이를 두고 하는 말이다. 자신이 피를 흘린 것도 아닌데, 가신 피가 어디로 갔는지 모르겠다. 가신 만큼 다른 곳이 피로 뜨거워져야 할 텐데.

그저 심장 소리만이 폭발할 것처럼 커서.

"아……."

허약하게 신음하는 루이. 옷의 얼룩이 천천히 번진다.

바로 끄집어내서 응급 처치를 해야 한다. 그런데 루이 위에 놓인 지주는 무거워서 스바루의 몸무게로는 꿈쩍도 하지 않았다.

"루이, 루이……."

떨리는 입술이 루이의 이름을 불렀다. 그 목소리가 떨리는 것은 혀가 마비되어서—— 아니다.

루이의 이름을 부르는 것을, 스바루의 마음이 지금껏 거절했었기 때문이다.

생각해 보면 스바루는 지금까지 루이의 이름을 부르는 것조차 싫어했었다.

렘과 함께 큰 탑에서 날아온 이래로, 줄곧 곁에 두었던 루이. 스바루는 줄곧 이 아이를 경계하고, 멀리하고, 훼방꾼처럼 대하며 지냈다.

그런데도 루이는 한 번도 스바루에게 위험한 짓이나, 불이익이 되는 짓을 하지 않았다.

렘에게 미움받고 싶지 않다. 주위의 두려움을 사고 싶지 않다.

그게 싫어서 스바루는 줄곧 루이에게 접근하는 것을 피했으면서, 끝까지 루이를 어떻게 할지 정하는 것만은 뒤로 미루었다.

어째서 그렇게 루이를 무서워했던 것인가.

마비된 뇌가, 차가운 손발이, 말라붙는 혀가, 터질 것 같은 심장이, 잊게 만들었다.

루이에게 무슨 짓을 당했는지 이 순간은 떠올릴 수 없다. 다만 잊지 못할 일도 있다.

루이는 스바루를 감싸려다가 피를 흘렸다는 사실.

——그것만은 잊을 수도, 외면할 수도 없는 사실이니까.

"죽, 지 마……."

"————."

"죽지 마, 루이! 죽으면, 죽으면 안 돼……! 안 된단 말야!"

작아진 몸을 지주 틈새로 욱여넣은 스바루는 루이 옆에서 무릎을 꿇었다.

그대로 루이의 손을 잡고 두 손으로 세게 움켜쥐어 기원을 담아 필사적으로 외쳤다.

"죽지 말아 줘……!"

죽게 두지 않기 위해 할 수 있는 일, 그것을 찾는 것도 잊고서 무리한 부탁을 한다.

그렇게 떨리는 스바루의 목소리에, 루이의 눈이 희미하게 뜨이고——.

"——우아, 우."

2

"으꺄윽?!"

두 손으로 잡은, 쌍검이었던 한 자루 검이 튕겨나가는 바람에 미디엄은 등짝부터 벽에 격돌했다.

주르륵 무너져 내리는 소녀의 시야. 그렇게 만든 것은 난폭하게 팔을 휘두른 양인족 소년이었다. 오른쪽 눈에 불을 켠 소년, 싸우는 요령은 아주 엉망이고 움직임도 빠르지 않다.

"그런데, 못 따라가겠어……."

그렇게 중얼거린 미디엄은 힘으로 밀어붙이는 소년에게 밀렸다는 억울함을 곱씹었다.

소년의 움직임은 엉성하고, 기술도 없다. 싸우는 법이라곤 모르는, 커다란 아기 같은 꼴이다. 이렇게나 커다란 아기를 본 적은 없지만.

"알찡! 알찡 좀!"

최소한 혼자가 아니라면 방법이 있다고, 미디엄은 동료의 이름을 불렀다.

시야 구석에, 지면에 웅크린 알의 모습이 보인다. 자신과 똑같이 작아졌지만, 자신과 다르게 머리가 좋다. 그러니까 안 좋은 상황이라도 힘내 줬으면 했다.

"————."

그러나 미디엄의 부름에 대답하지 않는다.

날아갔을 적에 머리를 부딪혀 기절한 것도 아니다. 알은 정신이 있고, 한때는 제대로 힘을 보태주려고 했었다.
그런데 어째서인지, 지금은 제자리에서 무릎을 꿇고 움직이지 못하게 되었다.
그저 떨리는 자신의 오른손을 복면 너머로 내려다보면서——.
"어, 째서지……?"
마치 손에 잡은 것을 놓친 것처럼, 떨고 있다.
소년이 일어서지 못하는 알을 곁눈질하며 미디엄이 있는 곳으로 슬금슬금 거리를 좁힌다. 그리고 안 좋은 일이란 연속되는 법이라——.
"찾았다! 이 녀석들이다!"
무릎 꿇은 알의 등 뒤에서, 길거리로 들이닥친 것은 열 명 남짓한 남자들이다. 인종은 뒤죽박죽이지만, 한쪽 눈에 붉은 불을 켜고 있다는 공통점이 있다. 추적자다.
소년을 뿌리치고 알에게 달려가 남자들을 상대한다—— 미디엄은 그런 무모한 짓을 실행에 옮기려 발을 박차려다 처음 단계부터 주춤했다.
뿌리치려던 소년에게 긴 머리채를 잡혔다.
"알찡——!"
울상을 지으며 닿지 않는 손을 뻗는 미디엄, 그 앞에서 알은 추적자에게 잡히고——.
"아직도 움직이지 못하나, 멍청한 것."
그렇듯 알이 빠진 절체절명의 궁지에 남자들 앞에 끼어든 인영이 있었다.

그것은 골목에 남아 사태를 지켜보고 있었을 귀면의 인물이다.

"아벨, 찡……?"

머리채를 잡힌 채 멍해진 미디엄의 중얼거림을 아무도 방해하지 않았다. 다들 갑자기 나타난 기이한 풍모와, 그에 반대되는 패기에 기가 죽은 것이다.

하지만 그 놀라움이 벌 수 있는 시간도 길지는 않다. 길거리에 들이닥친 남자들 중, 처음으로 제정신을 차린 인물—— 우인족 중년이 아벨에게 바싹 접근했다.

"미안하지만…… 놓칠 수는, 없어. 당신들은 여기서……."

"네놈은 우인족, 아까 그자는 양인족이었다."

"뭐?"

"여관을 포위한 자들도, 네놈들도 하나같이 뿔이 있다……. 이만큼 모이면 누구나 알아채지. 우리를 노리는 것은 마도에 사는 유각인종(有角人種)인가."

포위당해 궁지에 처했을 아벨에게 움츠러든 기색은 없다. 한편으로, 귀면 속 아벨의 시선과 말을 보고 들은 남자들 쪽에서 동요가 커졌다.

"유, 각……."

말하면서 미디엄은 눈을 굴려 머리채를 잡고 있는 양인족 소년을 보았다.

그 하얗고 오그라든 머리카락 속에서 존재를 주장하는 두 개의 뿔. 아벨을 둘러싼 남자들도 확실히 다들 뿔이 있었다. 뿔이 있는 부위, 뿔의 개수, 차이는 있어도 반드시 뿔이 있다.

그리고 아무래도 남자들은 그 사실을 들키고 싶지 않았던 눈치다.

"시험해 보아라."

"뭐라고……?"

슬금슬금 다가오는 남자에게 아벨이 말했다.

뿔 이야기가 나오고 남자들의 분위기가 명백하게 흉흉해졌다. 그것을 도발하는 것처럼.

"네놈이 나를 죽일 수 있을지, 시험해 보아라."

——아니, 도발하는 것처럼 말하는 게 아니다. 분명하게 도발하며 말했다.

당연히 그 도발에 우인족 남자도 분노를 느껴 오른쪽 눈의 화염이 뚜렷하게 기세를 더했다.

"그 가느다란 목을 부러뜨리는데 어려울 게 있나?"

"쉬울지 어려울지, 그 답은 행동 다음에 나온다. 따라서 시험해 보아라. 네놈에게 그럴 그릇이 있다면 화염은 네놈을 칭송하리라. 하지만——."

"하, 하지만?"

"그릇이 못 미치면, 화염은 영혼조차도 불사를 것이다. ——자, 어쩌겠나."

팔짱을 낀 아벨의 장담에 우인족 남자가 침묵했다.

남자의 동료들도 끼어들지 못한 채 분위기가 아벨 한 사람에게 압도되고 있다. 미디엄의 움직임을 막은 소년도 마른침을 삼키고 추이를 지켜보는 중이다.

그리고 그것은 아벨의 동료인 미디엄도 예외가 아니었다.

"시험하도록. ——심판이라는 이름의 화염을, 네놈의 존재가 웃도는지를."

"끄, 으으, 으으으……!"

압도된 남자가 목울대를 푸들거리고, 어마어마한 땀을 흘리면서 번민했다.

아무도 개입할 수 없다. 아벨의 눈을 보고 만 시점에서 다른 자는 무대에서 강판당했다.

아벨의 이 말에 대꾸할 자격은, 눈앞에 서 있는 남자에게만 존재하는 것이다.

그대로 악다문 이가 갈리는 소리가 나고, 진동하고, 울려 퍼지다가——.

"우, 우오오오오오——!!"

뿌득거린 이가 깨지는 소리와 함께, 아픔을 계기로 남자가 굵은 두 팔을 쳐들었다.

목을 부러뜨리는 걸 넘어 아벨의 몸뚱이째로 생명을 찌부러뜨리려고 하는 일격. 그것이 닿으면 아무리 아벨의 허세가 능숙해도 죽어 버린다.

미디엄은 필사적으로 몸을 뒤틀지만 벗어날 수 없었다. 알도 눈앞의 사태에 움직이지 않았다.

그리고 스바루와 루이도——.

"——어?"

무너진 텐트에 깔린 루이, 그런 루이를 구하려는 스바루. 그 스바루가 쓰러진 지주 아래로 기어가 루이의 손을 잡는 것이 보인다.

그리고 밑에 깔린 루이가 살짝 움직이더니——.

"우—!"

——순식간에 사라진 루이가, 두 팔을 쳐든 우인족의 턱에 어퍼컷을 날렸다.

3

무슨 일이 일어났는지 스바루는 전혀 알 수 없었다.

텐트 밑에 깔려서 피를 흘리는 루이에게 매달리며 필사적으로 무사하길 빌었다. 아무 위로나 도움도 되지 않는, 죽지 말아 달라는 이기적인 기도다.

그런 스바루의 말에 루이가 몸을 꿈지럭거린 직후.

——스바루의 시야가 순식간에 전환되며 세계가 뒤집혔다.

"우, 에."

속도가 엄청나다거나, 시간이 멈추었다거나, 그런 현상이 아니었다.

정말로, 눈 깜짝할 한순간에 스바루는 다른 장소로 이동했다.

그것도——.

"네놈……."

그렇게 말하고, 스바루의 출현에 희미하게 숨을 집어삼킨 아벨 앞으로.

귀면을 쓰고 팔짱을 낀 남자, 아벨의 눈앞에서 스바루는 엉덩방아를 찧고 있었다. 그 존재와 주위를 둘러싼 남자들의 기척이 스바루의 머리에 혼란을 더했다.

직전까지 루이를 걱정하며 치솟았던 눈물도 쏙 들어가고 목이 푸들거렸다.

그리고 스바루가 겪는 혼란의 원인이 된 문제의 소녀는——.

"아— 우—!"

"끄억?!"

휙휙. 루이가 핀볼 같은 움직임과 속도로 남자들 사이를 뛰어다니며 모두의 목과 몸통, 무릎 같은 급소에 일격을 가해 포위망을 억지로 부순다.

그 속도와 위력에 남자들이 놀라는 가운데, 루이는 다음 행동으로 넘어갔다.

"우아우."

남자들 뒤로 돌아간 루이는 지면에 동물처럼 손을 짚더니 곧장 두 손으로 지면을 잡아당겨 그 표면을 융단이나 카펫을 당기는 것처럼 떼어냈다.

물론 시내 길바닥에 융단이 깔렸을 리가 없다. 그런데도 지면은 그런 것처럼 어긋났다. 그 결과, 그 위의 남자들은 균형을 잃고 나자빠졌다.

"아우! 아우아우!"

"뭐, 뭐야, 이 꼬마는……! 젠장!"

균형이 무너진 자들 가운데, 가까스로 버티고 선 녹인족 청년이 루이에게 달려들었다. 그 청년에게 루이는 방금 막 벗긴 얇은 지면을 내던졌다.

청년의 팔이 그것을 쳐내는 순간, 팔랑거리던 지면의 질량이 원래대로 돌아왔다.

"후걱?!"

원래 상태로 돌아온 지면, 다시 말해 흙벽에 격돌한 청년이 뒤로 몸을 꺾었다.

이어서 산산조각 난 흙벽을 뚫고 튀어나온 루이의 발바닥이 청년의 안면을 밟고, 코피를 흩뿌리는 얼굴을 발판 삼아 드높이 도약했다.

그리고 루이는 남자들 머리 위의 벽에 붙더니, 아까 지면과 비슷하게 벽의 표면을 떼어내는 행동을 반복함으로써 여러 장의 얇은 종이 같은 벽을 만들었다.

그 벗겨진 벽이 원래 질량을 되찾아 붕괴 사고처럼 남자들에게 쏟아졌다.

"우와아아아아——!!"

비명을 지르는 남자들, 그 배후에 루이의 모습이 순간이동, 내지른 손바닥이 한 사람의 등을 가격하고, 반격으로 이행한 다른 남자의 팔을 차원이 다른 기술로 가차 없이 내던졌다.

마치 혼자서 열 명의 실력을 발휘하는 듯한 루이에게 남자들이 속수무책으로 희롱당했다.

"루, 루이, 그것, 은……."

악몽, 그렇다. 그것은 악몽이었다. 악몽 그 자체. 그것 말고 더

뭐라고 말할 수 있을까.

그것이 어린 소녀가 배우고 기른 노력의 성과도, 타고난 재능도 아님은 명백하다——. 아니, 스바루는 그 힘의 출처까지 알고 있었다.

저것은, 저것은, 저것은 있어서는 안 될 힘으로——.

"이것이, 네가 저 소녀를 데리고 다니던 이유인가."

"뭐……?"

옆에서 불쑥 나온 아벨의 말에 한순간 무슨 말을 들었는지 미처 이해하지 못했다. 하지만 그것이 눈앞의 루이를 가리킨다고 깨달은 스바루의 머리가 뜨거워졌다.

반사적으로 아니라고 반론할 뻔했지만——.

"——아."

그렇다면, 어째서 루이를 데리고 다녔느냐고, 그렇게 물으면 아무 대답도 할 수 없다.

여태까지 그랬듯이, 지금도 그렇게 된다.

"그, 그만둬! 이 아이가 어떻게 되어도——우와아?!"

"아우아우!"

집단 전체가 붕괴하는 상황에 미디엄의 머리채를 잡은 양인족 소년이 소리를 질렀다.

그러나 협박을 마치기 전에 루이가 접근하여 놀라다가 결판이 났다. 접근한 루이가 소년의 어깨를 건드린 직후, 소년과 함께 루이가 머리 위 5미터 위치로 이동한다.

갑자기 공중으로 끌려간 소년은 대응하지 못하고 루이와 함께 곤두박질치고, 작은 비명과 함께 움직임을 멈추었다.

"지, 지금 그거…… 루이가 한 거야?"

"아— 우—."

갑자기 풀려나서 눈을 동그랗게 뜬 미디엄의 가슴에 루이가 뛰어들었다. 미디엄은 루이의 머리를 쓰다듬으면서 멍하니 길거리의 상황을 둘러보았다.

길거리에 모인, 열 명이 넘는 추적자. 그 모두가 나가떨어진 광경을.

"너와 광대는 밑천을 드러내지 않았나. 뭐, 됐다."

"여, 영문을 모르겠어……. 대체 뭔데!"

"소란 피우지 마라. 다른 무리를 끌어들이기만 할 뿐이다. 너는 광대를 주워 와라."

궁지에서 벗어난 감상도 치우고, 아벨이 턱짓으로 명령했다.

그가 가리킨 방향에는 땅바닥에 웅크린 채로 움직이지 않는 알이 있었다. 설마 눈을 뗀 틈에 다쳤나 싶어 스바루는 허둥지둥 달려갔다.

"아, 알! 이봐, 괜찮아? 어디 다친 곳은……."

"괜찮지, 않아."

"——! 다친 거야?! 어딘데? 바로 처치를……."

"그런 게 아니야!"

어깨를 흔드는 스바루에게 알이 소리쳐 성질을 냈다. 그는 고개를 숙인 채로 와들와들 떨리는 손을 들어 올리고 그 오른손을 꽉 움켜쥐었다.

"——무용지물이야."

"그, 그렇지는……."

"무용지물이라고! 지금의 나는…… 죽어 버려."

"——? 그게, 무슨."

그게 무슨 뜻이냐고, 스바루는 고뇌하는 알에게 물어보려고 했다.

하지만 스바루의 질문은 뒤에서 들린 절박한 목소리에 가로막혔다.

"아벨찡! 심한 짓 하면 안 돼!"

"조용히 해라. 물어야만 할 사항이 있다."

"그렇다고 해서……."

미디엄의 감정적인 목소리와 그에 응하는 아벨의 차분한 목소리.

돌아보니 두 사람은 땅바닥에 쓰러진 양인족 소녀를 사이에 끼고 언쟁 중이었다. 몸을 일으킨 소녀는 겁먹은 눈초리로 미디엄에게 안긴 루이를 보고 있었다.

눈동자의 화염도 기운이 없어서, 육체적으로는 싸울 수 있어도 정신적으로는 싸울 수 없는 상태임을 알 수 있었다.

그럴 수밖에. 저 소녀는 스바루 일행과 달리 외모에 맞는 어린아이다. 그런데 어른들은 형편없이 당하고 자신도 궁지에 몰려서 무섭지 않을 리가 없다.

"대답해라."

그렇게 겁먹은 소녀에게도 아벨은 일절 자비가 없었다.

마음마저 가리는 귀면을 쓴 채로, 소년의 바로 앞에 쭈그려 앉아 그 내면을 탐색하려는 검은 눈이 주눅과 공포를 파고들어 속내를 까놓으라고 을렀다.

이를 딱딱 떠는 소년, 그에게 던진 질문은 짤막했다.

"이번 일을 획책한 유각인종의 책임자—— 탄자인지 뭔지 하는 소녀는 어디에 숨겼지? 속히 그것을 밝혀라."

4

양인족 소년을 응시한 아벨의 가차 없는 질문에 스바루는 눈을 부릅떴다.

그의 입이 꺼낸 이름, 그것이 너무나도 예상 밖이었기 때문에.

"탄자라면, 그 여자아이 말이야……?"

혼란에 빠진 스바루의 머릿속에, 기모노 차림의 녹인족 소녀의 모습이 떠올랐다.

요르나의 시종이자 어제 천수각에도, 오늘 아침 여관에도 모습을 보인 아이로, 아직 어린아이인데 아주 침착하고 무뚝뚝한 느낌이 인상적이었다.

그런 아이가 이 습격을 꾸민 책임자라고, 아벨은 단언하고 있었다.

"대답해라. 어리다는 게 면죄부가 될 거라곤 여기지 마라."

거듭해서 차가운 음성이 난도질하자 기죽은 소년의 눈에 맺힌 화염이 일렁거렸다. 하지만 고압적인 아벨의 태도에 맥이 없던 화염이 희미하게 기세를 되찾았다.

"그, 그런 걸 어떻게 알아! 탄자가 있는 곳은, 당신들이……!"

"————."

"당신들이 탄자를…… 그러니까! 우리는!"

물어뜯을 기세로 말을 내뱉은 소년이 눈앞의 아벨에게 손을 뻗는다.

될 대로 되라는 식의 유치한 반격, 그 손끝이 아벨의 목덜미를 잡고 으스러뜨리려 했다. 하지만 그것이 닿기보다 먼저 작은 손바닥이 소년의 이마를 누르고——.

"아우!"

그대로 소년은 뒤통수부터 벽에 처박혀 눈이 하얗게 뒤집혔다.

내던져진 후 딱하게도 움직임을 멈춘 소년이 꿈틀꿈틀 떨며 완전히 의식을 놓았다.

그리고 그런 짓을 한 것이——.

"루, 루이……."

"우아우!"

눈 깜짝할 사이에 미디엄 옆에서 사라진 루이가 소년을 때려눕혔다. 그것을 목격한 스바루의 목소리에 얼굴이 확 밝아진 루이가 달려들었다.

그 포옹을 무방비하게 받은 스바루는 온몸의 피가 얼어붙는 기분을 맛보았다.

——모래의 탑에서도 보였던, 『폭식』이 사용한 단거리 워프다. 그 밖에도 활용한 다채로운 격투기는 한 인간이 습득할 수 있

는 범위를 일탈했었다고 생각한다.
그것을 본 이상, 이미 부정하기란 불가능하다.
"너는……."
――루이 아르네브. 『폭식』의 대죄주교이자 끔찍한 권능의 소유자.
스바루의 마음을 찢어발기고 철저하리만큼 영혼을 탐닉하려던 하얀 세계의 소녀. 『사망귀환』을 축복으로 착각하고 스바루를 괴물이라 부른 그녀 본인이라고.
"떠, 떨어져……."
"아우?"
"떨어지라니까!"
스바루는 안겨든 소녀의 어깨를 잡고 루이의 몸을 떠밀었다. 느닷없는 행동에 뒤로 물러난 루이. 거리가 벌어진 순간, 붉게 물든 배가 눈에 들어왔다.
곧바로 루이가 자신을 감싸다 다쳤음을 떠올렸다.
"아…… 상처는?! 치료를 해야……!"
"아우! 아—우—!"
당황한 스바루는 소녀의 옷을 들춰서 상처가 난 곳을 확인하려고 했다. 하지만 루이는 간지러워하는 것처럼 날뛰며 스바루의 얼굴과 가슴을 밀어 저항을 시도했다.
그 저항을 무시하고 어떻게든 옷을 들춰서 상처를 확인했다. 그러나 옷과 살갗에는 피가 묻은 흔적이 있어도 정작 상처라고 할 것은 어디에도 보이지 않았다.

"나았, 어……?"

분명히 출혈의 흔적은 있는데 상처가 없다.

마치 여우에게 홀린 듯한 기분을 맛보며 스바루는 눈을 연신 깜빡였다. 떠오르는 의문과 희미한 안도. 눈앞에서 루이가 웃자 스바루는 시선을 피했다.

그때——.

"시급히 오르바르트를 찾아낼 필요가 있겠군."

생명이 위태롭던 직전의 대치도, 반대로 생명을 구원받은 것도 안중에 없이 천천히 일어난 아벨이 중얼거리는 소리가 들렸다.

오르바르트를 찾아낸다. 당연하지만, 그 방침 자체는 스바루도 찬성한다.

하지만 그러기 위해서 하나로 뭉치기에는 아까 일이 지나치게 오래 방치되었다.

"아까 그거…… 무슨 뜻이야?"

"그건 무엇을 가리켜 묻는 말이지?"

"그건! 그 탄자라는 아이가 흑막이라거나, 그런데 오르바르트 씨를 찾자거나 하는, 그런 여러 가지 말이야! 알잖아!"

"흥."

작게 콧방귀를 뀌며 조롱하듯이 아벨이 귀면의 이마를 만졌다.

초조함과 짜증도 있어서 그 몸짓이 스바루의 성질을 건드린다. 그래서 스바루는 홧김에 폴짝 뛰어 아벨의 얼굴에서 그 귀면을 억지로 벗겨냈다.

그리하여 오랜만에 민낯이 드러나자 아벨은 불쾌한 눈치로 스바루를 내려다보았다.

"무슨 생각이지?"

"무슨 생각이냐는 건 내가 하고 싶은 말이지! 전부 혼자만 알지 말고 제대로 설명을 해 줘! 우리는 동료잖아!"

"동료라고?"

"우……."

민낯으로 곧게 노려보는 시선에 스바루의 기세가 급속히 쭈그러들었다.

얼굴을 맞대고 '동료' 라고 말하기는 했으나 그 표현은 아벨을 성나게 했을지도 모른다. 애초에 스바루도 아벨을 '동료' 로 불러도 될지 잘 알지 못했다.

무심코 성질을 못 이기고 떠든 셈이라서, 또다시 얼굴이 화끈거렸다.

"맞아, 아벨찡. 우리는 동료니까 가르쳐 줘야지."

그런 스바루를 대신해 미디엄이 말했다.

그녀는 웅크린 알 옆에서 그 등을 쓸어주며 아벨을 보고 있다. 그 솔직하고 똑바른 항의에 아벨은 검은 눈을 가늘게 뜨며 잠시 생각에 잠겼다가 입을 열었다.

"여관의 자객도 이 녀석들도, 전원이 유각인종이다."

"유각…… 뿔이 있는 사람들이란 뜻이지? 그게 왜?"

"유각인종에겐 박해받은 역사가 있지. 뿔이 마수(魔獸)와 흡사하다고 천시된 과거다."

"어……."

담담한 아벨의 설명에 스바루는 눈을 동그랗게 떴다.

유각. 그것 때문에 박해받은 역사. 그런 편견은 스바루에게 아주 친근하며, 그렇기 때문에 용서할 수 없는 것이었다.

같은 이유로 박해받은 과거가 있는 에밀리아는 용모의 특징과 출신이 나쁜 마녀랑 빼닮았기에 많은 사람에게 좋지 않은 일을 경험했다.

그리고 유각인종으로 묶인 아인들에게도 비슷한 과거가 있다는 말이다.

"하지만 그 사람들이 왜? 뿔 때문에 두려움을 산 것은 알겠는데, 영문을 모르겠어."

"아동이 되었다고는 해도 조금은 머리를 굴려라. 뿔을 지녔다는 이유로 박해받은 역사를 가진 자들에게, 이 도시…… 카오스프레임의 방식은 구원이다."

"구원……. 좋은 곳이라는 뜻이야?"

"요르나 미시구레는, 자기 품에 들인 것을 결코 포기하지 않는다. 이전에도 죽은 녹인족 소녀 한 명을 위해서 반란을 일으켰을 정도지."

팔짱을 낀, 반란의 대상이 된 장본인. 황제의 입에서 숨겨진 사정이 나왔다.

과거에도 여러 차례 반란을 일으켰다는 요르나가 자신이 섬기는 황제에게 적의를 드러낸 이유── 그중 하나가 고작 한 사람의 타인을 위해서였다고.

그 이야기를 들은 스바루가 생각한 것은──.

"그럼 좋은 녀석이잖아……!"

"멍청한 것. 그처럼 안이하게 치부할 수 있겠느냐. 요르나 미시구레는 자신을 사랑하는 이의 편을 든다. 그리고 그 고리 밖에 있는 이에게 무자비한 여자다."

"어~? 하지만 좋아하는 사람을 친절하게 대하는 건 당연하다 생각해!"

"나도 그래."

미디엄과 스바루의 견해에 찬동하듯이 루이가 "아우!" 하고 손을 들었다. 그들의 모습을 차가운 눈초리로 일별한 아벨은 작게 한숨을 쉬었다.

"중요한 것은 박해받은 역사가 있는 유각인종들이 이 도시에서 평화를 얻었다는 사실이다. 그리고 그 안녕에는 요르나 미시구레의 존재를 뺄 수 없지. 즉——."

"즉?"

"유각인종에게 있어서 요르나 미시구레를 제도에 반란하는 데 가담하라고 획책하는 우리의 존재는, 단단히 다진 지반을 흔드는 위협이라는 뜻이다."

"앗……."

그 말에 스바루는 비로소 양인족 소년의 언동에 납득이 갔다.

길에 뛰쳐나온 스바루를 습격한 소년의 표정—— 아니, 소년만이 아니라 습격한 사람들은 다들 괴롭고 힘들어 보였다.

그것은 스바루 일행을 해치는 행위에 대한 죄책감과, 자신들의 보금자리가 없어질까 봐 불안해하는 마음이 드러난 것이다.

그렇기에 스바루를 던졌을 때 소년은 사과했다.

"이 사람들도 필사적이었단 말이구나……."

"동정도 연민도 불필요한 잣대다. 사정이야 살아가는 것들 모두에게 있지."

"아벨찡! 그런 식으로 말하면 못 써! 그리고 아직 모르겠지만, 왜 탄자에 대해 물은 거야? 그리고 할아버지 찾는 이유도!"

"아까 말투로 보건대, 이 녀석들이 탄자의 위치를 모르는 것은 사실이겠지. 그것도 웬 영문인지 그 위치를 우리가 숨겼다고 의심하고 있다. 어째서지?"

"어째서긴, 그건…… 으음?"

의식이 없는 소년을 내려다보며 스바루는 아벨의 질문에 골머리를 썩였다.

기절하기 전 소년의 반응은 거짓말 같지 않다. 소년은 스바루 일행이 탄자에게 무슨 짓을 했다고 믿는 눈치였다. 아마 그의 동료들도.

"그것 때문에 우리를 공격했단 거야?"

"그것이 사리에 맞지. 하지만 사실 우리는 탄자에게 위해를 가하지 않았다. 그렇다면 그 소녀는 어디로 사라졌지? 더불어서 백 명이나 되는 유각인종들은 어디서 나타났지?"

"어디서긴, 밖에서 매복하고 있었잖아."

"누구에게 명령받아서 말이지?"

즉시 되묻자 스바루는 말문이 막혔다.

머리를 굴려 아벨의 질문을 대들보로 답이라는 건물을 세워나

간다. 그러나 그것이 제대로 세워지기 전에.

"사전에, 그 아가씨가 구워삶았다. 그 소리 아니냐."

간신히 일어난 알이 그 결론을 가로채 갔다.

뒤돌아보는 스바루의 시야에서 알은 미디엄의 부축을 받아 서 있었다. 아직 원래 상태는 아닌 듯한 그는 불안이 어린 스바루의 시선에 끄덕이며 말했다.

"미안하다, 형제. 걱정을 끼쳤어. 뭐, 상황은 좋아지지 않았지만."

"원래 상태로는 돌아오지 못했나. 그것도 오르바르트가 발휘한 기예의 영향이겠지."

"나도 그 말에는 이견이 없어. 그 얘기도 하고 싶지만, 먼저 하던 얘기나 끝내는 게 나아. 그래서 탄자 아가씨 말인데."

작아진 손을 내저은 알이 의식적으로 감정을 죽인 목소리로 대답했다.

몸 상태가 망가진 알도 염려되지만, 그 말마따나 대화하는 중이다. 탄자가 사전에 여관 밖에 사람을 모았다는 이야기였는데.

"그럼 탄자가 사전에 뿔이 있는 동료를 모아서 우리를 습격하게 시켰단 거야?"

"하지만 그렇다면 탄자는 어디 갔는데?"

스바루의 말에 이은 미디엄의 의문, 그것이 답이 나오지 않는 의문이다.

요르나의 지시를 전하러 여관에 나타났다가 바로 돌아갔을 탄자. 그 아이가 이것저것 꾸민 것은 이해해도, 밖에 있던 동료들의 반응은 이상했다.

적어도 양인족 소년은 스바루 일행이 탄자에게 무슨 짓을 했다고 믿고 있었다.

"그렇단 말은, 아가씨는 동료가 있는 곳으로 돌아가지 않았단 소리지."

"그것도 사리에 맞다. 따라서 매복하던 자들은 우리가 여관을 나오기 전까지 공격해 오지 않았지. 안에서 이야기하고 있을 탄자가 말려들 걸 두려워해서 말이다."

"하지만! 역시 탄자가 없잖아! 어디 있는데?"

혼란에 머릿속을 얻어맞아 정신이 없어 뵈는 미디엄이 비명처럼 말했다.

하지만 그렇게까지 꼼꼼하게 차근차근 말해 주면 스바루도 아벨의 생각을 알 수 있었다. 아마 아벨은 이렇게 생각하고 있는 것이다.

그것은——.

"그 아이가…… 탄자가 여관 밖에 나가지 않았으면, 어딘가에 숨었을 거야. 그걸 오르바르트 씨가 협력했단 말이구나?!"

5

——탄자 탈환을 위해 스바루 일행을 습격한 유각인종들.

그러나 그들이 여관 밖에서 처음부터 대기한 이상, 사전에 탄자의 신변에 무슨 일이 발생했을 경우를 협의했었다고 생각할 수밖에 없다.

그리고 그 여관에서 탄자와 밀약할 가능성이 있는 자는——.

“오르바르트 덩클켄, 놈밖에 없다.”

“그 아이…… 탄자가 혼자서 꾸몄을 가능성도 있지 않겠어?”

“확신이 있다. 일부러 도망쳐서 숨는 애들 장난에 임하는 건, 그자가 선호할 법한 악랄한 취향이다.”

아벨의 단언에 스바루는 무심코 찝찝한 표정을 지었다.

오르바르트의 고약한 성격을 근거로 삼은 아벨의 추측, 애초에 ‘숨바꼭질’을 제안한 것부터 탄자를 숨긴 것의 은유였음을 깨닫고 말았기 때문이다.

“하지만 그래서 우리가 습격당한 거면 규칙 위반 아니냐고!”

“서로 위해를 가하지 않겠다는 얘기 말이냐? 그자라면 ‘자신은 손을 쓰지 않았다.’라고 발뺌하겠지. 탄자와 손을 잡았으면 더더욱 말이야.”

“윽…… 그런 치사한 생각……!”

“따라서 오르바르트의 위치 특정부터 우선하겠다. 그러면 탄자의 위치도 덩달아 알 수 있겠지. 물론 꿍꿍이가 밝혀지면 ‘숨바꼭질’에 구애될 이유도 사라질지 모르겠지만.”

오르바르트와 탄자, 두 사람이 함께 있을지도 모른다는 것은 알겠다. 하지만 그걸로 ‘숨바꼭질’까지 끝난다고 여기는 이유는 잘 모르겠다.

그 사실에 고민하는 스바루의 손에서 돌아본 아벨이 거칠게 귀면을 빼앗았다. “아.” 하고 놀란 스바루 앞에서 아벨은 귀면을 다시 썼다.

“오르바르트의 목적은 우리의 가치를 판단하는 것이다. 놈의 진짜 목표는 애들 장난보다 숨겨진 의도를 알아채는지 여부. 다시 말해서 진의를 풀어내면 번거로운 절차를 밟을 필요는 피차 사라지지.”

“아하. 알 것 같기도, 한데……?”

“본격적으로 잔머리도 유치해지기 시작했나.”

가까스로 설명을 따라잡는 스바루의 반응에 아벨이 탄식을 섞으며 중얼거렸다.

아벨의 지적에 반론할 수 없다. 스바루도 자신의 머리 상태가 명백하게 이상해졌다고 인식했다. 다만 어느 정도인지는 판단이 가지 않는다.

생각이 유치해져 말이 잘 나오지 않거나, 머리가 나빠졌다고 생각하지만.

“애초에 똘똘한 편도 아닌데…….”

“네놈의 경우, 이해력과 발상력까지 떨어져서 문제다. 일설에 따르면, 육체는 그자가 가진 오드의 성쇠를 반영한다고 하지. 오르바르트가 발휘한 기예의 자세한 내역은 알 수 없지만.”

“오, 오드의 성쇠……?”

“오드와 육체, 그것의 성장과 쇠락에는 관련성이 있다는 뜻이다. 말하자면 오르바르트는 너의…… 아니, 너희의 오드에 간섭했다고 추측이 되지.”

그렇게 말한 아벨은 몸이 작아진 스바루와 알, 미디엄을 본다.

그러나 그 설명에도 스바루는 감이 오지 않는다. 마법을 쓰는 데 필요한 게이트가 망가졌을 때도 그랬지만, 원래부터 존재를 의식하지 못하는 마나나 오드 이야기는 실감이 희박한 것이다.

다만 그것은 스바루에게 느낌이 오지 않아도——.

"그렇단 말은, 그 영감님이 몸을 주물럭댄 것이 원인인가."

그렇게 너무나 밉살스러운 듯 알이 중얼거린 목소리에 퍼뜩 정신이 들었다.

돌아보니 알은 복면으로 감싼 자신의 이마를 만지며 손가락을 와들와들 떨고 있었다. 때때로 보이는 강렬한 짜증은 그 정신도 『유아화』의 영향을 받기 시작했다는 증거일까.

어른일 때 있었던 정신적 여유를, 어린아이가 되는 바람에 상실해 가고 있다.

"그 망할 영감, 반드시 조져 버리겠어……!"

"응, 원래대로 돌아가지 못하면 곤란하니까. 그럼 아벨찡의 생각대로 할래?"

부글부글 분노를 쌓아 둔 알을 배려하며 미디엄이 힐끔 아벨을 보았다.

미디엄이 지적한 것은 아벨이 처음에 상정한 오르바르트 수색 인해전술이다. 주점으로 가서 사람을 고용해 숨은 괴노인을 찾는 계획. 그러나——.

"그렇게 생각했었지만, 상대 진영에 탄자가 있다면 사정이 달라진다."

"사정이 달라진다니, 어디가?"

"우리가 여관을 벗어난 이상, 조만간 상대도 대책을 세우겠지. 일손을 늘린다는 작전은 누구나 떠올릴 수 있다. 타지 사람이 잡을 수 있는 연줄도 많지는 않다. 그렇다면……."

"주점 주위에도 우리를 기다리는 녀석들이 있어도 이상하지 않을 테지."

아벨의 결론을 알이 받자 스바루도 대화의 초점을 이해했다.

즉, 오르바르트만이 아니라 탄자도 까다로운 적이다. 오르바르트에게는 실력과 노회함이 있으며, 탄자에게는 요르나의 시종이라는 카오스프레임에서의 지위가 있다.

이 마도에서 정상급으로 신뢰받는 권력자란 뜻이다.

"물론 최악의 경우, 강행돌파도 염두에 두고 움직이는 것은 가능한 모양이지만."

"강행돌파라면…… 설마."

부득이하게 방침을 전환하려는 대화 도중, 그렇게 중얼거린 아벨의 시선이 옆으로 돌아갔다. 그의 시선을 따라간 스바루는 무심결에 얼굴을 굳혔다.

"우아우?"

귀면 속의 시선을 받자 이상하다는 듯이 갸우뚱하는 루이가 거기에 서 있었기 때문이다.

습격한 상대를 역으로 거꾸러뜨리고, 지금도 천진난만한 얼굴로 자기 머리카락을 빗고 있는 루이. 그 압도적인 전투력과 정반대로 작은 동물 같은 태도 자체에는 변화가 없다.

그것이 도리어 스바루의 등줄기를 차가운 무언가로 찌르지만.

“아! 아까 루이 애 굉장했지! 그런 걸 숨기고 있었다니 깜짝 놀랐어~.”

“아우아우.”

“에헤헤, 구해줘서 고마워.”

그런 스바루의 속을 아랑곳하지 않고 미디엄은 루이의 머리를 무방비하게 쓰다듬으려 했다. 하얀 손목을 뻗는 것을, 스바루는 “잠깐!” 하고 반사적으로 잡고 말았다.

“와, 스바루찡?”

“저기, 미디엄 씨, 이 녀석에게 접근하는 건 그만두는 게…….”

“――? 왜? 그치만 구해줬잖아? 스바루찡도.”

“그건, 그럴, 지도 모르지만…… 그래도…….”

악의가 없는 미디엄의 의문에 스바루는 잘 답변하지 못했다.

실제로 그 견해가 솔직하고 바른 것이다. 루이는 스바루를 구해주었다. 자신이 다치는 것도 망설이지 않고, 그 작은 몸을 몽땅 구사해 지켜 주었다.

스바루도 필사적으로 ‘죽지 말아 줘.’ 라고 호소했는데――.

“이제 그만 설명해 줘도 되지 않겠냐.”

답답하게 구는 스바루를 보던 알이 낮은 목소리로 말했다.

복면 속의 어두운 눈초리에 스바루는 숨을 집어삼켰다가 고개를 숙였다. 며칠 전, 카오스프레임으로 오는 중에 알에게 루이의 사정을 숨긴 것이 떠올랐다.

그때도 스바루는 루이를 어떻게 대할지 정하지 못하고 대답을 보류했다.

그러나――.

"이제 웃으며 넘어갈 상황이 아니야. 나만이 아니라, 전원의 문제다."

"――――."

"그 소녀의 무엇을 감추고 있느냐."

추궁의 시선이 집중하자 스바루는 반사적으로 루이를 등 뒤로 감싸고 말았다.

그것은 루이를 지키려는 것이 아니라 그 시선을 받은 루이가 어떻게 반응할지 알 수 없었기에―― 아니다. 그것도 진실인지 스바루도 모르겠다.

그저 할 수 있는 말이 있다면, 더 이상 둘러댈 수 없다는 것.

그리고 유치해진 스바루의 머리로는 그럴싸한 거짓말을 꾸며낼 수도 없다.

그렇기에――.

"얘는, 루이는…… 『폭식』의 대죄주교야."

그렇듯 진실을 분명하게 털어놓을 수밖에 없었다.

6

――루이 아르네브의 정체.

그것은 스바루가 볼라키아 제국에 날아온 이래로 기억을 잃은 렘은 물론, 여지껏 만난 모두에게 숨긴 비밀이었다.

루이의 정체가 대죄주교임이 알려지면 발생할 트러블. 그것은 스바루의 마음만이 아닌 다양한 문제가 예상되었다. 아니, 예상할 수 없다고 예상한 것이다.

그래서 스바루는 오늘 이 순간까지 그 사실을 숨기고——.

"대죄, 주교."

스바루가 밝힌 사실, 그 단어를 더듬거리는 목소리가 되새긴다.

알과 아벨이 그 대답에 놀랐다면 당연한 일이다. 경계하며 사실인지 확인하고, 그것이 얼마나 어처구니없는 소리냐고 화내는 게 당연했다.

하지만 처음으로 떨리는 목소리를 낸 것은 알도 아벨도 아니어서.

"루이가, 대죄주교라니……."

아연실색한 목소리를 흘린 것은 동그란 눈을 크게 뜬 미디엄이었다.

루이를 빤히 응시하는 미디엄. 루이 본인은 미디엄의 시선에 아무 짚이는 것도 없는 표정으로 이상하다는 듯 고개를 갸우뚱하고 있었다.

미디엄의 눈에 스친 감정. 그것이야말로 스바루가 가장 두려워하던 반응이었다.

어쩌면 미디엄——아니, 오코넬 남매라면 덤덤하게 받아들이며 별거 아니라고 웃어넘길지도 모른다. 그렇게 여겼었다.

하지만 그런 것은 희망이나 기대조차 아닌, 한낱 몽상이었음을 깨우쳤다.

"————."

미디엄의 두 눈에 스친, 착각할 여지가 없는 또렷한 '두려움'이야말로.

"형제, 그건 웃기지도 않는 농담이야."

"노, 농담한 적은……."

"농담이 아니라면 더더욱 웃을 수 없어!"

미디엄의 반응에 충격을 받은 스바루는 이어진 알의 말에 말문이 막혔다.

언성을 높인 알이 등에 찬 청룡도를 거칠게 뽑았다. 물론 어린아이의 여린 팔 하나로 들 만한 것이 아니기에 뽑은 칼은 지면에 끄트머리가 박히고 말았다.

그럼에도 몸무게를 실어 휘두르는 것은 불가능하지 않다. 그런 난폭한 의사를 담은 알의 시선이 스바루와 그 뒤의 루이에게 향했다.

"대죄주교를 데리고 다니다니 제정신으로 할 짓이 아니야. 설마 프리스텔라에서 무슨 일이 있었는지 까먹은 건 아닐 테지."

"그, 그건……."

"나와 프리실라…… 공주에게 피해는 없었어. 하지만 그건 재수가 좋았던 거지. 형제의 식구도, 지인의 식구도 끔찍한 꼴을 당했어. 그 녀석은 그 원인 중 한 명이라고!"

지면에 박힌 청룡도에 기댄 알의 호소에 대꾸할 말이 없다.

알의 말이 전부 옳다. 잘못된 행동을 하고 있는 쪽은 아무리 생각해도 스바루다.

루이를 데리고 다녀도, 자유롭게 놔둬도 될 일이 아니었다.

내력을 밝히고 포박해서 자유를 빼앗고 잡아 놨어야 했다.

하지만 스바루는 그러지 않았다. 그러기는커녕——.

"아, 아벨도……?"

같은 의견이냐고, 침묵하는 아벨에게 매달리는 눈길을 보내고 말았다.

미디엄이 겁먹고 알이 노기를 드러낸 지금, 아벨의 태도가 마지막 보루——. 그것이, 누구를 위한 보루인지 그조차도 모른 채 매달리려고 했다.

다만 그 자리의 전원이 루이와 적대하기를 선택한다면.

"————."

스바루도 반드시 이 망설임에 끝장을 내고 움직일 수 있을 터라고.

"다른 나라에서, 그놈들을 어찌 취급하는지는 모르겠으나."

숨을 집어삼킨 스바루 앞에서, 귀면을 쓴 남자가 정면으로 시선을 받아냈다.

검은 눈과 검은 눈이 교차하고, 싸늘한 시선에 스바루의 가슴이 찢어진다. 고대하던 말, 그 뒤에 이어질 내용을 거부하듯이 뇌가 구석부터 마비된다.

그렇게 마비된 뇌에 그 목소리는 천천히, 천천히 침투하고——.

"이 제국에서, 『마녀』를 추종하는 자는 어떠한 이유가 있을지라도 처형된다."

비록 옥좌에서 쫓겨났다고는 하지만, 이 제국의 정점에 선 존재의 단호한 선언.

결코 공존할 수 없다고 확실하게 단언한 사형 선고였다.
그 말을 들은 순간, 스바루는 눈을 꾹 감고──.
"큭, 루이!!"
"스바루찡?!"
감정적으로 이름을 외친 순간, 작은 두 손이 스바루의 허리를 둘렀다.
그 직후, 비명 같은 미디엄의 목소리를 놔두고 스바루의 두 발이 지면에서 벗어났다. 스바루의 허리를 붙든 루이가 높이 뛰어오른 것이다.
어째서 루이의 이름을 불렀는지, 거기에 어떤 의미를 담았는지, 어금니를 꾹 깨물며 어째선지 솟는 눈물을 참는 스바루는 전혀 알 수 없었다.
단지, 생각했던 것이다.
"우아우."
허리를 잡고 옹알거리는 소녀를, 지금 저버려서는 안 된다고.
목숨을 구해서 은혜를 갚는 것이 아니다. 정이 생겨서 지켜야 한다고 착각한 것도 아니다. 단지, 생각했던 것이다.
팔다리만이 아니라 머릿속까지 작아진 상태에서, 무엇을 생각하는지 알 수 없는 이 여자아이에 대한 답을 내 버리면 후회할 것이다.
그것은 렘도, 지금까지 만난 많은 사람과도 관계없는, 스바루의 문제.
나츠키 스바루가 온 힘을 다해 직시해야 하는 문제다.

"형제! 돌아와! 이런 젠장——!"

위를 본 알이 그렇게 외치지만, 벽을 박차며 도약하는 루이의 발은 멈추지 않았다.

루이는 스바루를 등에 업어 들고 폴짝폴짝 뛰어 길에 인접한 건물 벽을 박차 옥상에 올라갔다가, 바로 건물을 경유해 옆길로, 다시 옆길로 뛰어넘었다.

도시 여기저기에 발판이 있어 자유롭게 내키는 대로 얼기설기 엮인 카오스프레임에서, 루이의 종잡을 수 없는 분방함은 그야말로 독무대에 선 느낌이다.

"푸핫!"

몇 번째쯤의 도약을 마쳤을 때 해방된 스바루가 손으로 바닥을 짚었다.

몇 번이고 중력에 역행한 것과 루이의 여린 팔로 바이스처럼 옥죄였던 것이 괴로웠다. 루이 본인은 팔팔한 기색으로, 허덕거리는 스바루를 들여다보는 것이 얄미웠다.

하지만 그 얼굴을 그저 얄밉게 여기고만 있을 때가 아니었다.

"일행을……."

자신이 움직인 결과다. 일행을 놓쳤다는 말은 뻔뻔해서 도저히 할 수 없었다.

그러나 그 자리에 남아 있었더라면 아벨이 어떤 명령을 내렸을지 모른다. 알의 반응을 보아도 온건하게 루이를 못 본 척해 주지는 않았으리라.

분위기를 풀어주는 미디엄의 힘도 도저히 기대할 수 없다.

그렇다고 분위기에 휩쓸려 루이를 넘기는 것은 싫다고, 양심이 다그쳤다.

"우아우?"

입가를 소매로 닦고 고개를 든 스바루를 루이의 파란 눈이 태평하게 보고 있다.

자신에게 쏠린 적의와 공포도 전혀 모르는 태도. 그 모습을 보고 있으려니 이렇게 정신을 못 차리는 스바루가 바보 같았다.

"바보냐, 나는. 아니, 바보 맞지, 나는."

사실 대단히 바보였다.

아벨은 몰라도, 미디엄과 알을 두고 루이와 함께 도망치다니 멍청하기 짝이 없다.

이렇게 뭘 생각하는지도, 뭘 저지를지도 모르는 상대와 함께.

"그래도 지금의 내가 정했다간 후회할 거야. 이런 건 어린아이가 결정해도 될 일이 아니냐."

사람의 생사가 걸린, 제국의 미래가 걸린 중대사……라고 생각한다.

그렇게 큰 문제를 고작 열 살 남짓한 어린아이가 냉혹한 어른의 눈앞에서 정하면 이상하다. 그렇다. 잘못된 일이다.

"틀림없이, 원래대로 돌아가면 똑바로 판단할 수 있을 거야. 그러니까……."

한시라도 빨리 이 『유아화』를 풀고 소년 나츠키 스바루에서 청소년 나츠키 스바루로 컴백해야 한다.

그러면 루이 상대로 이것저것 고민하고, 동료들의 판단에 똑바로 대답하고, 납득이 가는 결론에 다다를 것이다.

그러기 위해서——.

"오르바르트 씨를 찾겠어. 다른 일행에게 의지하지 않고, 전력을 다해서."

"아— 우—!"

번뜩 고개를 쳐든 스바루에게 호응하여, 루이가 의욕적인 표정으로 두 팔을 들었다.

드높은 발판에서 마도의 정경을 내려다본다. 겉으로 봐서는 조그만 아이 둘이서 씩씩대며 카오스프레임의 주민과 옥좌에서 쫓겨난 황제를 적으로 돌리고, 시노비의 두령을 찾아내겠다는 뜻을 높이 세운다.

——의도한 바는 아니지만, 스바루와 루이는 '숨바꼭질' 의 술래이자 '술래잡기' 에서 쫓기는 처지가 된 것이다.

제5장 『별의 운명』

1

"젠장! 벌써 어디에도 안 보여……!"

길 위에서 하늘을 쳐다보며 여럿 있는 발판을 훑어보는 복면의 소년—— 아니, 알이 발을 구르며 목울대를 울렸다.

직전의 터무니없는 사태가 그 짜증에 박차를 가해 속마음을 격정으로 끓였다.

어처구니없다는 소리밖에 안 나오는 전개였다.

"스바루찡, 루이……."

한편, 분노를 드러낸 알과는 대조적으로 미디엄은 침울한 표정으로 중얼거렸다.

시원시원하고 명랑한 평소 모습이 자취를 감추고, 고개를 숙인 미디엄은 이 자리에서 도망친 두 사람을 걱정하고 있다. 다만 중얼거린 말에 담긴 감정은 복잡했다.

순수한 걱정이라고 단언할 수 없다. 왜냐면——.

"루이가……."

"대죄주교일 줄이야."

"——으."

무심코 입술에서 흘러나온 말이 이어지자 미디엄이 눈을 크게 떴다.

미디엄이 그런 표정을 짓게 한 장본인은 알과 마찬가지로 하늘을 보던 아벨이었다. 가면을 다시 써서 민낯을 가린 남자의 심정은 외부에서는 읽어낼 수 없었다.

다만 이 상황을 환영하지 않는 것은 팔짱을 두드리는 손가락을 보아도 명확하다.

"아벨찡, 두 사람은……."

"우선할 것은 사태 수습이다. 우리 쪽 움직임은 변함없다. 공교롭게도 쓸 수 있는 수단은 또 하나 줄었다마는."

힘없는 미디엄의 물음에 아벨의 매몰찬 답변이 돌아왔다.

스바루와 루이를 직접 언급하진 않았으나, 아벨에게는 두 사람과 합류할 목적으로 움직일 의도가 없다는 뜻이리라.

그 말을 들은 미디엄은 불안과 안도를 모두 가슴으로 느꼈다.

두 사람을 염려하는 마음과 두 사람과 얼굴을 마주치지 않아도 된다는 안도를.

농담이라도 해서는 안 될 말을, 농담이라고 웃을 수 없는 상황에서 들은 것의 두려움을.

"내버려 두겠단 거야? 머릿속까지 꼬마가 된 형제를!"

"그렇다 한들, 어쩔 거지? 너 역시 처한 상황은 별반 다르지 않을 텐데. 말해 두지만 너도 미디엄도, 쓸모가 없어지면 두고 갈 수밖에 없다."

"끅……."

"손을 잡을지 말지, 선택권이 자신에게만 있다고 여기지 마라, 광대."

말문이 막히는 알. 그가 바라는 바는 아벨에게 차갑게 기각되었다. 하기야 알의 초점은 어디까지나 스바루에게 있으며 루이의 존재는 이차 문제── 아니, 강한 경계심을 보이고 있다.

"형제와 그 꼬마를 같이 둘 수는 없어……."

이를 가는 알은 루이를 향한 적의를 드러냈다.

그런 알의 태도에 미디엄은 뭔가 말하고 싶은 눈치지만, 본인도 루이에게 어떤 태도를 보일지 정하지 못했는지 그녀답지 않은 사색이 침묵을 빚어내었다.

"────."

그런 두 사람의 모습을 슬쩍 보고, 아벨이 다시 머리 위를 쳐다보았다.

이미 모습은 보이지 않는, 마도 어디론가 날아간 스바루와 루이. 그 잔재조차 보이지 않는 무질서한 하늘을 바라보면서.

"멍청한 것."

누구에게도 닿지 않는 말을 한마디 흘렸다.

2

──초유의 사태 도중, 동료와 떨어져 독립 행동을 할 수밖에 없는 처지가 된 스바루.

솔직히 무작정 뛰쳐나온 것이니까 다음 일을 잘 따진 판단이라고는 도저히 말할 수 없다.

그래도 그 자리에서 재촉받아 결정했으면 후회했을 것이다. 그것이 싫어서 후회하지 않고자 그런 행동을 택했다. 그 사실만은 분명하게 말할 수 있다.

그리고 지금, 스바루는 그 자리에서 그랬던 것을 벌써부터 '후회' 하고 있었다.

왜냐하면——.

"아우, 우아우!"

"그만해, 루이! 더 했다간 죽어 버리잖아!"

겨드랑이에 팔을 넣고 작은 몸을 붙들면서 스바루는 바동대는 루이를 떼어냈다. 루이가 깔고 앉은, 의식을 잃은 남자 추적자로부터.

일행과 헤어지고 도시에 깔린 발판을 뛰어다니면서 어떻게든 『유아화』의 원인인 오르바르트를 찾고 있는 스바루와 루이.

그러나 추적자는 『유아화』한 스바루의 모습도, 천수각에는 없던 루이도 표적으로 삼았는지 발각되어 싸우기를 몇 번이고 반복하고 있었다.

아벨의 추측대로 오르바르트와 탄자는 손을 잡았을 것이다. 그렇기에 두 사람이 공유한 정보가 추적자의 유각인종들에게 전파된 것이다.

그 결과, 스바루와 루이만이 남은 뒤로 추적자와 싸우는 것은 이번이 세 번째.

다행히 길에서 보인 루이의 전투력이 폭발해 추적자를 신속하게 제압했다. 스바루가 싸우지 못하는 이상, 그 자체는 달갑다. 달갑긴 한데——.

"아우……."

"아우—는 무슨! 이 사람들은 겁을 먹어서 그렇지 나쁜 사람들이 아니라고! 죽을지도 모르는데…… 그런 건 조금도 좋지 않아!"

다리를 바동거리던 루이가 "우—." 하고 스바루의 주의를 듣고 얌전해졌다.

지금 이야기를 이해한 건지 아닌지, 일단 스바루가 화내고 있음은 전해진 모양이다. 그 모습을 지켜보던 스바루는 쓰러진 상대의 응급 처치를 실시했다.

도구가 없기에 머리를 높이 해서 눕히거나, 코피를 닦아 주는 정도지만.

"이 사람들도 자신의 보금자리를 원해서 필사적이야."

"우아우?"

기절한 청년을 길가로 옮긴 스바루가 중얼거린 말에 루이가 갸우뚱했다.

여태까지 마주친 추적자는 하나같이 나이도 성별도, 종족도 달랐다. 하지만 확실한 연결고리로서 모두에게 뿔이 있었다. 그것도 아벨의 예상과 같다.

그 뿔이 그들의 인생에 초래한 영향은, 에밀리아를 아는 스바루로선 비웃지 못한다.

"렘이 없어서 망정, 일까."

오니족(鬼族)의 생존자이자 그 이마에 뿔이 나는 특성을 간직한 렘.

수인족(獸人族)과 다르게 뿔은 항상 보이는 것은 아니지만, 역시 뿔이 나는 종족으로서 그들이 경험한 심경과 무관하지 않을지도 모른다.

람이든 렘이든, 그런 이야기는 들은 적 없지만.

"람이라면 누가 그런 소리 해도 까닥도 안 할 것 같고."

내 갈 길을 간다는 태도를 실제로 체현하는 사람이 람이니까, 뿔 가지고 남이 뭐라 그래도 '핫!' 하고 코웃음 칠 것 같은 듬직함이 있다.

종족이나 간판에 얽매이지 않는 강함을 갖춘 람이라면, 분명.

——어쩌면 그런 람이라면, 루이와 함께 있는 것을 알아도 태연하게 있어 주었을까.

"바보냐, 나는. 아니, 바보 맞지, 나는."

스바루는 이마에 주먹을 대고 한심하고 약아 빠진 생각을 도로 집어넣었다.

람은 여기 없다. 에밀리아도, 베아트리스도, 모두 여기 없다.

가장 가까이 있는 렘도 머나먼 과랄에 남아서—— 없는 누군가를 의지하고 자신을 위로할 때가 아니다.

"지금은 '전망이 좋은 나락'을 찾아야 해……."

요르나가 호출한 시간도 고려하면, 숨어 있을 시간도 아쉽다.

숨어 있는 상대를 찾아야 할 판인데 쫓기는 처지가 되었는데.

"아마 아벨은 우리를 찾지 않을 테고, 타리타 씨와 만나면……."

"아우."

"아냐, 타리타 씨도 잘 모르는 도시에서 사람들에게 쫓기고 있으니까, 우리가 폐를 끼치면 안 돼."

머리를 손을 짚은 스바루는 아무것도 모르는 타리타와의 합류안을 보류했다.

만약 타리타와 합류하는 데 성공해도 아벨 일행과 헤어진 이유를 잘 설명할 수 없을 것 같다. 그 경우에는 거짓말해야 하겠지만, 그것은 문제를 뒤로 미룰 뿐이다.

미디엄도 못 견뎠다. 타리타도 루이의 정체를 알면, 틀림없이.

"————."

결국 루이를 어떻게 할지 답을 내놓지 않으면 또 똑같은 문제와 맞닥뜨린다.

스바루는 또 그런 식으로 언쟁하다가 모두를 미워하기 싫다. 모두를 잘 설득하지 못하는 자기 자신도 미워하기 싫었다.

"우아우."

루이가 생각에 골몰하는 스바루를 들여다보며 재촉하지 않고 답을 기다리고 있다.

원래부터 어떻게 될지 알 수 없는 아이였다. 그것이 힘을——『폭식』의 권능을 사용하기 시작한 뒤로는, 더욱 손쓸 도리가 없어졌다고도 할 수 있다.

그렇기에——.

"죽고 싶지 않으면, 내게서 떨어지지 마. 나도 너를 죽게 만들고 싶지 않아. 지금은……."

"아— 우—."

알아듣는 건지 아닌 건지, 루이는 배시시 웃으며 끄덕였다. 헤실헤실 웃는 소녀를 본 스바루는 깊은 숨을 내뱉고——.

"이봐! 저기 있는 두 사람이다!"

침착하게 생각할 겨를도 없이, 스바루와 루이의 모습을 발견한 추적자의 걸걸한 목소리가 터졌다.

그 즉시 스바루는 날아가듯 루이의 등에 덤벼들었다.

"루이! 싸우지 마! 도망쳐, 도망쳐, 도망쳐!"

"아우! 우!"

뛰쳐나가려는 루이가 태클하는 스바루를 등에 붙이고 날았다. 억지로 강제 어부바해서 루이를 싸우지 못하게 하는 작전이 잘 먹혀든 모양새다.

그러나——.

"놓치지 마! 쫓아가, 쫓아가, 쫓아가, 쫓아가!"

마도를 돌아다니는 유각인종 사람들은 그런 두 사람을 쉽사리 놓쳐 주지 않았다.

아무래도 추적자는 정말로 뿔이 있는 사람들밖에 없는 것 같다. 카오스프레임에서 사는 사람 중에는 뿔이 없는 아인도 많다. 그들은 스바루 일행을 쫓으려 하지 않았다.

녹인족이라서 본인 또한 유각인종인 탄자가 그들을 움직이고 있다고 생각하지만.

"그 탄자란 아이가 명령할 수 있는 것이, 뿔이 있는 사람들밖에 없는 것 같아……!"

만약 카오스프레임 주민 모두가 술래잡기의 술래가 되면 도저히 빠져나갈 수 없다. 그 아이도 자신의 직권을 남용할 수 있는 빠듯한 선에서 싸우고 있는 모양이다.

물론 그 빠듯한 남용으로도 스바루 일행은 충분히 궁지에 몰리고 있었다.

"루이, 반격하지 마! 이대로 뿌리치자!"

"우—?"

"이유는 묻지 말고! 절대로! 아무튼 안 돼! 안 된다고!"

스바루를 업고서 시내의 온갖 물건을 발판 삼아 도망치는 루이. 하지만 싸우면 이길 수 있는데 도망치라는 소리만 하는 스바루에게 불만인 눈치다.

그 뺨을 잡아당겨 항의하는 스바루는 루이를 싸우게 할 마음이 없었다.

그야 루이가 싸우면 추적자에게 이길지도 모른다. 하지만 이기는 대신에 추적자가 죽을지도 모른다. 루이의, 통제가 되지 않는 폭력 때문에.

그런 짓을 했다간 스바루가 두려워하던 '루이 아르네브' 가 날뛰는 것과 매한가지다.

만약 이 루이가 '루이 아르네브' 로 돌아가는 일이 생기면——.

"다른 사람들 말이 옳다는 증거가 돼."

그렇다면 그 길거리에서 둘이 도망쳐 아벨 일행과 틀어질 필요도 없었다.
루이라는 아이의 존재에 스바루가 이상한 고민을 할 필요도.
그러니까 안 된다.
"이제는 네가 아무도 죽이게 하지 않겠어."
나츠키 스바루의 눈에 흙이 들어가기 전에는, 그런 짓을 시키면 안 된다.
"아우."
꼬옥. 매달리는 스바루의 팔 힘이 강해지고, 루이는 얌전히 앞을 보았다.
그때까지 불만스러웠던 태도를 거두고 스바루의 말을 들어줄 마음을 먹은 것 같다. 그대로 루이는 추적자를 뿌리치기 위해 시내를 폴짝폴짝 뛰어다녔다.
그러나 지리감과 숫자로 앞서는 추적자는 끈질겨서, 서서히 몰리기 시작했다.
루이를 싸움에 내몰고 싶지 않은데, 이대로 가다간——.
"두 분, 이리 오세요."
그 목소리가 들린 것은 스바루와 루이가 높은 건물의 발판에서 길 위로 뛰어내렸을 때였다.
"어?" 하고 놀란 두 사람이 돌아보자 얼굴이 갸름한 청년이 손짓하는 모습이 보였다. 언뜻 보기로 머리에 뿔은 없지만, 갑작스러운 상황이라 경계심을 거둘 수 없다.
그러나 그는 자기 바로 뒤에 있는 화물을 실은 짐차를 손으로 가리키고 말했다.

“자, 여기에 숨는 걸 추천하겠습니다. 지금이라면 아—무도 안 보고 있어요.”

“다, 당신은…….”

“쫓기고 있죠? 상대도 차—암 진지한 모양이던데. 나쁜 의도는 없습니다. 별에 맹세해도 좋아요.”

말하면서 회색 머리를 길게 기른 청년이 윙크했다. 그 사람 좋은 웃음과 수상쩍은 태도, 느닷없는 맹세를 믿어도 되겠단 생각은 도저히 들지 않았다.

하지만 걸음을 멈춘 스바루의 귀에 길 건너편에서 굵직한 목소리가 들렸다. 두 사람을 수색하는 추적자가 따라붙은 것이다.

“자, 어쩌실래요? 별의 운명은 시시각각 변하는 법. 이 운명을 받는 것도 피하는 것도 두 분이 하기 나름입니다. 다—만, 이럴 때는 순순히 따르는 것이 상책이라고, 저는 생각하는데요.”

청년은 비어 있는 두 손을 살랑살랑 흔들며 적의가 없음을 표시하듯 웃었다.

그 웃음을 믿어도 될지, 스바루는 몹시 망설였다. 하지만 그 말마따나 망설이느라 들일 시간도 많지는 않았다.

그래서——.

3

“왜 도와준 거야?”

“왜 도왔냐 말인가요. 흐—음, 흠. 그러네요……. 아아, 어린

아이가 쫓기는 모습을 보는 걸 참을 수 없었다. 이거면 어때요?"
"어떻긴, 그런 식으로 말하면 뻔히 둘러댄 소리잖아……."
"역시 뻔한가요."
게슴츠레한 눈으로 스바루가 말하자 청년이 난처한 투로 자기 머리카락을 매만졌다.
그 태도에 복잡한 감정을 품으면서도 스바루는 짐차의 짐칸에 억지로 밀어 넣었던 루이를 끄집어내 내려놓았다.
——결국 스바루는 청년의 권유에 따라 루이와 둘이서 숨기를 선택했다.
그것은 청년을 믿었다기보다는 도망치기가 어렵다고 느낀 이유가 크다.
다행히 청년은 스바루 일행을 팔아먹는 짓은 하지 않고, 오히려 숨은 두 사람이 들키지 않게 추적자에게 거짓말을 해서 멀리 보내기까지 해 주었다.
"최악의 경우, 루이가 날뛰어서 다 망쳐 버리는 수도 있었지만……."
"어—라라, 혹시 제가 꽤 위험한 다리 건넌 셈입니까?"
"하고 싶지 않았으니까, 하지 않고 넘어가서 안심했어."
그것은 에누리 없는 본심이기에 스바루로서도 청년에게는 감사만 할 따름이다.
그 청년 말이지만, 보기로 뿔이 없을 뿐만이 아니라 애초에 아인도 아닌 모양이었다. 물론 아인에는 람이나 렘처럼 특징이 적은 종족도 있기에 확실하진 않지만 청년의 복장이나 분위기가 너무나 카오스프레임답지 않은 느낌이 든 것이다.

결국 스바루 일행에 도움의 손길을 내밀었고, 그 진의는 당최 모르겠다.

“저기, 도와줘서 고맙지만, 진짜로 왜 그랬어? 으음…….”

“아아, 저는 우비르크라는 사람입니다. 의심하고 싶어지는 기분도 알겠는데요, 실은 영— 할 말도 없단 말이죠.”

“할 말이 없다니, 무슨 의미로?”

“두 분을 도운 것은, 왠지 모르게 그러는 게 좋겠다고 생각했을 뿐이란 뜻이죠.”

피식 웃은 청년—— 우비르크가 더더욱 수상쩍게 대답했다.

다만 답변과 단정한 외모, 복장은 우비르크가 버젓한 직업에 종사하고 있는 증거라고 스바루는 생각했다. 짐차를 옮긴 것을 보면 상인이라고는 생각하지만.

“아, 이 짐차 말인데요, 제 것이 아니에요. 우연히 여기 있었을 뿐이죠.”

“뭐?! 하지만 우리더러 숨으라고…….”

“숨기만 하는 거라면 딱히 자기 짐차일 필요도 없잖습니까. 아마 저~기 보이는 가게의 물건 아닐까요? 고마워할 거라면 저쪽에 합장이라도 합시다.”

예상을 대담하게 배신하면서 우비르크는 가까운 가게를 손으로 가리키고 “저걸까? 아니면 저쪽일지도.” 하고 대충 떠들었다.

즉, 우비르크는 우연히 본 두 사람을, 그 자리에 있는 물건으로 별다른 이유도 없이 도왔다는 뜻이다. 너무 영문을 알 수 없어서, 아마 어려지지 않았더라도 무서웠을 것이다.

"으음, 우비르크 씨, 도와줘서 고마워. 하지만 앞으로 더 생각을 잘하고 행동하는 편이 나을 거야. 금방 험한 꼴을 당하겠다 싶으니까……."

"어—라라, 걱정받고 있나요, 저. 그렇게 딱하게 보이려나요. 세상 사는 요령이 꽤 능숙한 줄 알았는데, 거리가 머네요."

"아니, 의심하는 게 아니라, 우리가 급해서."

본심을 말하면 의심스럽다.

이 경우, 탄자나 오르바르트의 끄나풀이라는 의미가 아니라 순수하게 그쪽과 관계없는 위험한 어른일 가능성이다.

지금은 스바루와 루이, 어린아이만 두 명이라서 단순히 수상한 어른이 상대라도 충분히 무섭다.

상대가 위험한 어른일 경우, 그것을 때려눕히는 루이를 스바루가 말릴 수 있을지 자신할 수 없다. 어린아이에게 위험한 어른은 조금 무리다.

"그, 그럼, 우리는 이만. 자, 너도 가야지."

그런 이유로, 스바루는 루이의 손을 끌고 건성으로 인사하며 걷기 시작했다.

그러나——.

"잠—깐 기다려 보시죠. 그렇게 괄시하시면 저도 서러운데."

그렇게 말하면서 가늘고도 긴 다리로 잔달음질 친 우비르크가 앞을 막았다.

그 즉시 스바루 마음속에서 위험한 어른 지수가 높아지고 우비르크의 입장이 위태로워졌다. 구체적으로는 움켜쥔 손에 힘이 들어가서 루이에게 "우?" 하고 스바루의 긴장이 전해져 버렸다.

그 결과, 루이가 스바루 앞으로 나서서 길을 막은 우비르크를 노려보았다.

"우—!"

"아—차차, 미움받았나요? 이래 봬도 여자아이에겐 인기 좋은 편이라고 생각했는데, 역시 마음에 둔 상대가 있으면 얘기가 달라지네요, 이거."

"우비르크 씨, 루이를 별로 화나지 않게 하는 게 좋아. 겉보기보다 무서우니까."

"오—호라. ——성함이 루이 씨라고 하는군요."

고개를 연신 끄덕이는 우비르크. 그 대꾸에 스바루는 쓴맛 나는 침을 삼켰다.

이름 정도야 알려져도 문제없지만, 섣불리 정보를 주고 말았다는 사실이 문제다. 아직 어떤 어른인지 모르는 상대에게 정보를 더 누설하기 싫다.

"우비르크 씨! 미안하지만 우리 진짜로 급해서……."

"제가요, 오늘은 별로 나돌 생각이 없었거든요."

"응?"

"그—런데 무슨 이유인지, 이렇게 밖을 나돌게 되었죠. 그런 별의 인도라면 어쩔 수 없다고 내키는 대로 걷던 중에…… 두 분이 있네요?"

자신의 이마에 손을 짚고 거기서 부드러운 눈꼬리, 티 없이 하얀 뺨, 그리고 곱상한 턱까지 순서대로 손가락을 미끄러뜨린 우비르크가 마지막으로 손가락을 딱 튕겼다.

그 거동에 눈길을 빼앗겼던 스바루는 마지막 소리에 놀랐다가 지금 우비르크가 거창하게 떠드는 소리를 머릿속으로 해체했다. 그리고——.

"그냥, 산책하다 보니 우리를 발견했다는 소리야?"

"뭐— 그런 식으로도 말할 수 있겠네요. 다—만 저는 이런 식으로도 말할 수 있을 거라 봅니다. ——이것도 다, 별의 인도라고."

"————."

매우 로맨틱한 표현이지만, 스바루는 어깨를 축 늘어뜨렸다.

운명적인 만남치고는 모인 인물들이 낭만이고 뭐고 없지 않은가.

"혹시 저한테 기가 막혔어요?"

"저기, 괜찮아요. 이제 만나지 않을 사람이니까 무슨 말 들어도 괜찮으니까."

"우와— 상처받는데요. 그 독설을 들으니 옛날 친구가 기억납니다."

"우비르크 씨에게, 친구가……?"

"아하핫, 있었다고요."

무심코 무례한 본심이 흘러나오지만, 우비르크는 기분이 상한 기색이 없었다.

그저 잠깐, 그 친구를 회상하는 우비르크에게서 쓸쓸한 기운이 느껴졌다. 불성실하고 나른한 느낌이 나는 우비르크도 그런 표정을 짓는구나 싶었다.

"어쨌든 여기서 만난 것도 일종의 인연입니다. 으—음, 그렇지! 제가 실은 사람들과 상담해 주는 일을 해서 말이죠. 어때요, 상담해 보시지 않겠어요?"

"끝내 나왔다! TV에서 봤던 수법이야! 됐어요!"

"아하핫, 사기가 아니라고요. 단—지, 제가 역할을 완수하고 싶을 뿐이라서요."

"역할……?"

"네, 제 역할. 아마 여기서 두 분과 만난 것도 운명…… 그렇다면 당신과 루이 씨를 상담해 주는 것이 제가 할 일이겠죠."

우비르크가 머리카락을 손가락에 돌돌 감으면서 연신 고개를 끄덕였다.

안됐지만 우비르크의 납득은 스바루에게 와닿지 않는다. 오로지 수상한 어른 지수만 슬금슬금 높아질 뿐이다. 가능하다면 당장 여기서 떠나고 싶다.

"아, 도망치려 해도 소용없거든요. 만—약 도망친다면, 큰 소리로 사람들 부를 겁니다."

그러나 그것은 우비르크의 수상한 어른 지수의 상승과 맞바꾸어 저지되었다.

그저 수상쩍고 끈질기긴 해도, 나쁜 사람은 아니라고 여기고 싶었다.

"우비르크 씨, 우리 사정은 모르는 편이 나을 거야. 우비르크 씨도 말려들지도 모르고, 그렇게 되면 우비르크 씨로는 무리라고 봐."

"아— 걱정하지 않아도 괜찮아요. 제 상담은 상대의 사정을 묻지 않아서."

"그런 고민 상담이 어디 있어?!"

"워워, 진정하시고. 속았다 생각하고요. 자—아, 제 눈을 보세요."

스바루의 걱정을 아랑곳하지 않고 몸을 숙인 우비르크가 빤히 바라본다. 자신의 눈을 손가락으로 가리키며 물러나지 않는 그에게 한숨을 쉰 스바루는 별수 없이 그 말에 따랐다.

눈앞에 보이는 우비르크의 갈색 눈은 상황에 맞지 않게 맑아서, 그 곱상한 면상과 어우러져 속는 여성이 많을 것 같다. 스바루도 이런 상황이 아니라면 더 오래 이야기를 나눠도——.

"찾고 있는 답은 이미 당신 안에 있다."

"어?"

"상담의 답…… 조언이란 거—죠. 이런 게 나왔습니다—라고 해도 되고요."

부드럽게 웃으며 우비르크가 "어때요?" 하고 고개를 기울였다. 하지만 기대하는 우비르크에게는 미안하게도 그것이 스바루에게 광명을 줄 낌새는 전혀 없었다.

애초에 찾고 있는 답이란 표현도 아주 막연했다.

"누구에게나 들어맞는 소리를 하는 건, 사기의 상투수단이란 느낌이 들고……."

“그—런 인생의 갈림길 같은 얘기가 아니지 않으려나요. 아마 더 눈앞의…… 그야말로 아까 쫓기던 일은 어때요?”

“하지만 그 사람들에게 쫓기고 있는 이유는 알고——.”

자신의 안목에 자신이 있는지 흡사 사기꾼이 물고 늘어지듯 끈질기게 구는 우비르크. 그 말에 진지하게 반응하는 사이에 스바루 안에서 희미하게 걸리는 것이 발생했다.

그, 아주 사소한 걸림돌이 아주 큰 것으로 느껴졌다.

“‘전망이 좋은 나락’.”

눈앞에 있는 문제의 답. 그것이 스바루 안에 있다고 우비르크는 지적했다.

솔직히 그것이 어떤 사기 수법인지 깊이 알고 싶지는 않다. 하지만 느낀 것이다. 그 걸림돌을 끌어내면, 원하는 답에 다다를 것만 같은 감촉을.

“상담, 정말로 효과가 있나 봐.”

“우아우!”

잡아낸 감촉에 눈빛을 바꾼 스바루, 그 모습에 루이가 기쁘게 웃었다. 두 사람의 반응을 본 우비르크도 “잘됐네요, 잘됐어.” 하고 끄덕였다.

“도움이 됐다면 다행이죠. 저도 기왕이면 도움이 되고 싶고요. 그러면?”

“그래, 서두를게. 이래저래 최종적으로는 고마워, 우비르크 씨. 가자, 루이!”

“아우아우!”

한쪽 눈을 찡긋한 우비르크에게 대답한 스바루가 루이의 손을 끌고 달리기 시작했다.

그러다가 급정지하고, 놀란 루이의 팔을 잡아당긴 스바루가 뒤돌아보았다. 그러자 그 예상 밖의 움직임에 눈이 동그래진 우비르크가 있어서, 스바루는 그에게 손을 흔들었다.

"우비르크 씨, 이제 사기는 그만두고 고향으로 내려가는 게 좋을 거야! 그편이 더 행복해!"

그것은 감사의 마음을 담은, 스바루 딴에 우비르크에게 멋대로 던진 '조언' 이었다.

——그리하여 두 소년 소녀가 황급하게 떠나는 것을 배웅하고.

"사기는 그만두는 게 좋다——. 참 엄격하기도 하죠."

홀로 길에 남은 우비르크는 쓴웃음을 짓고 긴 머리카락이 쏙 들어가는 후드를 썼다.

참으로 기묘한 만남과 시간, 소년의 마지막 모습을 보건대 조언은 어떠한 도움이 되었으리라. 그렇게 가슴에 얹힌 것이 내려가 안도했다.

나머지는——.

"지금 돌아가 봤자 카프마 님의 심기가 불편한 상태일 테니 더 어슬렁거릴까요. 거리가 조금 소란스러운 것이 마음에 걸리지만요. 그나저나……."

우비르크는 다시 한번 소년 소녀가 떠난 방향으로 눈길을 주었다가 한쪽 눈을 감았다.

마도 중앙, 진한 적색과 청색이 요란하게 뒤섞인 홍유리성을 올려다보며——.

"『별점쟁이』의 역할이긴 해도, 별은 대체 뭘 바라는지."

4

"답은, 내 안에 있다."

"아우."

수상쩍은 우비르크와 헤어져 몇 군데 골목길을 꺾고 나서 발을 멈추었다.

일방적으로 들은 우비르크의 '조언', 그것을 되새긴 스바루를 루이가 쳐다보았다. 그 시선을 마주 보며 스바루는 숨을 깊게 내뱉었다.

"'눈꺼풀 뒷면'은 수수께끼였어. 그렇다면 '전망이 좋은 나락'도 수수께끼……. 진짜 나락을 찾으란 소리가 아니라, 나락 비슷한 곳이 중요한 거야."

"우—?"

갸웃한 루이는 스바루의 이야기에 알쏭달쏭한 표정이다.

그것도 어쩔 수 없다. 스바루도 우비르크의 이야기 태반은 그랬었다. '상담원'이라는 수상하기 그지없는 직업, 애매모호해서 구체성이 결여된 조언, 하지만 그 말에 도움받았다.

정말로 우비르크에게 스바루가 원하는 답이 보였다고는 생각하지 않지만——.

“나는 이 도시를 잘 몰라. 하지만 그건 오르바르트 씨도 마찬가지일 거야. 요르나와 별로 친해 보이지도 않았고…….”

가짜 황제를 호위하러 왔으니, 자유롭게 나다니는 것도 사실은 안 될 것이다.

그 정도의 지리감밖에 없는데, 예를 들어 도시의 명소나 숨은 관광지를 승부 장소로 선택할까? 스바루라면 못 한다. 그러니까——.

“카오스프레임이 아닌 곳에도 있는, ‘전망이 좋은 나락’…….”

그리고 답은 스바루 안에 있다고 우비르크는 말했다.

그 ‘조언’을 진지하게 보았을 때, 스바루 안에 어느 발상이 번쩍 떠올랐다. 그것은 직전에 리얼 타임으로 느낀 기억—— ‘나락’으로 떨어지는 기억이었다.

“길거리에서 그 남자애가 내던졌을 때…….”

머리에 피가 쏠려서 뛰쳐나간 스바루를 내던진 양인족 소년. 사과하면서도 던져서 드높이 하늘로 올라간 스바루는 빙글빙글 돌면서 강렬하게 느꼈다.

——자신이 지금 푸른 하늘을 향해 ‘떨어지고’ 있다고.

실제로는 아니다. 하늘로 던져져서, 주위에서 보면 높은 곳으로 올라가고 있었다. 떨어지는 것과는 정반대로 보였을 것이다. 하지만 스바루 본인은 아니었다.

스바루는 하늘로, 파릇파릇한 바닥이 없는 ‘구멍’으로 떨어지는 기분을 맛보았던 것이다.

그러므로——.

"아—우!"

스바루의 마음을 아는지 모르는지, 얼굴이 밝아진 루이가 한 지점을 손가락으로 척 가리켰다.

잡은 손을 기운차게 흔들면서 빈손으로 그렇게 한 루이에게 스바루는 끄덕였다. 저곳에 목적지── 이 도시에서 가장 '전망이 좋은 나락'에 가까운 곳이 있다.

요르나 미시구레가 있는 성, 마도 카오스프레임의 심장부인 『홍유리성』이다.

"우!"

손을 쭉쭉 당기는 루이의 모습에 스바루는 오르바르트의 고약한 성격을 저주했다.

현재 스바루는 여러 사정으로 성으로 가도 문전박대를 당할 가능성이 크다. 그리고 그 여러 사정은 다름 아닌, 오르바르트가 일으킨 '유아화'다.

"답을 알아도 들어갈 수 없는 곳……. 오르바르트 씨라면, 하겠지."

애당초 이 승부의 목적이 『유아화』를 풀고 성에서 요르나와 대화하는 것이다.

오르바르트도 그것을 안다. 아니까 이런 수작을 부린 것이 『악랄옹』으로 불리는 오르바르트다운 흉계로 느껴졌다.

문제는──.

"어떻게 성에 들어가면 되는 거지……."

오르바르트의 위치는 감을 잡았는데, 정작 당도할 방법이 떠오르지 않는다.

어제 왔던 사자라고 밝혀도 믿어 주지 않을 테고, 탄자의 꿍꿍이를 요르나에게 고자질한다는 아이디어도 고려해 봤지만 위험 부담이 너무 컸다.

애초에 갑자기 나타나서 자기 시종을 헐뜯는 아이는 수상하기 짝이 없다.

"정면으로 방문해도 안 된다면, 숨어서 갈 수밖에 없나……?"

열심히 생각해도 그 이상의 아이디어가 떠오를 것 같지 않았다. 다만 숨어든다고 한들 성에도 분명히 파수꾼이 있을 것이다. 쉬울 리가 없다.

——만약 스바루가 혼자였다면.

"루이, 한 가지만 협력을 바라는 게 있어."

"아우?"

고개를 돌린 스바루의 응시에 루이가 동그란 눈을 깜빡였다. 순간, 그 앳된 모습에 가슴이 따끔했지만, 필요한 일이라고 자신에게 타이르며 무시했다.

그리고——.

"네가 사용한 그 워프…… 나도 같이 날려 보낼 수 있었지?"

5

——날아갈 방향을 가리키고 루이의 손을 굳게 잡는다.

그것이 스바루가 루이에게 『워프』를 사용하는 신호로 가르친 조건이었다.

마치 강아지에게 재주를 가르치는 것 같은 이야기지만, 실상은 그렇게 귀엽지 않다. 만약 루이가 강아지라면 언제 누구를 해칠지 모르겠다고 흠칫흠칫 겁낼 필요도 없었다.

루이의 힘을 빌린다고 해도, 루이의 취급에는 세심한 주의가 필요하니까.

그러나——.

"들어왔다!"

주위 풍경이 한순간에 바뀌고, 건물 밖에서 안으로 전이했다.

판자가 깔린 복도, 일본의 성 같은 실내 장식을 확인하고 성공을 확신한 스바루는 역시 루이의 공적을 "잘했어." 하고 칭찬했다.

"돌담과 성벽까지 두 군데나 뚫었어. 아마 아무도 눈치채지 못했을걸."

"우!"

흥분한 스바루의 말에 루이도 왠지 자랑하듯 가슴을 폈다.

너무 기고만장하게 만들고 싶지 않지만, 문지기와의 실랑이나 힘을 쓴 정면 돌파 같은 난관을 전부 스킵할 수 있었던 것은 다 루이 덕분이다.

——현재 스바루와 루이는 마도의 중심, 홍유리성 안에 숨어들었다.

처음에는 망설임도 있었지만 일단 하겠다 마음먹은 뒤의 행동은 신속했다.

루이의 『워프』가 가진, 접촉한 상대도 포함해 10미터 안팎의

거리를 전이하는 특성을 가늠하고, 이를 이용해서 성에 들어가는 계획을 세웠다.

시간도 없는 가운데, 그다지 어려운 계획을 세울 수도 없었기에——.

"기본은 루이의 『워프』에 의존하는 거야. 하지만…… 웁."

"우아우."

시야가 흐느적거려서 벽에 어깨를 기댄 스바루가 입가에 손을 댔다.

치미는 구역질은 『워프』에 따른 내장이 뒤집히는 감각이 원인이다. 이것만은 막을 방법도 없고 극복도 불가능해서, 전이에는 필수로 따라붙는다.

아무래도 루이 본인은 멀쩡한 모양이지만, 스바루는 한 번 쓸 때마다 휴식이 필요한 지경이다. 성에 들어오려고 두 번 연속으로 사용했지만, 그것만으로도 꽤 그로기 상태였다.

"토하기만 하면 그나마 낫지만, 최악의 경우 기절했다간……."

"우?"

스바루는 구역질과 씨름하면서, 태평한 표정의 루이를 힐끔 살폈다.

만약 돌발 상황이 발생해 『워프』 사용 중에 스바루가 기절이라도 하면, 루이가 고삐 풀린 상태로 풀려나는 셈이다. 그렇게 되면 아무도 막을 수 없다.

아무도 죽이게 하지 않겠다. 그것이 루이를 데리고 도망친 스바루의 맹세다.

어려져 작아진 나츠키 스바루는 루이를 상대로 번듯한 결론을 내릴 수 없다. 그러니까 최소한 지금의 자신에게 가능한 최대한의 맹세는 지키고 싶다.

그것이 루이가 누군가의 생명을 빼앗지 못하게 하는 일이다.

"베란다라도 이용해 휴식하면서 위까지 날아가는 건 어려우려나."

오르바르트의 위치는 아마도 하늘에 가장 가까운 천수각이라고 짐작하고 있다. 그 때문에 꼭대기를 목표로 해도, 이목에 띄지 않는 길은 꽤 험준해 보였다.

성의 파수꾼이나 도시 주민, 누군가에게 들켜서 만약 사람을 부르기라도 한다면.

"그러다가 요르나에게 들키면, 제일 위험해."

오는 중에 요르나의 힘 일부를 『혼혼술』로 물려받은 추적자와 몇 번이고 싸웠다.

강력한 힘이 있어도 그들은 싸움의 문외한. 덕분에 루이의 상대는 되지 못했지만, 본체인 요르나의 실력은 그것과 격이 다르리라.

애초에 요르나와 싸우는 사태가 벌어지면 스바루 일행이 이 도시에 온 목적 자체를 달성하지 못한다. 동료는 늘리지 못하고 몸은 작아져 대실패, 렘을 볼 낯이 없다.

"그러니까, 신중하게, 조심해서 전진하자."

속이 진정되자 입가를 가리던 손의 손가락을 세우고 입술에 대었다. 루이에게 조용히 하란 제스처를 보내고, 두 사람은 손을 잡은 채로 천천히 위로 가는 계단을 찾기 시작했다.

어제 한 번 성에 들어온 경험으로 보건대, 성 내부의 순찰은 거의 없다.

손님이 있어도 대합실을 팽개쳐 둘 정도이니 아무도 오지 않았을 때의 경비는 더 허술하리라. 높은 사람의 성인데 부주의하기 그지없다고는 생각하지만.

"진짜로 아무도 없어 보여."

모퉁이 뒤의 통로를 엿보고 느낀 무방비함에 스바루는 생뚱맞은 염려를 느꼈다. 긴 복도에도 인기척이 없어서 발소리에 주의를 기울인 것이 우스워졌다.

다만 복도에는 숨을 곳이 적으니 막상 누군가와 맞닥뜨리면 바로 벽 너머로 『워프』할 필요가 있다고, 그 점만은 마음에 담아 두었다.

"아니, 여차하면 옆이 아니라 위아래로 이동하는 편이 낫겠네. 오히려 느긋하게 계단을 찾는 것보다 그쪽이 더 시간이 짧아지려나?"

"아—우?"

"아, 높은 사람의 방은 위에 있을 거 같은데, 오래 있기도 무섭잖아? 세상에는 인기척을 느낀다는 만화 같은 짓을 하는 사람들도 있으니까."

스바루로서는 전혀 감이 오지 않지만, 달인에게는 상식적인 재주라나 보다.

알기 쉬운 발소리나 숨결, 실수로 낸 소음 같은 수준이 아니라,

그 자리에 있기만 해도 상대의 존재를 감지하는, 그런 실력자들의 세계.

요르나도 그런 부류에 속한다면 루이의 『워프』를 사용해도 들켜 버린다. 들켜 버리면, 분명 적으로 간주된다.

그리 되지 않기 위해서——.

"신중함과 대담함을 잘 활용하자. 만약 들키면——."

"들키면, 어쩌게요?"

그 순간, 등골이 얼어붙는 목소리가 바로 뒤에 들려서 스바루는 어깨를 들썩거렸다.

그 충격은 손을 잡은 루이에게도 전달되고, 스바루는 눈을 부릅뜬 루이와 함께 반사적으로 뒤돌았다. 그곳에는——.

"어린아이들끼리 손을 잡고 참 깜찍하기도 하여라. 저도 무심코 입가가 흐뭇해진 걸 보세요."

마주쳐서는 안 되는 성주, 아리따운 요르나 미시구레가 서 있었다.

"——아."

아무도 없었을 터다.

1초 전까지, 복도에는 스바루와 루이 말고 아무도 없었다. 분명히 확인했다.

그런데도 스바루의 주의력이나 신중함, 철저한 준비나 각오 등을 전부 짓밟고 능멸하는 힘이라는 것을 가진 자들이 있다.

——이세계의 초월자, 요르나 미시구레도 그런 자다.

"양쪽 다 제가 모르는 얼굴이군요."

요르나가 손에 든 곰방대에서 연기를 피우며 스바루와 루이의 얼굴을 내려다보고 중얼거렸다.

어제 성 꼭대기에서 보았을 때와 똑같이 요염하고 아름다운 기모노를 입은 여성. 묶어 올린 긴 머리카락은 백색과 주황색이 예쁘게 섞였으며 불쑥 솟은 여우 귀가 고개를 내밀고 있었다.

언뜻 보면 단순히 눈이 멀 것만 같은 미인. 하지만 압박감이 단순한 미인과는 수준이 달랐다.

작아진 스바루와 비교해서 요르나가 키가 큰 여성이기 때문이 아니다. 그 사람이 갖춘 존재감이나 영향력 같은 것이 너무나 다른 것이다.

"그리 겁먹을 필요는 없답니다. 당신들은 제 성에 무슨 볼일로 왔지요?"

"으……."

묻는 요르나의 머리장식이 흔들리며 내는 청량한 소리를 들으면서 스바루는 자신을 저주했다.

최대한 신중을 기해 숨어들었다고 여겼는데, 들켰을 때의 변명을 하나도 준비하지 않았다. 생각이 짧다 함은 지금의 스바루를 위해 존재하는 말이었다.

아니나 다를까 아무 말도 못하고 우물쭈물하는 스바루를 본 요르나가 날카로운 눈을 가늘게 좁혔다.

수상히 여기고 있다. 무언가 말해야 한다고 생각하는데, 초조해하면 초조해할수록 아무 말도 할 수 없어서——.

"탄자, 인가요?"

"엑……."

"당신들이, 이렇게 성에 있는 이유 말이에요."

그 지적에 모든 것을 간파당한 스바루는 온몸의 피가 얼어붙으며 금이 쩍 가는 소리를 들었다.

한 번 슬쩍 보기만 하고 침입 목적을 간파하는 것을 보면, 정체도 파악했을 것이다. 머릿속에서 아벨의 '멍청한 것.' 소리가 들리고, 스스로도 바보라고 100배는 더 꾸짖었다.

바로 눈앞이 캄캄해지며 무너지는 발판을 통해 거꾸로 떨어지는 착각을——.

"우아우."

그렇게 캄캄한 암흑으로 떨어지는 의식을, 꼭 잡는 손의 감촉이 붙들었다.

무심코 스바루가 옆을 보자, 곁에 있는 루이가 가만히 얼굴을 들여다보고 있었다. 희미하게 떨리는 푸른 눈이 호소하고 있다. 언제든 날 수 있다고, 그렇다고.

"————."

루이의 그 애타는 눈빛이 스바루의 위태로운 정신을 일으켜 세웠다.

고개를 드니 요르나는 조용히 조금 전 질문의 답변을 기다리며 스바루를 재촉하지 않았다. 그렇다면 아직 포기하기에는 이를지도 모른다.

요르나는 스바루와 루이가 성에 있는 것은 탄자가 이유냐고 물었다.

그것은 맞다. 하지만 절반뿐이다. 남은 절반을 메꾸기 위해 도박에서 나섰다.

"저, 요르나 씨…… 요르나 님."

"무엇인가요."

"탄자는 성에 있나요?"

결심한 스바루의 질문에 요르나의 눈이 슥 가늘어졌다.

몇 초에도 못 미치는 한순간, 스바루는 여우에게 잡힌 쥐 같은 기분을 맛보았다. 아마 현실적으로는 여우와 쥐보다 더 힘의 차이가 나는 상대라고 생각한다.

그런 상대와 마주하며 영원으로도 느껴지는 몇 초를 보내고, 그리고——.

"공교롭게도 탄자는 심부름하러 나갔답니다. 그만 돌아와도 될 무렵일 텐데요……."

"——으."

요르나의 그 답변에 루이와 이어진 스바루의 손에 힘이 들어갔다. 무심코 루이가 스바루가 어딘가 가리킨 게 아닌지 두리번두리번 주위를 둘러볼 만큼.

신호에 반응하는 루이에게는 미안하지만 지금 그것은 날아가기 위한 신호가 아니라, 도박의 결과를 본 스바루가 반사적으로 기뻐했을 뿐. 도박. 그렇다. 도박에 승리한 것이다.

직전에 나온 요르나의 질문, 그것은 두 사람의 정체와 목적을 간파한 것이 아니었다.

"참 내, 탄자도 못 말리지 뭐예요. 저를 위해서 헌신하는 기개는 높이 사지만, 그 때문에 친구와의 약속을 잊어서는 수행원은 맡지 못하지요."

"치, 친구……."

"그 아이, 의리가 있지요? 그 기특한 마음씨를 저에게만 보내서는 안 된다고 늘 말을 해 두는데요."

그렇게 말한 요르나는 정말로 스바루와 루이를 탄자의 친구로 간주하는 것으로 보였다.

그것은 어제의, 성 꼭대기에서 만난 심술궂고 한계를 모를 마도의 여주인—— 그런 무서운 인상과 걸맞지 않은, 가까운 아이를 염려하는 다정한 어른의 분위기였다.

그 인상을 뒷받침하듯이 요르나는 "후우." 하고 작게 한숨을 흘리더니 말했다.

"탄자의 실수이지만, 내쫓는 것도 마땅치 않겠어요. 따라오시어요, 제가 안내하지요."

"네……?! 요, 요르나 님이, 말이에요?!"

"아우?"

휘릭 우아하게 몸을 돌리는 모습과, 밑창이 두터운 신발로도 발소리를 내지 않는 근사한 발놀림. 거기에 홀릴 뻔한 스바루는 그런 요르나의 제의에 뒤늦게 깜짝 놀랐다.

스바루의 반응에 요르나는 슬그머니 소매로 입가를 가리고 웃었다.

"여기는 저의 성이랍니다. 당연히 대접은 제가 할 일이지요. 탄자가 자리를 비운 지금 당신들을 상대하는 것도 말이에요."

"아, 저기……."

"그 아이의 친구가 오는 것도 처음 있는 일이니까요. 자, 따라와요."

턱짓으로 따라오라는 요르나의 명령에 스바루는 심하게 망설였다.

이것이 함정일 가능성은 의심하고 1초 만에 사라졌다. 왜냐면 요르나에게 스바루 일행을 함정에 빠트릴 이유는 없으니까. 스바루는 손가락 하나, 루이도 손가락 몇 개면 충분하다.

그렇다면 이것은 선의에서 나온 제의다. 하지만 그렇다면 어제 요르나의 인상은 대체——.

"우아우."

망설임에 빙글빙글 제자리걸음하는 스바루의 손을 루이가 잡아당겼다. 쳐다보니 루이의 손은 요르나의 등을 가리키고 있어서 따라가자고 말하는 것 같았다.

그런 루이의 모습이 스바루의 발길을 움직이는 마지막 근거가 되었다.

"————."

고개를 도리도리 저은 스바루는 루이와 함께 빠른 걸음으로 요르나를 따라붙었다. 기다리던 요르나는 미소 지으며 두 사람의 보폭에 맞추어 걸음을 재개했다.

그대로 요르나의 안내로 홍유리성을 걷는 묘한 상태가 되는데.

"당신들은, 다른 곳에서 온 아이들이지요?"

"아, 알아보세요?"

"못 보던 얼굴이니까요. 저의 '연애편지' 도 받지 않았고요."

모르는 얼굴, 못 보던 얼굴은 아까도 하던 말이다. 이어진 '연애편지' 라는 표현도 짚이는 곳은 없기에 스바루는 섣부르게 거짓말할 수 없어서 "네, 넷." 하고 끄덕였다.

"도시 밖에서…… 저기, 무서운 어른과 같이."

"무서운 어른, 인가요. 그것은 고생도 많았겠어요. 어째서, 무서운 어른과?"

"어, 어쩌다가 보니……."

요르나가 던진 질문에 주의하면서도 어느 정도의 본심으로 대답했다.

실제로 무서운 어른—— 아벨과 함께 행동하는 것은 어쩌다 보니 그런 그랬다는 요소가 크다. 물론 '함께 행동했었다.' 라고 과거형으로 말해야 할지도 모른다.

루이를 데리고 도망친 스바루를 아벨이 용서해 줄지 말지.

애당초——.

"내가, 용서를 받아야만 하는 걸까……."

루이를 어떻게 대할지, 그것을 결정하지 못한 것을 책망받을 이유는 없다. 그렇게 생각한다.

확실히 루이의 정체를 숨겼던 것은 잘못했다. 하지만 숨기지 않고 말한 결과가 이러니 역시 숨긴 것이 정답이었다는 뜻이다.

사과할 일이 있다면, 마지막까지 숨기지 못하고 도중에 털어

놓은 것이지.

"어쩜, 그 어른과는 복잡한 관계 같네요."

"네?"

"어린아이가 그렇게 어려운 표정을 하면 못쓴답니다. 그 무서운 어른, 제가 벌을 줄까요."

"벌이라니……. 어, 요르나 님이요?"

"쿠후, 이래 봬도 저는 꽤 힘이 장사라서요."

요르나가 들어 올린 소매를 부드럽게 내저으며 그런 역할을 맡겠노라 나섰다. 그 모습에 스바루는 벌을 받는 아벨을 떠올렸다가 바로 고개를 도리도리 가로저었다.

"걱정해 줘서 기쁘지만, 괜찮아요! 아마도, 대화하는 편이 나을 테니까……."

"그런가요. 말로 해서 알아듣는 상대라면 그게 제일이지요. 자고로 세상에는 말이 통하지 않는 분들이 많이 계시니까요."

"요르나 님은."

"응?"

한순간, 말할까 말까 망설여서 말이 끊겼는데 요르나가 발길을 멈추고 말았다.

작아져서 판단력도 사고력도 떨어졌다. 하지만 가장 큰 문제는 참을성이 없어졌다고 할지, 통제가 되지 않는 느낌이 든다. 루이를 데리고 나온 것도, 준비도 안 되었으면서 홍유리성에 숨어든 것도, 모두 충동에 맡긴 점이 문제다.

그런 충동적인 흐름으로, 이걸 말하긴 주저되지만――.

"저기, 요르나 님은, 말을 잘 들어 주시네요. 저는 높은 사람은 다 무서운 사람이라고, 멋대로 생각해서……."

아주 실례되는 말을 한다는 자각 때문에 스바루는 도중에 요르나의 눈을 차마 볼 수 없어졌다. 하지만 그런 스바루의 실례되는 말에 요르나는 "흠." 하는 소리를 냈다.

"보아하니, 당신들은 아인이 아니군요."

"아, 음, 맞아요."

"그런 당신들의 눈으로 보기에, 이 도시는 어떻던가요?"

"이 도시……."

돌연한 질문에 스바루는 그 시선을 복도의 창문으로 돌렸다. 벽의 높은 위치에 있는 창문은 작아서 지금의 스바루의 키로는 밖의 모습을 엿볼 수 없었다.

다만 흐릿하게 보이는 푸른 하늘, 그것이 바로 옆에 있음은 알았다.

"무척, 시끌벅적한 도시구나 했어요. 다양한 사람이, 많이 있고요."

말을 가리면서 스바루는 최대한 솔직한 인상을 입에 담았다.

시끌벅적한 도시라는 인상은 꽤 처음 시점부터 있었다. 잡다하고 다양하게 쌓아 올린 도시의 겉모습도 그러하며, 안에서 사는 사람들의 종류가 풍부한 것도 그렇다.

눈에도 귀에도, 요란한 도시라는 인상이 강했다.

"솔직한 동자군요. 하지만 그것이 귀에 듣기 좋아요."

그런 스바루의 감상을 듣고, 요르나는 입술에 슬쩍 미소를 띠었다.

그리고 그녀는 창밖—— 스바루와는 보는 방향이 다를 경치를 바라보면서 말했다.

"이 도시에는 타지에서 생활하기 힘든 사람들이 많이 모였지요. 도시 밖에서는 소외되고 갈 데가 없는 아이들……. 소리를 질러도 알아주지 않는 아이들이랍니다."

"소리를, 질러도……."

"그 아이들이 당도하는 종착지에서, 제가 아이들의 말에 귀를 기울이지 않으면 누가 귀를 기울여 줄까요."

말하면서 곰방대를 입에 문 요르나의 눈에 스쳐 가는 따뜻한 빛——. 그것이 타인에 대한 애정임을 깨달은 순간, 스바루는 정말로 자신이 부끄러워졌다.

'정이 많으신 분이세요. 아군을 사랑하고 적을 미워한다. 마도에 사는, 모든 이들의 연인.'

그것은 어제 요르나에 관해서 질문했을 때 탄자가 한 답변이었다.

그때 그것이 어떤 의미인지 스바루는 조금도 알지 못했다. 아벨로부터 『혼혼술』 이야기를 들었을 때, 그 힘을 의미하고 있는 줄로만.

하지만 아마도, 탄자가 말하고 싶었던 진짜 의미는 그런 것이 아니다.

——요르나 미시구레가 본심으로 무엇을 소중히 여기는 사람이냐는 답이었던 것이다.

"미안해요, 요르나 씨……. 저는 요르나 씨가 무서운 사람인 줄로만 알았어요."

그렇게 생각하자마자 스바루는 또다시 통제하지 못하고 사과해 버렸다.

갑작스러운 스바루의 사과를 들은 요르나는 담배 연기를 뱉으면서 웃었다.

"딱히 사과할 일은 아니랍니다. 높은 사람이 무섭게 보이는 것은, 그러지 않으면 높은 사람도 무섭기 때문이겠지요. 두려움을 사는 편이 관철하기 쉬운 도리도 있다는 것이에요."

"높은 사람도, 두려움을 사고 싶다……."

왜일까. 그것은 아주 잘 기억해야 할 말을 들은 것 같다.

그리고 아마 요르나에게도 남 일이 아닌 이치로 여겨졌다.

"걱정하지 않아도 저는 이 정도 가지고 어린아이에게 화내는 꼴사나운 짓은 하지 않는답니다. 마침 기분도 좋은 참이고요."

"아우?"

"네, 그러해요. 오래도록, 원하던 것에 손이 닿을 듯한 조짐이 보이기 시작한 참이라서요."

눈웃음을 지으며 다시 한번 소매를 내젓는 요르나.

그 답변에는 분노의 기색이 없다. 자신이 말한 대로 어린아이 상대로 어른스럽지 못한 대응을 하는 성격도 아닌 것과 실제로 기분이 좋기 때문이리라.

그 좋은 기분의 이면에는, 아마도 아벨이 보낸 친서가 감춰져 있을 텐데——.

"————."

그렇게 생각한 순간, 스바루는 이번에야말로 참고서 신중하게 고민했다.

요르나가 긍정적으로 받아들인 친서. 그것이 효과를 발휘할지 말지는 아벨과 스바루가 무사히 홍유리성에서 합류할 수 있을지에 달렸다.

하지만 스바루 일행의 행동을 방해하는 것은 요르나의 시종인 탄자다.

방금까지 나눈 대화로도 요르나가 탄자를 소중히 여기는 것은 전해졌다.

만약 자신의 소망과 탄자의 소망이 충돌했을 경우, 요르나는 어느 쪽을 택할까. 전에도 누군가를 위해서 황제에게 거역한 적이 있다는 요르나.

일의 진상을 알았을 때, 요르나는 대체 어느 쪽을——.

"또 미간에 주름을 잡고 있네요."

요르나가 자신의 미간을 톡톡 손가락으로 두드려 스바루의 고뇌를 지적했다. 요르나의 행동에 이끌려 루이도 자신의 이마를 찰싹찰싹 때리고 있었다.

그런 요르나와 루이의 모습을 본 스바루는 희미하게 숨을 내뱉었다.

이것도 어쩌면 성급한 생각인지도 모른다.

하지만 그것이 옳은지 틀렸는지, 제대로 생각할 머리가 지금은 없으니까——.

"저기, 요르나 씨에게 잠시 하고 싶은 말이 있는데요——."

6

——홍유리성의 천수각, 그 기와지붕 위에 청색과 적색이 뒤섞인 빛을 엉덩이에 깔고 앉는다.

그리하여 높은 곳 특유의 상쾌한 바람을 받으면서 품속에 갈무리한 표주박에 입을 대었다. 꿀꺽꿀꺽 마른 목을 술로 축이면서 눈 아래의 광경에 턱을 괴었다.

"카카캇카, 절경이로세, 절경이야."

다양한 양식이 뒤얽혀 잡다하게 꼬인 거리를 내려다보며 늙은 몸이 목울대를 떨었다.

쉰 웃음소리는 바람에 휘저어져 어디에도 닿지 않고 사라진다. 그것이 마도의 소란에 삼켜져 사라지는 것 같아서, 괴노인에게는 참으로 유쾌했다.

혼돈스러운 것이 좋다.

혼돈스러운 거리도, 뒤얽힌 다양한 아인종도, 이리 갔다 저리 가는 의도도.

그것들이 그저, 어지럽다는 점만으로도 편을 들고 싶어질 만큼.

"뭐든지 섞고 비벼서 먹어 버리는 게 늙은이의 나쁜 버릇이지. 그렇다고는 해도——."

표주박을 쭉 꺾고 입 끝으로 흘리는 술을 소매로 닦은 노인이 어깨를 으쓱였다. 그렇게 책상다리로 앉은 채 엉덩이를 빙글 돌려 앉아 한쪽 눈썹을 세웠다.

그것은 혼돈을 좋아하는 노인이 꽤 혹할 광경이라——.

"내가 있는 곳에 도착했다고 쳐도, 의외성이 너무 높은 구성이구먼, 참말로."

그렇게 말한 괴노인의 정면, 천수각의 기와를 밟은 것은 세 인영.

그것은——.

"오르바르트 씨, 찾았다!"

오르바르트를 손가락으로 척 가리킨 소년과 그 손을 잡은 금발 소녀.

그리고 그 둘 뒤에서 보호자처럼 서 있는, 마도 카오스프레임을 지배하는 여걸이었다.

제6장 『사랑하는 마음은 양보할 수 없어』

1

햇빛을 쬔 미지근한 바람이 스바루의 앞머리를 부드럽게 어루만지고 간다.

스바루는 그 간지러움과 함께, 잡은 소녀의 손 감촉과 자기 뒤에 서 있는 훤칠한 여성의 숨결을 느끼고 있었다.

장소는 홍유리성 꼭대기. 가장 위층에 있는 넓은 방보다 더 위, 그 성의 기와를 밟고서 마도 카오스프레임을 한눈에 내다볼 수 있는 '하늘에서 가장 가까운 곳' 이다.

그곳이야말로 스바루가 떠올린 '전망이 좋은 나락' 과 가장 가까운 장소였다.

"오르바르트 씨, 되게 성격 나쁘다고 봐."

옆에 있는 루이의 손을 잡지 않은 쪽 손으로 스바루가 가리킨 것은 성 지붕 귀퉁이에 앉아 손에 든 표주박에 입을 댄 괴노인——오르바르트 덩클켄.

그는 목울대를 울리며 표주박 속 술을 꿀꺽꿀꺽 마시고 나서 말했다.

“꼬마야, 배는 안 고프냐?”

“배, 배……?”

“그래, 응. 배 말이다. 여하튼 일어나자마자 정신이 없어서 밥 먹을 새도 없었지? 속이란 것은, 머리와 몸 모두의 작동에도 관계가 있다고.”

말하면서 표주박을 놓은 오르바르트가 품속에서 다른 꾸러미를 꺼냈다. 살짝 경계하는 스바루 앞에서 꾸러미가 풀리고 골프공만 한 검고 동그란 물체가 드러났다.

“병량환(兵糧丸)이라고, 우리 시노비의 필수품이다. 이거 하나면 속이 하루는 거뜬하고 머리와 몸도 쌩쌩 돌아가는 물건이지. 단, 맛대가리가 없어, 이거.”

“맛없구나…….”

“오냐, 눈알이 툭 튀어나올걸. 그렇다고는 해도 나도 시노비질 해 먹은 지 오래됐거든. 이놈하고도 같은 세월 동고동락……. 일하는 곳에서 이거 먹을 때마다 마을의 높으신 할아버님들처럼 얼른 은퇴해서 이런 거 안 먹는 생활을 하고 싶다 생각했더랬지.”

꾸러미 안에서 병량환을 한 개 집은 오르바르트가 그것을 보면서 입술을 뒤틀었다.

딱 봐도 맛에 신경 쓰지 않은 듯한 비상식량이라서, 오르바르트의 말도 사실이리라.

“그런데 그럼 그렇게 하면 되잖아. 오르바르트 씨, 시노비 마을의 두령이라 그랬으니 높은 거 아니야?”

“높지. 나를 턱짓으로 부려 먹던 영감님들보다 지금의 내가 더

높고 세졌어. 한데, 어째선지 난 지금도 요놈을 먹고 지낸다."

그렇게 말하고 오르바르트는 집은 병량환을 입에 던져 넣어 맛없다고 한 그것을 냠냠 먹고 삼켰다. 그리고 입을 벌려 다 먹은 것을 보여 준 뒤에 말을 이었다.

"결국 습관은 못 버린다 이 말이야. 맛도 모양새도 관계없이, 몽땅 다 처넣은 경단이 나에게 제일가는 특식이란 게지. 웃기지 않느냐. 카카캇카!"

이를 딱딱 울리며 웃는 오르바르트, 그 반응에 스바루는 섬뜩한 느낌을 받았다.

지금 이야기로 무엇을 전하고 싶은지 알 수 없는 것은 스바루의 어린 마음과는 무관한 느낌이었다. 단지 싹 다 무시해도 되겠다는 생각도 들지 않는다.

아마 오르바르트 딴의 찬사랄까, 칭찬 같은 느낌이었으니까.

"오르바르트 옹, 여기는 제 성이에요."

그렇게 대화가 일단락될 때를 가늠하여 입을 연 것은 마도의 여주인—— 스바루 일행과 함께 성의 지붕에 올라온 요르나 미시구레였다.

요르나의 파란 눈에 응시받은 오르바르트는 "오오." 하고 웃음을 그쳤다.

"그거야 당연히 알지. 성주를 거들떠보지 않고 그 성을 깔고 앉는 건 기분깨나 째지는구먼. 좋아하는 일을 하는 게 오래 사는 비결이고."

"그것참, 노인장 같은 분이 이상한 말씀을 하셔요."

"호오, 이상한 말이라?"

"그 오래 사는 비결이란 것으로 자기 수명을 줄이다니, 우스꽝스럽잖아요?"

입가에 살며시 소매를 대고 요염하게 미소 지은 요르나가 오르바르트를 도발했다.

『구신장』들의 대치에 공기가 찌르르 겁을 먹는다. 그런 살벌한 천수각의 지붕에서, 오르바르트는 꾸러미 안에서 다음 병량환을 꺼내 입으로 날랐다.

"허이고, 꽤나 화내는 모양인데, 전망 좋은 곳에서 점심 먹은 게 그렇게 마음에 안 드시나? 그것참 실례했군."

"공교롭게도 악랄한 오르바르트 옹과 달라서 저는 사소한 일로 역정을 내지 않습니다. 단── 노인장이 어린아이를 현혹하여 제 시종까지 꾀었다고 들으면, 도시의 여주인으로서 할 일을 해야겠사와요."

"호오라, 호오."

스읍 눈매를 좁힌 요르나의 시선에 오르바르트가 즐겁게 끌끌댔다. 괴노인은 입 안의 병량환을 씹다가 두꺼운 눈썹에 숨은 눈으로 스바루 일행을 보았다.

그 시선의 의도를 알아차린 스바루는 큼직하게 끄덕였다.

"미안하지만 고자질했어. 오르바르트 씨의 규칙이라면 딱히 반칙이 아닐 테지. 그쪽도 우리를 습격하게 했으니까."

"카카캇카! 대단한 배짱이구나, 꼬마야. 하지만 그게 정답이다. 이쪽이 먼저 한 짓이니 반격했다고 푸념하는 꼴사나운 짓은 하지 않아. 그런데…….”

“——?”

“머릿속도 못 따라잡게 되었을 텐데, 잘도 머리를 굴리는구먼. 자네, 혹시 볼라키아 황족은 아닌가? 성격 더러운 것들만 모여 있잖아.”

“무지무지 무서운 소리는 하지 말아 줘…….”

머리색만 보면 현 황제인 아벨과 스바루는 같은 흑발이다. 하지만 그 외의 부분에 차이가 너무 많다. 얼굴 생긴 것과 다리 길이, 그리고——.

“나는 제대로, 잘 대해 주면 고맙다고 감사할 줄 알아.”

“그것도, 웃으며 큰 소리로 말이에요. 어린아이란 그래야지요. 탄자도 본받아야 할 점이에요. 아무튼——.”

미소를 띠며 스바루의 개구쟁이 기질을 칭찬한 요르나가 어조를 낮추었다. 그에 맞추어 차가워지는 분위기는 이 대화의 서막이 내리는 것을 의미하고 있었다.

왜냐하면——.

“제 기특한 시종을 나무라려고 해도, 정작 본인이 없으면 말도 할 수 없습니다. 자, 오르바르트 옹은 그 아이를 어디다 숨기셨을까요?”

요르나의 그 물음이야말로 그녀가 이 자리에 동석한 가장 큰 이유이기 때문이다.

——아래층, 성에 들어오자마자 요르나에게 발견되어 어제는

알지 못했던 그녀의 됨됨이에 접한 스바루는 또다시 큰 도박에 나섰다.

자신들이 처한 상황과 입장, 이 카오스프레임에서 이루어지는 '숨바꼭질' 에 대해서, 되도록 솔직하게 요르나에게 일러바친 것이다.

물론 아벨의 정체나, 스바루 일행이 오르바르트의 손으로『유아화』된 것은 비밀로 해 두었다. 스바루와 루이는 어디까지나 어제 온 사자의 일행으로, 오르바르트가 제시한 '숨바꼭질' 중이라고. 거기에 탄자가 관여했다고.

최대한 진지하게 호소하고, 그녀의 의심을 풀고자 차근차근 설명할 작정이었다.

그런 각오를 한 스바루의 이야기를 들은 요르나는 잠시 생각에 빠졌다가——.

'필사적인 아이의 말이 거짓인지 참인지, 간파하지 못할 여자가 아니랍니다.'

그렇게 대답한 뒤 스바루와 루이를 데리고 홍유리성 꼭대기까지 와준 것이다.

"솔직히 이렇게까지 말이 통하는 사람일 줄 몰랐지만……."

"아우아우."

"그래, 알고 있어."

스바루가 중얼거린 말을 들은 루이가 잡은 손을 흔들며 입술을 삐죽였다. 방심하지 말라는 것 같아서 맞는 말이라고 스바루는 끄덕였다.

이렇게 성 꼭대기에 도착한 것은 여러 우연이 겹친 덕분이다.

흉계를 꾸미는 아벨과 헤어져 우비르크의 '조언' 으로 수수께끼를 풀고, 알과 미디엄이 아니라 루이와 동행했으며, 파수꾼이 아니라 요르나에게 직접 발견되었다.

그리고 『유아화』의 영향을 가장 강하게 받은 스바루가 도박에 나선 것.

요르나가 스바루의 이야기를 들어준 것은 그 말에 거짓이 없다고, 어린아이의 진지한 호소라고 받아들여 준 것이 가장 큰 이유다.

어린아이의 말을 참말로 듣지 않고 웃어넘기는 어른이 있듯이.

어린아이의 말이기에 진지하게 받아들이며 기대에 부응하고자 하는 어른도 있다.

그것이 이 살벌한 볼라키아 제국의 『구신장』일 줄은 생각도 못해 봤지만.

"요르나 씨의 머리가 이상하다니, 어디 사는 누가 꺼낸 소리야……."

아마 이치로 따지자면 요르나가 볼라키아의 상식인 '약육강식' 을 전혀 수용하지 않으니까 주위의 반감을 사서 그렇게 불리기 시작했을 거라 본다.

그런 건 지금까지 친절한 대우를 받은 스바루가 보자면 어처구니없다는 말밖에 못하겠다. 과랄에 잘 돌아가면 지크르의 오해만이라도 풀어야겠다고 다짐했다.

그런 스바루의 결의를 아랑곳하지 않고, 요르나가 "오르바르트 옹." 하고 손가락을 두 개 세웠다.

"제게는 두 가지 요구가 있습니다."

"요구. 일단 말이나 해 보게."

"우선 탄자를 제게로 돌려주십시오."

"이보게, 그건 제 새끼 놔주지 못하는 의견이지. 애초에 계집애는 계집애의 생각이 있을 게야. 안 그러면 소중한 자네에게 비밀로 뭘 꾸미진……."

"입 닥치시어요."

탄자와의 공모를 반쯤 인정한 오르바르트, 그 웃음소리가 단 한마디에 끊겼다.

그 고요한 박력이 담긴 말은 하늘의 색깔마저 바꿀 만한 힘이 있었다.

그렇게 오르바르트의 얄미운 입을 막은 요르나는 손아귀에서 놀리던 곰방대를 입가로 옮겨 담배 연기로 천천히 폐를 채우다가 말했다.

"공교롭게도 탄자의 호소도 생각도, 그 아이의 입 말고 다른 데서 들을 생각은 없습니다. 하물며 그것이 『악랄옹』의 혀를 지난 다음이어서야 차마 들을 수도 없지요."

"카카카, 미움받았구먼."

"짚이는 구석이야 속에 넘치도록 있을 테지요?"

공격적으로 미소 지으며 갸웃하는 요르나의 머리장식이 소리를 내며 흔들렸다. 화려하게 묶은 머리카락에 꽂힌 비녀가 꾸민 미모조차도 스바루에게는 요르나의 무기로 보였다.

——높은 사람은 두려움을 사고 싶다.

그런 생각이 있음을 스바루에게 가르쳐 준 것은 요르나다. 어쩌면 두려움을 사는 것만이 아니라 아름답다고 여기게 하는 것도 같은 의미가 있을지 모른다.

"뭐, 요구 중 첫 번째는 들었네. 그러면 두 번째도 들어 보는 게 도리지."

"당연히 이 아이들과 하고 있는 유희, 그것을 중지하는 것입니다."

"유희라. 일단 놀이 같아 보여도 진검승부다만?"

"저는 어제, 황제 각하의 어전에서 말씀드렸을 텐데요. 사자 분들에게 손대시지 말라, 각하일지언정 지켜주셔야겠다고."

사자에게 손을 대는 것은 엄금, 그것은 얄궂게도 탄자의 입을 통해 전해진 요르나의 결정이었다.

그 결정을 내린 요르나가 보자면 오르바르트의 행위는 용서하기 어려운 배신이며, '자신은 직접 손을 대지 않았다.' 라는 변명에 귀 기울이는 척도 하지 않는다.

싸늘하던 분위기가 이번에는 점차 부글부글 끓어오르는 감각이 자리를 함께한 스바루의 마음을 어지럽혔다.

요르나의 어조는 정중한 기생 말투, 표정도 부드러운 것에서 변화가 없다.

하지만 화내고 있다. 그 사실을 알겠다. 왜냐면 스바루는, 진심으로 화내는 사람을 많이 봐 왔으므로.

진심으로 화내는 사람들은 그 인생을 걸고 감정을 불태운다. 그렇기에 옆에 있으면 그것을 실감나게 느낀다. 더없이 순수한 분노가 거기에 있음을.

"우……."

그 서슬 퍼런 분위기에 시달려 루이가 스바루의 손을 잡고 작게 앓는 소리를 냈다.

천하의 루이도 요르나와 오르바르트 두 사람을 상대로 섣불리 움직이려고는 하지 않았다. 오는 길의 추적자와는 비교가 되지 않는다고, 동물적인 본능으로 알아차린 것이리라.

어쩌면 그녀는 스바루가 싸움에 말려들까 봐 걱정하고 있을지도——.

"아, 오르바르트 씨!"

그 순간, 고개를 쳐들려던 생각을 뿌리친 스바루는 오르바르트의 이름을 불렀다.

요르나와 대치하며 일촉즉발의 기척이 고조되던 천수각. 그 상황에서 오르바르트는 요령 좋게 한쪽 눈을 움직여 스바루를 바라보았다.

그렇게 눈알 하나 만큼의 주목을 받은 스바루는 입술을 꼭 깨물고 나서 말했다.

"쌔, 쌤쌤으로 하지 않을래?"

"응……?"

스바루가 꺼낸 제안, 그 말을 들은 오르바르트가 왼쪽 눈만을 크게 떴다. 그 눈알 하나 몫의 반응을 보면서 스바루는 "그러니까!" 하고 답답한 듯 외쳤다.

"쌤쌤이라고, 쌤쌤! 오르바르트 씨도, 저기, 규칙 위반 같은 일 하려 했었고, 나도 요르나 씨에게 고자질했어. 피장파장인 셈 치고, 그러니까……."

"서로 잘못했다고 사과하고 그걸로 땡 치잔 얘기냐."

"어, 엉! 맞아, 그거! 봐, 나쁘지 않잖아? 오르바르트 씨가 알고 싶어 하던 건 제대로 말하게 할 테고, 우리 문제도 해결되니까!"

오르바르트가 알고 싶어 하는 것, 그것은 아벨이 가지고 있는 황제의 비밀이란 것이다.

그 비밀을 자세히는 모르지만 선물이 있으면 오르바르트도 받아들이기 편할 터.

'숨바꼭질' 도 원래 그 정보를 믿기 위한 지혜 시험 비슷한 것이었다.

"찾아낸 건 아직 두 번이고, 약속한 세 번에는 못 미쳤지만…… 그 부분은 너그럽게 봐주기로 하고! 열심히 성 꼭대기까지 올라온 걸 칭찬해 줘!"

"카카카, 칭찬하라니 솔직한 꼬마일세. 참고로 내가 여기 숨은 걸 간파한 건 자네냐? 다른, 그 귀면 애송이가 아니라."

"으, 응, 맞아. 어쩌다가 우연히 떠올라서…… 후보는 한 군데 더 있었지만."

어쩌면 그쪽으로는 아벨 일행이 갔을지도 모른다.

어차피 늦든 이르든 아벨 일행도 홍유리성에 올 것이다. 스바루는 루이의 『워프』와 우비르크의 '조언' 을 받는 반칙을 썼다.

다만 여기서 공을 세워 두면 루이의 대우에 대해서 다른 일행을 설득하기 편할지도 모른다. 그런데도 힘들겠다 싶으면 요르나를 한편으로 끌어들이는 수도 있다.

애초에 루이의 정체를 알면 요르나도 어떻게 움직일지 모르겠지만.

"아무튼! 어때, 오르바르트 씨. 나의…… 우리의 제안, 들어줄래?"

스바루는 떠오르려던 부정적인 생각을 쫓아내고, 애원하듯 오르바르트를 보았다.

구태여 복수형의 제안으로 친 것은, 이 화해에는 요르나의 협력이 반드시 필요하기 때문이다. 만약 요르나가 탄자를 흉계로 꾄 오르바르트를 용서할 수 없다고 말을 꺼내면 스바루가 열심히 고민한 제안도 무용지물이 된다.

그러나——.

"————."

한쪽 눈을 감고 곰방대를 입에 문 요르나는 딱히 반대하지 않았다. 반대하지 않는다는 말은, 스바루의 의견을 존중한다는 의미일 것이다.

아주, 아주 고맙다. 무척 감사하고 싶다.

요르나가 맡겨 준 신뢰인지, 인정인지, 그것을 헛되이 하지 않기 위해서.

"오르바르트 씨."

다시 한번 스바루는 오르바르트의 이름을 부르며 양보를 기대했다.

스바루의 기대가 담긴 검은 눈동자에 오르바르트는 놔둔 표주박을 손가락으로 집었다. 그리고 입구에 입술을 대어 안에 든 술을 마지막 한 방울까지 마시고는 말했다.

"이봐라, 꼬마야. 그것이, 지금의 자네라서 나온 생각인지, 원래 자네라도 할 수 있는 생각인지, 난 하나도 모르겠는데……."

"————."

"공교롭게도, 이미 시작한 승부를 도중에 획 내팽개치는 짓은 하기 싫다. 영감이란 고집불통인 법이거든?"

그렇게 음흉하게 웃은 괴노인, 그 손아귀에서 표주박이 으스러지며 산산조각 났다.

소리와 함께 파편이 날고 스바루가 숨을 집어삼켰다.

그 직후——.

"어린아이가 내민 손길도 잡지 않는 퇴물, 그 고집을 후회하시어요."

날아오른 요르나의 흰칠한 다리가 내려찍히고 홍유리성의 천수각이 콰르릉 두 조각 났다.

2

통굽 나막신을 신은 다리가 높이 올라갔다가 고속으로 수직 낙하했다.

그 순간, 발꿈치의 직격을 맞은 천수각이 꺾였다. 한 박자 뒤에

금이 가고, 으스러지며, 마치 폭격이라도 맞은 것처럼 굉음과 함께 날아갔다.

기와가 날아오르며 먼지가 뭉게뭉게 피어오르는 가운데, 날렵하게 기모노 옷자락을 나부끼며 폭심지에 선 것은 그 강렬한 한 방으로 기선을 제압한 요르나였다.

단숨에 도약과 내려차기를 연발한 요르나, 그 심대한 파괴력의 결과가 천수각의 반파였다.

말 그대로 요르나의 발꿈치 한 방에 천수각은 두 동강, 홍유리성의 아름다운 외관이 엉망이 되었다.

"우오와아아악——?!"

그 장렬한 발판의 붕괴에 비명을 지른 스바루가 루이에 끌려가 먼지구름으로부터 뛰쳐나왔다. 데굴데굴 구르며 가까스로 파괴에 말려드는 것은 피했다.

그러나——.

"젠장! 왜 이렇게 되는 거야……!"

쓰러진 스바루는 루이의 부축을 받아 일어나 울상을 지으며 억울해했다.

벽창호인 오르바르트가 제안을 거절한 바람에 결국 전투가 시작되고 말았다. 스바루는 누군가와 싸우고 싶지도, 누군가를 싸우게 하고 싶지도 않았는데.

"요르나 씨!"

"물러나 계시어요. 저는 살살 하는 재주가 서투르답니다. 더군다나."

뒤에서 스바루가 부르는 소리에 돌아보지 않은 요르나가 지붕에 박힌 발꿈치를 뽑았다. 그리고 기모노 옷자락에 묻은 먼지를 털고 날카로운 눈매로 머리 위를 쳐다보고는——.

"역시나 몸이 가벼우세요."

그렇게 뇌까린 요르나 바로 위, 피어오르는 먼지구름과 기와 파편에 섞여 빙글빙글 회전하며 날아가는 작은 그림자—— 오르바르트의 모습이 있다.

요르나의 시선에 오르바르트는 "핫." 하고 이를 드러내듯 웃었다.

"피차, 손쓰지 말자고 그랬는데…… 이걸로 더는 상관없단 게지?"

"이 도시에서 저에게 이길 작정이라니 놀랍군요. 망령이 나셨다면 『구신장』의 자리는 후진에게 양보하는 것을 추천하겠습니다."

"카카캇카! 그건 무리지. 난 『구신장』에서 제일 오래 살 생각이거든."

공중과 지붕 위, 시선을 교차한 두 사람이 눈을 빛내며 각각 자세를 잡았다.

요르나가 입에 곰방대를 물고, 오르바르트가 공중에서 거꾸로 뒤집혀서—— 분출되는 담배 연기, 번져나가는 그것에 하늘을 박찬 오르바르트가 화살 같은 속도로 날아들었다.

"——흡!"

그 순간, 내지른 오르바르트의 발날이 요르나가 뱉은 연기와 정면으로 격돌했다.

질량도 경도도 있을 리 없는 곰방대의 연기, 그것이 오르바르트의 발날을 막으며 출렁이는 탄성을 보여 충격을 분산했다.

하지만 생각지도 못한 방법으로 공격이 막혀도 오르바르트는 낙담하지 않았다.

"어라차차――!!"

짧은 다리가 고속으로 회전하며 무시무시한 발차기가 열 발, 스무 발 연사되었다.

일격, 이격, 충격을 분산한 연기지만 발차기 위력에 잇달아 뿔뿔이 흩어지다가 급기야 응집력을 잃더니 방패 및 갑옷의 역할을 상실했다.

원래부터 다소나마 그것이 가능했던 시점에서 이상한 이야기였지만――.

"재미있는 짓을 하는구먼. 그거, 기예서에 적어도 되겠는데."

"안타깝습니다만, 아무도 사랑할 수 없는 시노비는 흉내 낼 수 없는 비술이랍니다."

오르바르트가 연기를 돌파하자마자 그 눈앞에 요르나의 곰방대가 휘둘렸다.

둔기라기에는 미덥지 못한 길이와 무게, 그것을 오르바르트는 고속으로 맞댄 팔――아니, 소매에 넣은 표창으로 막으려 했다.

그 직후, 쇳소리와 함께 오르바르트의 표창이 부서지고 노인의 작은 몸이 날아갔다.

"우웃?! 뭐냐, 그 곰방대?!"

"옛 시절의 선물, 저의 애용품이지요."

"내 표창도 꽤 오래 아끼던 물건이었어."

기와를 어지럽히며 착지한 오르바르트가 요르나의 답변에 도발적으로 웃었다.

찰나, 오르바르트의 웃음이 허공에 녹더니, 괴노인이 일반인의 눈으로 미처 좇지 못할 정도의 속도로 당당히 서 있는 요르나 주위를 뛰어다녔다.

나비처럼 날아 벌처럼 쏜다는 왕년의 명 복서가 있었지만, 반파된 천수각을 무대로 한 오르바르트의 싸우는 모습이 바로 그 짝이었다.

"참 잘도 뛰어다니시는 양반이세요. 조금 장난이 심합니다."

오르바르트의 각력으로 밟힌 기와가 터지고 다음 순간에는 다른 위치에서 오르바르트의 모습이 나타나 요르나에게 날카로운 일격이 날아왔다.

거기에 요르나는 초인적인 반사신경을 구사해 곰방대로 막고, 또는 피하며, 언뜻 느릿하게 보이는 움직임으로 춤을 추듯 대응했다.

그런 초월자들의 격전을, 스바루는 숨을 쉬는 것도 잊으며 눈여겨보았다.

"아우……!"

그런 스바루 옆에서 같은 광경을 보고 있는 루이의 몸이 떨렸다.

요르나와 오르바르트의 싸움은, 루이조차 개입할 수 있는 차원이 아니다. 어느 한쪽이 이긴다 해도 터무니없는 피해가 발생하는 재해 같은 것이다.

그 재해를 방치하면 도시에 있는 모든 사람이 이를 알아챈다. 그리 되면 요르나를 흠모하는 도시 주민이나 오르바르트의 동료인 가짜 황제 일행도 움직일지 모른다.

그 뒤에 기다리는 것은, 도시를 내건 대전쟁——. 스바루의 이상과 동떨어진 결과다.

"시이이하아아!!"

카랑카랑한 목소리가 터지고 회전하는 괴노인의 두 다리가 요르나 바로 앞의 지붕을 관통했다.

직후, 충격이 지붕을 타고 요르나의 발밑에서 폭발, 그녀의 몸이 드높이 날아올라 공중에 있던 자와 땅에 발을 붙이던 자의 입장이 역전되었다.

"그래, 이건 대처할 수 있겠느냐!"

다음 순간, 공중의 요르나를 향해 사방에서 무수한 수리검이 쇄도했다.

언제 던진 것인지 감도 잡히지 않는 시노비의 기술. 회전하는 칼날은 모두 다 다른 궤도를 그리며 아가씨의 부드러운 살결을 찢어발기고자 잔혹한 궤적으로 요르나에게 육박했다.

그것이 요르나의 하얀 살결을 가르며 기모노를 피로 물들이기 직전——.

"알고 계실 텐데요. 제가 이 도시의 주인, 마도의 지배자임을."

그렇게 응수한 요르나의 주위, 딱딱한 소리와 함께 수리검이 막혔다.

초고속으로 움직인 요르나의 소행, 이 아니다. 요르나는 스스로 움직일 필요도 없었다. 왜냐면 수리검을 막은 것은 공중에 날아올랐던 기와 중 한 장이었으므로.

――무시무시할 정도의 행운이 작용한 것은 아니었다.

왜냐하면 요르나를 노린 무수한 수리검 전부가 우연히 날아가던 기와에 막히는 건 기적, 아무리 강운이어도 일어날 리 없는 일이기에.

그 광경에 눈을 부릅뜬 스바루와 오르바르트의 시야에서 요르나가 슬며시 팔을 휘둘렀다.

그러자 그녀의 팔 움직임에 맞추어 수리검을 막은 기와가 공중을 유영했다. 그대로 기와는 요르나 주위를 둘러싸고 나선형 계단을 형성하듯이 허공에서 움직임을 멈추었다.

요르나의 신이 사뿐사뿐 기와를 밟고, 한 단씩 천수각으로 내려온다.

그것은 갑작스러운 일루전, 혹은 무슨 염동력이 발휘된 광경이었다. 물론 마법이라 바꿔 말할 수도 있지만 스바루가 아는 마법과는 조금 달랐다.

조종한 것은 불이나 물, 바람이나 흙이 아니라 건물을 구성하는 물체 그 자체여서.

"캬악. 정말로 까다롭구먼, 자네. 이게 그거냐. 세실스나 아라키가 말하던 기기묘묘한 힘인가. 어떻게 되어 먹었을꼬."

"말하지 않았던가요. 타인을 사랑하지 못하는 시노비는 불가능한 비술……. 저는 이래 봬도 물건을 소중히 다루는 여자라서요."

미소와 함께 입술에 곰방대를 문 요르나가 빈 두 손으로 짝짝 박수 소리를 냈다.

그러자 그것을 신호로 반파된 천수각의 지붕이 바다처럼 물결쳤다. 그 밖에도 기와가 허공에 떠올라 곰방대의 연기가 다가붙은 구렁이처럼 요르나에게 감겼다.

그것은 마치, 요르나가 생각한 대로 현실이 일그러지는 것만 같았다.

"이, 이건 설마……."

"아우! 우아우아우!"

물결치는 발판에 놀라며 숨을 집어삼킨 스바루의 팔에 루이가 매달렸다. 그 몸을 지탱해 주며 스바루는 눈앞에서 일어난 현상과 아벨의 추측을 결부지었다.

그것은 너무나 어처구니없으며, 그 이상으로 터무니없는 가설이었지만——.

"요르나 씨, 설마 성에도 『혼혼술』 쓰고 있어……?"

그렇게, 말 그대로 규격 외의 모습을 발휘하는 마도의 지배자에게 스바루는 말문이 막혔다.

3

——성에 『혼혼술』을 사용해 무기물에게도 오드를 전달한다.

그것이 나선 회오리를 그리는 기와를 밟고 선 요르나의 황당무계 현상의 정체이리라.

아벨은 그녀의 『혼혼술』이 적어도 스바루 일행을 쫓아온 백 명에게 걸려 있는 것만으로도 비정상적인 상황이라고 설명했지만, 그 수준이 아니었다.

자신의 성과 곰방대, 가까운 생활용품 모두에 오드를 나눠 주고 있다면.

"그런 건, 몸에 엄청 해로울 것 같아……!"

애초에 누군가와 오드로 연결되어 마나를 양도하는 행위부터 꽤 지치는 일이다.

실제로 계약 관계에 있는 베아트리스와 정기적으로 마나 교환을 하고 있는 스바루는 그것이 얼마나 힘든 일인지 뼈저리게 알고 있다.

베아트리스 한 명이라도 힘든데, 요르나의 경우에는 그것이 100배—— 연결된 상대의 수에 따라 그것은 1000배로도, 1만배로도 될 수 있는 어마어마한 규모의 비술이다.

"아항, 묘한 기예를 다 쓰는구먼. 나 원, 아무리 오래 살아도 잇달아 계속해서 모르는 기술이 튀어나온단 말이야. 정말로 골치가 아파 죽겠어."

"풍토가 그러니까 한탄해도 어쩔 수 없는 일이지요. 제가 보자면 오르바르트 옹의 기술도 충분히 까다로운 것……. 그렇다면 없앨 뿐입니다."

"카카캇카! 그리 쉽게 없어져 주지는 않지…… 우오우?!"

입을 쩍 벌리며 웃던 오르바르트가 직후의 적의에 반응해서 뒤로 뛰었다.

그 순간, 오르바르트 발밑의 지붕이 터지며 바로 밑에서 발생한 충격에 기와가 하늘로 사출되었다. 그것은 직전의 요르나를 날려 버린 공격에 대한 앙갚음—— 그것이 끊임없이 연쇄했다.

쾅, 쾅, 쾅 하는 소리와 함께 연속적으로 백 텀블링하는 오르바르트를 충격파가 쫓는다. 오르바르트가 달아나는 방향, 텅 하고 가벼운 소리와 함께 요르나가 착지했다.

그리고 충격파와 협공하듯이 요르나의 긴 다리가 걷어찼다.

"————."

발차기가 허공을 쓸고 거수의 혀가 핥은 것만 같은 파괴가 천수각을 덮쳤다. 그에 따라 파도치는 지붕이 노도처럼 솟구치며 오르바르트의 작은 몸을 집어삼키려 들었다.

폭풍 속의 바다처럼 파도치는 천수각, 그것은 스바루가 눈을 의심하고 싶어질 정도였다.

하지만 눈을 의심하는 것은 직후에 일어난 일도 마찬가지였다.

"땅속에 파고드는 술법의 응용, 즉석에서 성공한 나. 굉장하지 않으이?"

노도 같이 밀어닥치는 기와, 그것과 충돌하는 순간, 오르바르트는 그 파괴에 스스로 뛰어들어 그대로 밀려오는 지붕의 파도 꽁무니에서 뛰쳐나온 것이다.

발꿈치로 기와가 벗겨진 지붕을 긁다가 고개를 쳐든 오르바르트와 요르나의 거리가 벌어졌다.

시간으로 치면 1분 미만의 격투, 하지만 그걸로 충분히 제국 최고 전력인 『구신장』의 간판이 헛것이 아님은 증명되었다.

다만 이 상태로 계속 싸워도 일진일퇴, 결판이 쉽게 날 것 같지는 않았다.

그런 인상을 품은 것은 외부에서 보고 있는 스바루 쪽만이 아니었던 모양이다.

"나 원 참, 만만찮은 데다가 까다로운 계집아이로고. 이리 말해도 제3위가 제7위 상대로 버티느라 급급했다 그러면 각하께 혼나도 어쩔 수 없겠어."

"그러면, 어찌하실는지요?"

"어디 보자. 뭐, 나도 맹하니 도망만 다니던 건 아니라……."

단정한 눈썹을 찌푸린 요르나의 물음에 오르바르트가 턱을 쓰다듬었다. 쓰다듬으면서, 괴노인은 뺨을 일그러뜨려 그 시선을 힐끔 다른 방향으로 돌렸다.

전의로 빛나는 노란 눈을, 싸움을 방관하는 두 아이들에게로——.

"——아."

"노인장!!"

베일 듯한 시선에 스바루가 떨고, 동시에 요르나가 기와를 박찼다. 또다시 첫수와 비슷하게 요르나의 강렬한 일격이 오르바르트를 덮치고——.

"그 모양이니까 그만큼 모반해 봤자 한 번도 각하께 닿지를 못하지."

내뱉은 오르바르트가 다리를 차올려서 두 사람의 발이 격돌, 천둥 같은 소리가 울렸다.

요르나가 이를 갈고 오르바르트가 이를 악다물다가, 1초 뒤에는 양측의 몸이 크게 반대 방향으로 날아갔다.
그리하여 크게 거리가 벌어진 것을 보자마자 오르바르트는 좌우의 팔을 자신의 두 소매에 찔러 넣었다가 뽑았다. 뽑은 손가락 사이에 검고 동그란 덩어리가 각각 네 개씩.
"병량환?!"
"그래 보이지? 그런데 이거 먹으면 대박이라고. 여하튼 잘게 부순 불의 마석을 꽉꽉 채워 넣었거든."
스바루의 비명에 오르바르트가 비웃으면서 두 팔을 크게 휘둘렀다.
그의 말을 믿는다면, 저 검은 구슬의 정체는 폭탄이다. 그것이 충격에 터져서 큰 빈틈을 보인 요르나에게로—— 아니, 그것이 아니었다.
"지난번 반란, 붙었던 녀석들이 녀석들이잖아? 그 녀석들하곤 이런 짓 못했을 테니 신선하지?"
얼굴을 찌그러뜨린 오르바르트는 폭탄을 지붕 위에서 널찍한 하늘로 던졌다.
딱히 조준을 한 것 같지도 않은 투척이지만, 그걸로 문제없다. 오르바르트에게 폭탄이란 그저 사람이 있는 곳에만 떨어지면 그만이다.
그것만으로도——.
"듣자니 자네 동네 녀석들은 꽤 튼튼하다던데…… 그거, 우리 마을 녀석들보다 튼튼하려나."

"이런 말종이!"

폭탄 사이즈는 작지만 간직한 위력은 전혀 알 수 없다.

게다가 요르나의 『혼혼술』이 도시 사람들에게 얼마나 걸렸는지도. 즉, 저 폭탄을 방치하기는 너무나 위험하다.

요르나도 순간적으로 같은 결단을 내렸다. 따라서——.

"하, 아아아아아아!!"

지붕을 부술 만큼 발을 세게 구른 요르나가 팔을 큼직하게 쳐들었다. 그 팔에 잡혀 있는 것은 오르바르트를 공격할 때도 쓰이던 금빛 곰방대다.

그 곰방대를 잡은 팔이 휘둘러짐과 동시에 곰방대 끝에서 넘치는 연기도 같은 궤적을 따라갔다. 질량을 수반한 담배 연기는 옆으로 긋는 참격처럼 카오스프레임의 하늘에 번뜩였다.

——그 질량 있는 연기가 사방에 뿌린 폭탄을 모조리 잡아냈다.

그 직후, 어마어마한 폭발음이 연쇄되며 굉음과 충격파가 마도의 하늘을 붉게 물들였다. 폭발 중 하나가 우두커니 선 스바루와 루이 바로 옆에서 일어나고——.

"커억——."

상식을 초월하는 위력과 폭발음, 그것이 스바루의 뇌를 세차게 흔들어 몸을 가누지 못하게 했다.

이런 폭탄을 여럿 품속에 들고 다니다니, 오르바르트는 정신이 나갔다. 가차 없이 도시 안에 뿌리려는 중이니 그런 거야 새삼스러운 평가지만.

"우아우!"

외침 소리가 나고 스바루의 어깨를 작은 손이 흔들었다.

쳐다보니 어느 틈에 시야는 새빨개졌고, 심지어 절반가량 뿌옜다. 그 불선명한 세상에서 루이가 낯빛을 바꾸고 있었다.

매달리는 루이의 눈물 어린 눈, 거기에 스바루는 "괜찮아." 하고 답하려다가.

"——아."

——붉은 시야 끝자락, 요르나의 배후에 오르바르트가 나타난 것이 보였다.

던져진 폭탄에 대처하여 요르나는 곰방대를 휘두른 자세다. 그 바로 뒤에서 오르바르트는 그녀의 등 한복판, 심장을 노리고 관수를 지르려는 순간이었다.

만화라면 단박에 등에서 가슴까지 관통된다. 그리고 요르나도 오르바르트도, 만화 같은 힘을 가진 초인들이기에 그것이 일어나도 아무 이상할 것이 없다.

이대로는, 요르나가 죽는다. 그렇기에——.

"루이——!"

어깨에 오른 루이의 손을 잡고 스바루가 요르나 쪽을 손가락으로 가리켰다.

성에 들어오기 전에, 몇 번이고 타일러 두었던 신호가 실행되자 루이가 동그란 눈을 크게 뜨고—— 다음 순간, 스바루의 시야가 번뜩이며 전이가 발생했다.

그리고——.

"아."

한 호흡도 못할 새에, 스바루는 멍한 소리를 흘렸다.

이유는 단순해서, 갑작스러운 미지근한 감촉에 새빨갛게 뿌예진 시야조차 빼앗겼기 때문이다. 그것이, 느닷없이 얼굴에 퍼부어진 어떠한 액체임을 감각적으로 알 수 있었다.

그 감각을 반사적으로 팔로 닦으려다가, 깨달았다.

"루이?"

잡은 루이의 팔이, 너무나도 가벼워서.

"뭐냐, 방금 그건? 자네들은 저쪽에서 주저앉아 있었을 텐데."

오르바르트의 이상해하는 목소리와 함께 스바루는 아연히 고개를 들었다. 그 시야, 갸우뚱한 괴노인의 모습이 희끗하게 떠오르며 휙휙 팔을 휘두르는 것을 알 수 있었다.

붉은 시야 속에서, 그보다 더 붉은 팔을, 휙휙.

"루이……."

위험인물을 앞두고 스바루는 루이의 이름을 부르며 잡은 손에 힘을 더 주었다.

지금 당장 이 자리에서 떠나야 한다고 생각했다. 두 번, 혹은 더 연속적으로 날아야 할지도 모른다. 아마 토하겠지만 그건 참아야 한다.

참을 테니까, 지금 당장 여기서 떠나야 한다.

그러니까——.

"루이! 빨리 해야……."

"아니, 그런 요구를 하면 불쌍하지. 이제 목 위가 없지 않느냐?"

"——에?"

덤덤한 말에 스바루는 의미를 이해하지 못했다.

작아지고, 뇌가 어려지고, 그 바람에 못 알아먹는 것일지도 모른다. 알아들을 수 없는 말에 작은 뇌가 이해하기를 싫어해서, 그래서.

그래서, 목 위가 없다고, 그래도.

"루, 이……."

가벼운 팔을 꾹 잡아당겼다. 시야가 붉어서 루이의 모습이 제대로 보이지 않는다.

이것이 스바루의 눈에 이상이 있는지 아니면 루이의 온몸이 새빨개진 탓인지, 그 구별도 가지 않았다.

단지 할 수 있는 말은 한 가지. ――루이는, 죽어 버렸다.

스바루는 그녀를 어떻게 할지, 어떡해야 좋을지, 아무 답도 내지 못했는데.

스바루가, 죽게 만들었다.

"동자! 동자, 저를 보세요!"

갑자기 고개 숙인 스바루의 뺨이 두 손 사이에 끼워지며 휙 위로 들었다.

정면, 붉은 시야에 예쁜 여자의 얼굴이 있었다. 그것이 한눈에 요르나인 줄 알아보지 못한 것은 거기에 있던 요르나의 표정이 비통한 빛깔을 띠고 있었기 때문.

흔들리는 눈동자에 비친 자신의 모습을 본 스바루는 그 반응이 띤 의미를 알았다.

"――아."

무릎을 꿇은 스바루, 그 얼굴은 지독한 몰골이었다.

왼쪽 안구가 새빨갛게 파열하고, 오른쪽 안구는 눈구멍에서 흘러나와 실을 잇고 있었다. 폭탄의 충격을 조금도 피하지 못한 바람에 얼굴에서 눈알이 밀려나온 것이다.

마치 못 만든 좀비 영화의 특수 분장 같지 않은가.

"히후."

자신의 상황을 이해하고 숨을 내쉰 스바루의 찢어진 왼쪽 눈뿐인 시야가 흔들렸다.

하지만 쓰러지는 것을 요르나의 손이 허락해 주지 않았다.

요르나는 입술을 달싹이며, "동자……." 하고 스바루의 얼굴을 바라보고 말했다.

"——저를 사랑하세요. 지금 당장."

그렇게, 올곧은 눈으로 대단히 당치 않은 말을 해왔다.

사랑하라고, 그것도 지금 당장, 대단히 당치 않다. 애초에 구체적으로 어떻게 하면 될지 알 수 없고, 모르며, 남을 사랑하는 건 쉬운 일이 아니다.

요르나는 좋은 사람이라고 생각하고 예쁜 사람이다. 하지만.

"동자! 저를 사랑하면, 그 상처도……."

"카카캇카! 이보시게, 터무니없는 소리를 주워섬기는 계집애로고, 참말로. 별로 잘 알지 못하지만 사랑이란 쉽게 싹트는 게 아니지 않느냐?"

"닥치시어요!"

뒤에서 헤살을 놓는 오르바르트에게 고함친 요르나의 눈동자가 깊은 빛깔을 띠었다.

그것을 지척에서 보면서 스바루는 갈라진 호흡을 반복하며 천천히 다가올 아픔을 받아들일 마음의 준비를 시작하고 있었다.

루이가, 죽어서. 스바루도 심각한 상태이며, 더 이상, 누군가에게 폐는――.

“동자.”

한마디 뒤에 스바루의 의식이 슬쩍 위로 쏠렸다.

그 한순간의 빈틈을 찌르듯이 요르나의 진지한 얼굴이 다가오고.

“――――.”

요르나의 입술이 스바루의 입술과 포개졌다.

부드러운 감촉이 얼굴에 닿으며 그 숨결을 바로 코앞에서 느낀다. 키스받았음을 아는 데 시간이 걸렸다. 그리고――.

“제 입술은 싸지 않사와요. 이걸로…….”

입맞춤이 끝나고 얼굴을 뗀 요르나의 말이 매달리듯이 끊어졌다. 하지만 그 뒤에 이어져야 했을 말이 무엇인지, 지금의 스바루라도 분명히 알 수 있었다.

그녀는 이렇게 말하고 싶은 것이다. ――이걸로, 자신을 사랑해 달라고.

스바루가 요르나를 사랑하면 상황이 바뀐다.

아마 그것이 요르나의 힘의 원천이랄까, 그 강함의 원인 같은 것이기에.

그렇지만――.

"좋아하는 애가, 있어서……."

새빨개진 시야 건너편, 먼 곳에 있는 좋아하는 여자아이의 얼굴이 떠올랐다.

미소 지은 그 아이를 생각하면, 가슴이 고동친다. 그렇기에 스바루는 요르나를 사랑할 수 없다.

이 연심에, 도저히 거짓말은 할 수 없기에——.

"뭐, 남녀 관계는 쉽지가 않기 마련이지."

그때, 실망한 목소리와 함께 스바루의 시야가 크게 들썩거렸다.

"————."

바로 눈앞에 있던 요르나의 얼굴이 사라지고, 보이는 것은 빨갛게 물든 하늘이었다.

하지만 그 하늘도 곧 보이지 않으며, 빙글빙글빙글빙글 세상이 돌았다. 그 돌아가는 세상 속에서, 무릎 꿇은 요르나와 그녀 앞에 서 있는 오르바르트의 모습도 보였다.

그 요르나 옆에는 쓰러진 여자아이의 몸이 보였고, 그것은 아마 루이였다.

그리고 또 하나, 요르나와 오르바르트 사이에 무언가가, 누군가가, 보여서.

"——아."

——그것은 목 위가 없어진 어린아이의, 어린 나츠키 스바루의 몸통이었다.

"나 원 참, 어린애 죽이는 건 기분이 꿀꿀해져. 뭐, 체력적으로는 편하다마는?"

"노인장——!!"

불을 토하는 듯한 외침과 함께 요르나의 몸이 오르바르트에게 돌진했다. 그것을 오르바르트가 정면으로 피하고, 두 사람의 공격이 충돌하자 홍유리성에 격진이 퍼졌다.

흔들리고 금이 가고, 깨지고, 또다시 파괴가 퍼져 가고, 퍼져 가다가, 어떻게 되었는가.

그다음은 스바루가 알 수 없다.

이제 아무것도 알 수 없다. 알 수 없는 채로 스바루의 머리는 지붕 위를 튕기고——.

튕겨서——.

4

——어두운, 어두운 공간에 끌려 들어간다.

아무것도 없는, 떠 있는, 손발도 없는, 이해 불능의, 하늘도 지면도 없으며, 둥둥 떠다니며, 흔들리는 것도, 저항하는 것도, 맛보는 것도, 공포에 떨지도 않는, 공간.

수없이 보았던 것 같고, 처음으로 보는 것 같은.

천천히 멀어지는 것 같고, 끝없이 가까워지는 것 같은.

영원한 어둠이라고까지 느껴지는, 그런 칠흑이 지배하는 공간에 울렸다.

울린다. 흐느낌이, 누군가의 울음소리가, 존재하지 않는 가슴을 치는 목소리가.

「사랑해.」

그것은 사랑의 말이었다.

애정을 호소하고, 애정을 구걸하고, 애정을 보채고, 애정을 양보하고, 애정을 애정하는 목소리였다.

「사랑해. 사랑해. 사랑해.」

거듭되는 애정, 그것은 본래 다양한 감정이 담겨야 했을 말.

기쁘다거나, 화내고 있다거나, 슬프다거나, 기뻐하고 있다거나, 그러한 감정의 소용돌이.

「사랑해. 사랑해. 사랑해. 사랑해. 사랑해. 사랑해.」

그런데 이곳을, 이 영원한 어둠을 가득 메우려는 것만 같은 애정은, 단 하나뿐.

「사랑해. 사랑해. 사랑해. 사랑해. 사랑해. 사랑해. 사랑해. 사랑해. 사랑해. 사랑해. 사랑해. 사랑해. 사랑해. 사랑해――.」

그 감정 전부에, 소용돌이치는 애정 전부에 '슬프다' 만이 들어차 있었다.

슬픔이, 슬프지만, 슬퍼서, 슬프고 슬프며, 애정을 흐느끼고 있다.

――흐느낌이, 그치지 않는다.

듣고만 있어도 죽어 버리고 싶어지는 흐느낌이 그치지 않는다.

애정을 슬퍼하며, 애정은 슬프고, 애정이 슬퍼서, 애정이야말로 슬프고 슬프기에.

흐느끼면서 애정하는 애정이, 슬픔을 슬퍼하다가, 마지막으로 맺어진다.

그것은――.

「――어디 있어?」

5

“듣자니 자네 동네 녀석들은 꽤 튼튼하다던데…… 그거, 우리 마을 녀석들보다 튼튼하려나.”

“이런 말종이!”

빙글빙글 회전하는 붉은 시야가 일변하고 고막을 때린 것은 절박한 목소리였다.

한쪽은 노인, 다른 한쪽은 여성―― 각각 오르바르트와 요르나임을 알았다.

알고서, 알아낸 것은 그뿐이었다.

“어…….”

“하, 아아아아아아!!”

아연한 목소리를 흘린 직후, 쿵 하고 묵직한 소리와 함께 요르나의 발이 성의 지붕을 세게 밟아 부수었다. 동시에 쳐든 것은 그 손에 든 금빛 곰방대다.

크게, 가로 일선으로 호를 그리며 뿌린 곰방대의 일격, 그것이 무시무시한 속도와 파괴력을 수반하며 담배 연기를 카오스프레임의 하늘에 크게 퍼트렸다.

그것이 무엇 때문에 시행되고, 무슨 일이 일어나는지를 스바루는 알고 있었다.

알고 있었지만, 알고 있는 지식이 현실에 따라잡기 전에, 그것이 일어난다.

——요르나의 담배 연기에 얻어맞은 폭탄이 폭발하여 충격파가 주위를 집어삼킨 것이다.

"커억——."

불과 1분 전과 같은 충격을 온몸으로 받은 스바루의 시야가 새빨갛게 물들었다.

무언가가 깨지는 소리가 머릿속에서 나고, 붉어진 시야와 그것이 곧 연결되었다. 소리와 함께 눈알이 터진 것이다. 그 때문에 눈앞이 새빨개졌다.

그럼, 다른 한쪽의, 절반의 시야가 어두워진 것은——.

"아, 끄, 끄아아아아악——!!"

두 손으로 얼굴을 가리고 스바루는 아픔과 '이해' 두 가지에 얻어맞아 절규했다.

'이해' 하고 말았다. 자신의 눈알이 한쪽은 터지고 한쪽은 튀어나왔음을. 뇌가 이해하길 꺼릴 때는 아픔을 무시할 수 있었다. 하지만 알아 버리면 무시할 수 없다.

"아아윽! 으극, 그그그그아아아!!"

"우아우! 우아우우!"

스바루가 그 자리에 등부터 벌러덩 쓰러지며 울부짖자 작은 몸이 달려들었다.

이름을 부르고 있다. 모르겠다. 귀도 웅웅거리고 자기 목소리가 시끄럽다. 아픔이, 피가 철철 흐르는 소리가 들린다. 그것이 몸 안과 밖, 어느 쪽에 흐르는 피인지도 모르겠다. 아프다. 좌우지간 아프다. 아프고 아프고 아픈 것이 아파 아파 아파.

누가, 살려 줘. 아픈 건 싫어. 싫은 건 싫다. 아픈 건, 아파 아파 아파 아파 아파——.

"동자——."

"이보게, 그건 악수지."

아픔이 머릿속을 빙빙 맴돌고 붉은 시야가 번쩍번쩍 빛난다.

울부짖으며 굴러다니려는 스바루의 몸을 누군가가 잡아 누르고 있다. 그것이 방해되었다. 더 큰 소리를 지르며 더 날뛰어서 아픔을 몸 밖으로 내보내고 싶다.

아니다. 아픈 것은 얼굴이다. 눈과 귀다. 그렇기에 더 다른 곳이 아프다면 이 아픈 것이 더 다른 곳으로 가 준다면.

"우아우! 아우아—."

드러누운 지면에 뒤통수를 쾅쾅 찧었다. 그 도중에 갑자기 얇은 팔에 일으켜 세우며 겨드랑이를 붙들었다. 아픈데도 놔주지 않는다. 무섭다. 죽어 버리겠어.

"윽……."

"카— 진심이냐, 여우 계집애. 지금 그것으로 죽지 않다니, 몸뚱이가 어떻게 되어 먹은 게야. 설마 세실스가 목을 베지 못했다던 게 물리적인 얘기였냐."

"어린아이에게 손을 대는 필부에게, 숙녀의 비밀을 밝힐 턱이 없지요."

멀리서, 누군가가 말다툼하고 있다. 그것도 자신의 목소리와, 자신을 말리려는 목소리 사이에 끼어서 아무것도 들리지 않는다. 모르겠다. 다 아픈 것이 잘못이다.

그렇다. 다 잘못이다. 붉은 것과 아픈 것, 그게 다 잘못이다. 다 그 탓이다.

"그 탓이야……! 그것의, 그게, 그게 잘못인 거야! 내가 아니야! 내가 아닌데, 으, 이이이익!"

"우—!!"

바동바동 발버둥 치며 스바루는 모든 것을 다른 곳에 떠넘기려 했다. 떠넘겨서, 여기서부터 달아날 수 있다면, 달아난다면 어떻게 할까.

그런 거야 달아난 다음에 생각하겠다. 달아난 다음에 생각할 테니까, 그러니까.

"어린애가 빽빽 우는 소리는 못 들어 주겠구먼. 시끄럽다."

"기다리시어요——!"

필사적인 여자의 목소리와 무책임한 쉰 목소리.

그것이 들린 뒤, 무언가가 스치는 소리를 내면서 다가온다. 머리 뒤쪽에서, 붙들던 누군가가 스바루를 꼭 껴안았다.

하지만 껴안는다고 어떻게 되지도 않는다.

왜냐면 다시 새빨갛고 뜨거운 빛이 부풀어 올라서, 스바루 일행을 집어삼켰으니까.

집어삼키고, 아픈 것이 사라지고, 그래서——.

“듣자니 자네 동네 녀석들은 꽤 튼튼하다던데…… 그거, 우리 마을 녀석들보다 튼튼하려나.”

“이런 말종이!”

그 순간, 방금 들었던 목소리가 또 들렸다.

“어……?”

모든 것이 느닷없이, 뚝 끊어진 직후에 세계는 재개되었다.

새빨개진 시야에 다른 색이 섞여서 들리지 않던 귀에 바람 소리를 느끼고, 잡은 손에는 부드러운 소녀의 체온을 느끼고――.

“하, 아아아아아아!!”

용맹한 여자의 목소리가 들린 다음 순간, 울려 퍼지는 폭음에 시야를 빨갛게 빼앗겼다.

“끄, 아아아악――!!”

얼굴을 가리고 파열한 눈알과 튀어나온 눈알의 아픔을 맛보면서 몸을 젖힌 스바루가 뒤로 쓰러진다. 비명을, 절규를 터트린다.

“우아우! 우아아우!”

쓰러진 몸에 울 것만 같은 누군가의 목소리가 달려들었다.

그것을 느끼면서, 찌잉 하고 소리가 팽팽한 세상에 잠기면서, 아픔과 괴로움을 슬퍼하면서, 스바루의 머리는 눈물과 무서움과, 붉은 ‘어째서’로 덧칠되었다.

아마 죽었다. 죽은 것이다.

죽은 것은 알겠다. 아무 아프고 괴로워서, 붉은 그것으로부터 멀어져서. 하지만 다시 금방 이곳으로 돌아와서, 그리고 죽고, 하지만, 아파서, 폭발이 붉다.

그것을 알면서도 스바루는 '어째서' 하고 머릿속으로 반복하며 외쳤다.

——이것은, 다르다.

막연히, 그런 직감이 머릿속에 울려 퍼지고, 아픔과 붉음으로 밀려날 것만 같았다.

눈알이 파열하고, 눈알이 튀어나오고, 고막이 찢어지고, 아파서 죽을 것 같으며, 이 뒤에 다시 금방 끔찍하게 죽을 거라고, 차라리 그렇게 아픔에서 멀어졌으면 좋겠다고, 눈물과 콧물과 침과 오줌을 흘리면서 필사적인 머리로 붉은 세계에 이것을 생각했다.

"이언, 아니……."

"우아우! 아우, 우—!"

"아햐…… 내, 거시 아햐……."

아니다. 아니다아니다아니다. 아니다아니다아니다아니다.

아니다——.

"이헌……."

머릿속을 아픔이 가득 메우기 전에, 절대로 잊으면 안 되는 생각을, 한다.

반복하며 반복해서, 이 붉고 아픈 세계에 스바루를 던져 넣은 이것은, 이것은──.

이것은──.

"아니야……!"

──나츠키 스바루의 『사망귀환』이 아닌, 다른 무언가라고.

제7장『11초 다음』

1

“듣자니 자네 동네 녀석들은 꽤 튼튼하다던데…… 그거, 우리 마을 녀석들보다 튼튼하려나.”

“이런 말종이!”

또, 같은 목소리가 들렸다.

노인의 쉰 목소리와 분노를 띤 여자의 목소리. 그리하여——.

“————.”

——또다시 연속적인 폭음이 울려 퍼지고 그 붉은 격통이 찾아 든다.

터진 눈알과 튀어나온 눈알, 양쪽의 아픔과 충격에 얼굴을 부여잡으며 그 자리에 쓰러진다. 달려들어 누르는 가벼운 몸무게, 그것도 알고 있다.

알고 있는데, 대처할 수 없다. 너무나도, 시간이 짧기 그지없어서.

새빨간 시야, 머리가 깨질 것만 같은 아픔, ‘어째서’ 하고 아우성치는 영혼.

그 전부가, 몇 번이고 몇 번이고 찾아드는 절망의 10초를, 스바루가 의미 없이 보내게 한다.

아픈 것이 생각하는 것을 방해하고, 세계가 붉어지는 상실이 주위를 보는 것을 방해한다. 갑자기 모든 것이 멀어졌다가 돌아와도, 불과 3초 만에 또 같은 아픔을 신선하게 맛본다.

아프다, 붉다, 무섭다, 어째서, 죽음. 아프다, 붉다, 무섭다, 어째서, 죽음. 아프다, 붉다, 무섭다, 어째서, 죽음. 아프다, 붉다, 무섭다, 어째서, 죽음. 아프다, 붉다, 무섭다, 어째서, 죽음. 아프다, 붉다, 무섭다, 어째서, 죽음. 아프다, 붉다, 무섭다, 어째서, 죽음. 아프다, 붉다, 무섭다, 어째서, 죽음. 아프다, 붉다, 무섭다, 어째서, 죽음. 아프다, 붉다, 무섭다, 어째서, 죽음. 아프다, 붉다, 무섭다, 어째서, 죽음――그, 한도 끝도 없는 반복이다.

머리가, 돌아 버린다.

"듣자니 자네 동네 녀석들은 꽤 튼튼하다던데…… 그거, 우리 마을 녀석들보다 튼튼하려나."

"이런 말종이!"

또, 같은 목소리가 들렸다. 아픔도 붉은 것도, 한순간만 끊어지고.

하지만 다시, 같은 아픔을 맛보게 될 테니, 그것이 영혼이 찢어질 만큼 무서워서.

"아아아아아아아――!!"

아무것도 듣고 싶지 않다. 아픈 경험도 하기 싫다. 무섭다무섭다무섭다무섭다.

입을 크게 벌리고 절규하며 목이 터져라 소리쳤다. 아무것도 보고 싶지 않으니까 눈을 감고서, 머리를 부둥켜안고 주저앉았다.

그, 다음 순간이었다.

쾅, 하고 폭음이 울려 퍼지고 스바루의 작은 몸이 튕겨나가 굴렀다. 찌잉 하고 소리가 멀어지며 다시 그 아픈 것과 붉은 것이 올 거라고, 영혼이 움츠러들었다.

그러나――.

"――어."

그 아픔이, 오지 않는다.

눈알 한쪽이 파열하고, 다른 한쪽이 튀어나오는 아픔이 오지 않는다. 귀는 찌잉 하고 망가져 버렸지만 세계가 붉지 않다. 가장 아픈 것도 큰 소리 외친 목뿐이고.

"어, 째서……."

"우아우!"

멍한 목소리가 흘러나오고 바로 작은 몸이 달려들었다.

루이다. 루이가 팔을 잡아당겨 스바루를 일으켜 세우려 한다. 하지만 무릎에 힘이 들어가지 않고 '어째서'의 답도 내지 못한 스바루는 서지 못했다.

그저 목을 푸들거렸다. 한순간이라도 그 붉은 아픔과 멀어진 것이 기뻐서, 눈물이 샘솟았다. 참다못해 웅크려서 울어 버렸다.

"동자――."

"이보게, 그건 악수지."

웅크려 흐느끼는 스바루, 그 멀리에서 스바루와는 별차원의 싸움이 속행되고 있다. ——아니, 그 형세는 크게 기울어 여자 쪽이 무릎을 꿇은 것이 뻔하게 보였다.

무릎을 꺾은 요르나와 그 뒤에 서 있는 오르바르트.

오르바르트는 피로 붉게 물든 오른손을 휘두르고, 입가에서 피를 흘리는 요르나를 내려다보면서 놀란 듯이 눈썹을 들었다.

"윽……."

"카— 진심이냐, 여우 계집애. 지금 그것으로 죽지 않다니, 몸뚱이가 어떻게 되어 먹은 게야. 설마 세실스가 목을 베지 못했다던 게 물리적인 얘기였냐."

"어린아이에게 손을 대는 필부에게, 숙녀의 비밀을 밝힐 턱이 없지요."

어금니를 꽉 깨물고 요르나가 패기가 죽지 않은 목소리로 오르바르트에게 대답했다. 그 말을 들은 오르바르트는 "카카캇카!" 하고 목청 높여 웃었다.

웃고 나서, 피에 젖은 소매를 털었다.

"이상한 소리를 하시는구먼. 어린아이에게 손을 댄다 함은, 이런 걸 두고 하는 소리일세."

"기다리시어요——!"

그 소매에서 나온 검은 구슬—— 폭탄이 스바루와 루이 쪽으로 던져졌다.

루이가 반사적으로 스바루 앞에 끼어들어 그것을 쳐내려 했으나, 늦었다.

붉은빛이 또다시 스바루의 눈앞에 작렬하고, 앞으로 튀어나온 루이의 몸째로 스바루의 몸 또한 빛에 삼켜져서 산산조각이——.

"듣자니 자네 동네 녀석들은 꽤 튼튼하다던데…… 그거, 우리 마을 녀석들보다 튼튼하려나."

"이런 말종이!"

또, 같은 목소리가 들렸다.

2

——붉음과 아픔이 사라진 순간, 눈을 감고 큰 소리를 질렀다.

그것이, 그 뒤로 붉은 아픔을 몇 번이고 몇 번이고 반복하다가, 불과 몇 번쯤만 그 아픔에서 벗어날 기회가 있었던 스바루가 손에 넣은 절대적인 법칙이었다.

아무튼 그 붉은 것과 아픈 것이 한꺼번에 몰려오면 스바루는 더 이상 방법이 없다. 울부짖으며 소리 지르다가 죽는다.

그리고 죽었다 싶으면, 다시 그 목소리를 듣고 폭발로 붉은 아픔을 당하는 것이다.

그것은 이제 싫다. 싫다. 싫으니까, 부탁이니까, 무서우니까.

"듣자니 자네 동네 녀석들은 꽤 튼튼하다던데…… 그거, 우리 마을 녀석들보다 튼튼하려나."

"이런 말종이!"

또, 같은 목소리가 들렸다.

그 순간, 아픈 것도 붉은 것도 모든 것이 빠져서, 한순간의 안심으로 온몸에서 힘이 빠질 뻔한다. 그것을 꾹 참고 해야만 할 일을 한다.

"아아아아아악——!!"

입을 크게 벌리고 부르짖으면서 자신의 눈을 꽉 감았다.

자신의 큰 소리로 들리지 않는 동안, 아마도, 요르나가 곰방대를 쳐들고 휘둘러서, 오르바르트가 던진 폭탄을 폭발시키려는 중일 것이다.

그러니까, 바로 그 뒤에——.

"——윽."

폭음과 폭풍에 온몸이 떠밀린 스바루의 몸이 지붕 위에 엉덩방아를 찧었다. 기와 모퉁이 부분이 엉덩이에 박혀서 울음이 나올 만큼 날카로운 아픔이 있었다.

그래도 울지 않는다. 울어서 시야를 뿌옇게 만들지 않는다. 왜냐면——.

"보여……."

조심조심 뜬 눈은 터지거나 튀어나오지도 않아 똑바로 보였다.

여전히 귀는 찡 울려서 망가진 상태고, 목도 타는 것처럼 아프지만 그 붉은 아픔은 없다. 답이 맞았다. 다행이다.

눈을 감고 큰 소리를 지르면 그 붉은 아픔에 봉변을 당하지 않아도 된다.

"우아우!"

감격해 울 것 같은 스바루에게 루이가 허둥지둥 달려들었다.

이제야 루이의 얼굴을 볼 수 있었지만 그녀는 파란 눈을 크게 뜨고 스바루를 걱정하고 있는 모양이었다.

무심결에 스바루는 그런 루이의 몸을 힘껏 마주 껴안았다.

“우.”

“괜찮아! 아프고, 붉어서……. 아아, 이제는, 하지만, 괜찮아…….”

큰 소리로 외친 뒤에 스바루는 다시 일하려는 눈물샘과 싸우는 처지가 되었다.

하지만 법칙은 옳았다. 붉은 것과 아픈 것이 사라지면 눈을 감고서 큰 소리를 지른다. 그것만 지키면 괜찮다고, 스바루는 루이를 껴안으면서 확신하고——.

“아니지, 하나도 괜찮지 않지, 이거. 이제 시작이야, 이제.”

그 직후, 오싹한 목소리가 들리자 스바루는 반사적으로 고개를 들었다.

스바루의 부릅뜬 시야, 히죽 웃은 오르바르트가 던진 수리검이 불규칙적인 궤도를 그리면서 스바루와 루이 쪽으로 몰려왔다.

번뜩. 둔탁하게 빛나는 시노비의 암기는 어느 것이나 정확하게 급소를 노리고 있었다.

“히익.”

“그러한 망동, 용서하지 않습니다.”

목을 덜덜 떠는 스바루, 그 정면에 나타난 요르나의 등. 그녀는 닥쳐드는 수리검의 궤도에 곰방대를 끼워 넣어 날아오는 암기를 모조리 쳐서 떨구었다.

동시에 오르바르트의 좌우로 기와가 뒤집히고 그것이 쥐덫이나 파리채 같은 기세로 괴노인을 후려쳤다.

그러나――.

"카카캇카! 화려하고 볼 맛 나서 재미있는 기술이구먼!"

오르바르트는 기와의 일격을 작은 몸을 뒤틀어 유유히 피했다.

싸우는 직업을 가진 사람은 몸이 큰 편이 힘도 강하고 공격이 닿는 범위도 넓어서 이득이라고 생각했었다. 하지만 오르바르트의 준민함은 그 인상을 뒤집었다.

"하지만 너무 화려한 것도 고민거리지. 인간 따위 바늘 하나로도 죽거든."

"제 귀에 간지러운 고견이시군요. ――그럼, 이건 어떠신지요."

화려한 공격을 피한 오르바르트를 앞두고 요르나가 나막신의 뒤꿈치를 딱 쳤다. 그러자 기와가 잇달아 뒤집혀 떠오르며 크게 나선을 그리기 시작했다.

그것은 마치 회오리처럼, 성을, 오르바르트를 중심으로 소용돌이치는 파괴의 현현――.

"오오?! 이건 보통내기가……."

"틈새가 없는 곳에서도 달아날 수 있을지, 시노비의 기술을 보여 주시어요?"

말을 마치기 전에 요르나가 들어 올린 손을 꽉 쥐었다.

직후, 소용돌이치던 기와 회오리가 오르바르트를 둘러싼 채로 중심으로 압축되었다. 기와끼리 가차 없이 충돌하며 휘말린 천수각이 찌그러지는 굉음이 울려 퍼졌다.

장렬한 파괴, 그것이 초래하는 위력은 예사로운 것이 아니라 인간의 몸 따위 저것 앞에서는 원형을 남기는 비전이 떠오르지 않는다. 무시무시한, 필살의 일격이었다.

그런데도——.

"늙었어도 썩었어도, 『구신장』인가요."

"카카캇카! 말을 참 심하게 하는구먼! 말한 대로 빈틈이 없는 곳에서 빠져나왔건만, 시노비다운 재주를 부려서 손해 본 기분이 들지 않는가."

와르르 소리를 내는 파편의 잔해. 그 산더미 위에 떡하니 서서 살랑살랑 손을 흔드는 오르바르트는 멀쩡하게 생환했다.

그 비정상적인 생존 능력에 천하의 요르나도 표정에서 여유가 사라졌다. 그런 요르나를 오르바르트가 잔해 더미에서 내려다보다가 "그나저나." 하고 운을 뗐었다.

"아까운 계집애일세, 자네. 쓸데없는 걸 떠안지 않으면 나하고도 좀 더 제대로 붙어 볼 수 있겠거늘."

"뭣이어요……?"

"지키고 싶으니까 싸우는데, 지키고 싶은 탓에 약해지는 건 본말전도 아닌가. 그러니까 자네는 몇 번 해도 각하께 닿지 못하는 게야."

그렇게 말한 오르바르트의 노란 눈이 요르나 너머로 스바루와 루이에게 꽂혔다.

그 순간, 솟구치는 공포에 따라 스바루는 루이의 어깨를 끌어안고 그 손을 잡았다. 그리고 자신의 발밑을 가리키고 말했다.

"요르나 씨! 나랑 루이는 사라질게! 힘내!"

스스로 끌어들여 놓고, 요르나를 두고 도망치다니 최악이다.

하지만 이 자리에 스바루와 루이가 남아 있으면 요르나는 둘을 지키기 위해서 싸우다가 오르바르트에게 빈틈을 찔려 다시 죽어버리고 만다.

그것을 피하기 위해서——.

"——윽."

그 직후, 시야가 단숨에 전환되고 스바루와 루이의 몸이 성 내부로 전이했다.

스바루의 신호대로 루이가 『워프』를 발동한 결과다. 절반 무너진 천수각 안에 내려선 두 사람은 머리 위의 전장으로부터 긴급 피난하는 데 성공했다.

"욱……."

그 성공을 확인하자마자 속이 뒤집히는 감각에 현기증을 일으켰다. 한순간 붉은 시야와 아픔이 어른거리지만 그것과 비교하면 천국 같은 고통이다.

이로써 스바루와 루이를 지킬 필요가 없어지면, 요르나도 제 실력을 발휘하여——.

"헉, 뭐지?!"

사고를 중단한 것은, 스바루의 막 생긴 트라우마를 자극하는 폭발음이었다.

무시무시한 폭음이 연속되며 충격이 지붕 너머로 성 전체를 흔들었다. 무심코 무릎이 움츠러들어 넘어질 뻔한 것을 필사적으로 버틴 스바루가 당황하며 천장을 올려다보았다.
보이지 않지만, 방금 폭발도 오르바르트가 확실하다.
그만한 폭탄을 뿌렸음에도 불구하고 아직 폭탄을 더 들고 다니고 있었나.
"오. 찾았다, 찾았어."
"어?"
그, 올려다본 천장을 뚫고 나온 얼굴과 대경실색한 스바루의 눈이 마주쳤다.
그렇게 시선을 나눈 채로 오르바르트의 작은 몸이 미끄덩 천장에서 떨어졌다. 그것이 출렁이는 지붕의 파도나 기와 회오리를 피한 기술이라는 직감만을 남기고.
"어, 어떻게……."
"확 사라지고 말이야, 그냥 어린애라고 얕잡아 봤다가 망신살 뻗쳤어. 실수했군, 실수."
"우—!"
악의로 찬 괴노인의 웃음, 거기에 루이가 반사적으로 얇은 다리를 차올렸다. 하지만 거기에 오르바르트는 "욥." 하고 쉽게 반응해 표창으로 루이의 다리를 잘라 버렸다.
정강이 언저리에서 절단된 루이의 다리가 빙글빙글 피를 뿌리면서 날아갔다.
"아, 우우우우——."
"우와, 와아아아아!!"
한쪽 다리를 잃고 절규하는 루이를 본 스바루는 필사적으로 손을 뻗으려 했다.

그러나 루이를 끌어당겨 껴안는 정도도 해내지 못했다. 그래 주기 전에 루이의 비통한 목소리가 끊겼다.

원인은, 루이의 목 한복판에 박힌 표창이었다. 그리고——.

"커흑."

귓가에 가벼운 소리가 들린 순간, 스바루의 목이 외침 이상의 열기로 타 버렸다. 꿀럭꿀럭 넘치는 피가 목을 막아 목소리를 내지 못했다. 숨도, 쉴 수 없다.

"이대로 도망치면 귀찮아서 말이야. 뭐, 목만 있어도 여우 계집애를 울리기엔 충분하겠지."

그렇게 말한 오르바르트의 손가락이 스바루의 뒤통수를 톡 눌렀다. 그 순간, 휘청 기울어진 목이 앞으로 떨어지고 허물어지는 스바루의 무릎에 들어갔다.

가죽 한 꺼풀로 이어졌으니까, 떨어지지 않고, 무릎 위에.

"목 베개, 재미있지?"

그런, 웃기지도 않는, 고약한 농담이 들리고, 들리지 않게 되고.

그리고——.

"듣자니 자네 동네 녀석들은 꽤 튼튼하다던데…… 그거, 우리 마을 녀석들보다 튼튼하려나."

"이런 말종이!"

또, 같은 목소리가 들렸다.

창졸간에 무엇을 해야만 하는지, 루이를 끌어당기고, 그리고.

거기까지 생각했을 적에 폭음이 울렸다.

——시야가 새빨갛게 터지고, 그 아픔이 또다시 나츠키 스바루를 집어삼켰다.

3

——귀에 딱지가 앉은 대화가 들린 순간, 귀를 막고 눈을 감으며 큰 소리를 질렀다.

그것이 절망의 10초간을 몇십 번씩 반복하다가 스바루가 발견한 생존의 법칙.

단, 그다음에 당도하기 위한 방정식은 아직 하나도 발견하지 못했다.

"듣자니 자네 동네 녀석들은 꽤 튼튼하다던데…… 그거, 우리 마을 녀석들보다 튼튼하려나."

"이런 말종이!"

저 대화가 들린 순간, 스바루는 각인된 본능에 따라 행동했다.

귀를 막고 눈을 감고서 크게 소리를 질러 폭발의 충격을 버텨낸다.

귀를 막아 두면 고막이, 눈을 감아 두면 눈알이, 큰 소리를 지르는 효과는 모르겠지만 아프지도 붉지도 않을 때는 반드시 목소리를 내고 있었기에 하지 않는다는 발상은 없다.

조금이라도 다른 짓을 했다가 또 같은 아픔과 붉음을 맛보다니 절대로 싫다.

이만큼 필사적으로 타일러도 한 번 타이밍이 어긋나면 다시 한 번 같은 기회를 잡기 위해서 열 번 이상이나 절망의 10초를 반복하는 꼴이 된다.

더는, 싫다. 싫었다. 아픈 것도 무서운 것도, 싫은 것은 싫다.

전혀 편해지지 않는다. 조금도 익숙해지지 않는다. 아픈 것은 항상 아프다. 무서운 것은 항상 무섭다. 죽는 것은 항상 아픈 것과 무서운 것 다음에 있다.

그렇기에――.

"우아우!"

눈도, 귀도 괜찮은 상태에서 달려드는 루이의 몸을 받아낸다.

이번에도 몇 번째인지 모를, 다친 데가 없는 상태로 맨 처음 폭발을 넘어가는 데 성공했다. 루이를 안아 들고 이제부터 연쇄적으로 일어날 사건을 떠올린다. 그렇다. 처음에는――.

"수리검이."

"버티면 장땡인 줄 알면 못쓰지!"

기억을 떠올리자마자 오르바르트의 목소리가 들렸다.

다음 순간, 사방팔방에서 날아오는 것은 한 개도 같은 궤도를 그리지 않는 수리검의 폭풍, 그것이 스바루와 루이를 포위하듯이 쏟아졌다.

열 자루가 넘는 수리검, 어느 하나라도 맞으면 움직일 수 없어진다.

그것을 막고자 요르나가 뛰어들려는 것을――.

"그러한 망동――."

"요르나 씨! 괜찮아!"

뛰어들려던 요르나를 손바닥으로 제지한 스바루가 내지른 손바닥을 손가락으로 변경, 그리고 루이와 맞잡은 쪽의 손에 힘을 꼭 주었다.

"뭣이?!"

그 순간, 스바루와 루이의 모습이 사라지고 경악한 오르바르트의 수리검이 허공을 갈랐다.

루이의 『워프』를 처음으로 목격한 오르바르트조차 무슨 일이 일어났냐고 놀란다. 천수각의 기와를 밟고 경악하는 오르바르트를 멀찍이 보며 스바루는 어금니를 깨물었다.

몇 번쯤 전에도 『워프』로 성 안으로 도망치는 데 성공했다. 그것도 쫓아온 오르바르트에게 맥없이 살해당했지만――.

"한 번뿐이라면……."

오르바르트의 의표를 찌를 수 있다. 그 기회가, 헤아릴 수 없을 정도의 시행 횟수를 거듭해서 간신히 찾아왔다. 그리고 그 발생한 빈틈에 그림자가 뛰어들었다.

"한눈을 파는 건 금지랍니다――!"

날아오른 요르나의 맹렬한 내려찍기가 수직으로 오르바르트에게 꽂혔다.

반응이 잠깐 늦어진 오르바르트는 머리가 으스러지는 대신 왼팔을 희생했다. 떨어지는 발꿈치를 막고, 폭발하는 듯한 소리와 충격에 노인의 팔이 터졌다.

시든 나무 같은 오르바르트의 팔이 여러 군데 부러지고, 완전히 못 쓰게 되고 말았다. 천하의 괴노인도 이 피해는 심각하게 받아들일 수밖에――.

"옛다, 90년 묵은 게야."

"그럴 수가?!"

그런 스바루의 예상을 배신하며 오르바르트가 갑작스러운 흉행에 이르렀다.

노인은 피로 물든 자신의 왼팔을 뻗더니 오른손에 쥔 표창으로 팔뚝째 절단했다. 그 팔이 피를 뿌리면서 빙글빙글 요르나 쪽으로 날아갔다.

"――――."

그것을 앞둔 요르나는 한순간의 결단에 쫓겼다.

다시 말해 날아오는 팔을 쳐낼지. 아니면 피할지.

그러나――.

"안됐으이, 둘 다 꽝일세."

"욱……?!"

날아오는 팔에 대응하기도 전에, 요르나의 발밑에서 폭발이 일어났다.

그것은 요르나의 발꿈치를 막았을 때, 왼팔을 희생하는 대신 사각에 설치해 둔 함정이었다. 장풍 같은 공격이 요르나를 바로 밑에서 가격하고, 그녀의 입에서 피가 뚝뚝 떨어졌다.

"시노비의 기본이지. 오른쪽인지 왼쪽인지 헤매게 만들면 땡 잡은 게야."

"약아 빠진, 노인장이세요……!"

관통력이 있는 충격파를 맞아 뺨을 일그러뜨린 요르나가 오르바르트를 노려보았다. 그대로 그녀는 앞으로 발을 디뎌 날아오는 미끼용 팔을 무시하고 괴노인을 잡으려 들었다.

그런 요르나의 전진에 맞추어 오르바르트는 "아아." 하고 숨을 뱉었다.

"아까 꽝이란 말도 거짓말이야."

——다음 순간, 잘라낸 오르바르트의 팔이 내부에서 부풀다가 폭발했다.

"——크."

"요르나 씨!!"

바로 옆에서 발생한 폭풍에 삼켜져 요르나의 몸이 날아갔다. 그대로 지붕 위를 데굴데굴 구르는 그 모습에 스바루는 눈을 부릅뜨고 갈라진 목으로 외쳤다.

쓸모가 없어진 팔도, 치명타 틈새에까지 함정을 설치해 승리로 다가선다.

『악랄옹』의 이름에 어울리는 포학성을 발휘한 괴노인이 요르나의 목숨을 거두려 쓰러진 그녀가 있는 곳으로 다가간다. 기필코 저지해야 한다.

"루이!"

다친 요르나를 구하기 위해, 스바루는 루이에게 『워프』를 지시했다.

휴식 없이 연속 사용은 몸에 가는 부담이 크다. 하지만 여기서 요르나를 버리는 선택은, 벌써 몇십 번이나 같은 사선에 도전하고 있는 스바루에게는 불가능했다.

그렇기에 루이의 손을 세게 잡아 요르나 옆으로 날아가도록 손가락을 가리키고——.

"아우아우!"

용감한 루이의 목소리와 함께 스바루의 시야가 한순간에 전환되었다.

바로 눈앞에 요르나의 모습, 스바루는 그녀에게 손을 뻗어 내장에 대미지가 오기보다 먼저 또 한 번의 『워프』로 전장에서 이탈하려 했다.

"어?"

하지만 요르나에 닿으려던 발끝에 무언가 딱딱한 감촉이 닿았다.

무심코 고개를 숙인 스바루는 그 감촉의 정체를 보았다. 검고 동그란 구슬이었다.

벌써 몇 번이고 보았던, 스바루를 절명의 수렁으로 떨어뜨리는 검은 구슬.

"어떻게 하는지 몰라도 손가락질한 쪽으로 나는 거 아니냐. 한 번 봤다."

첫 목격한 『워프』는 통해도, 두 번째부터는 통하지 않는다.

한 팔을 잃어 균형이 좋지 못한 『악랄옹』은 남은 한 팔로 쓸 수 있는 수단을 취했다.

"우아우."

또다시 루이가 스바루를 부르고, 팔을 당겼다.

그 직후, 발밑에서 작렬한 검은 구슬에서 빛이 넘치고 사방에 튀는 무수한 칼날이 스바루와 루이를, 쓰러진 요르나를 갈가리 찢고, 찢고, 찢어발겼다.

피가 새빨갛게 뿌려지며 눈과 입까지 날아든 칼날에 몸속도 토막 나 날카로운 아픔이 온몸을 집어삼키고 팔다리가 잘려나갔다.

아픔, 조차도, 느낄 겨를이 없을 만큼 갈가리 찢긴 고기조각으로.

"뭐가 들었는지 먹은 다음이 기대되는 구슬이라네. 재미있지?"

아픔이, 또 붉어서, 그런 건, 제정신인지, 의심할, 뿐이라.

"듣자니 자네 동네 녀석들은 꽤 튼튼하다던데…… 그거, 우리 마을 녀석들보다 튼튼하려나."

"이런 말종이!"

또, 같은 목소리가 들렸다.

"――웃."

들린 순간, 스바루는 귀를 막고, 눈을 감고, 입을 크게 벌렸다. 큰 소리는 지르지 않는다. 갈라진 목소리가 나올 뿐이다. 그런데도 폭음과 폭풍은 덮쳐든다.

온몸을 얻어맞아 지붕에 엉덩방아를 찧었다. 규칙을 못 지켰다. 큰 소리를 지를 수 없었다. 아픔과 붉은 것이 오는 게 무섭다.

그러나――.

"우아우!"

가벼운 감촉에 달려들자 스바루는 "하." 하고 숨을 내뱉었다.

그리고 눈과 귀, 다른 곳도 괜찮은 것을 확인했다. 큰 소리를 지르지 않아도, 눈알이든 고막이든 무사했다. 목소리는 관계없다. 입은, 관계가 있을지도 모른다.

모르겠다. 모르겠지만――.

"끄으으윽……."

루이를 껴안고 어금니를 갈며 흐느끼는 스바루는 폭발 다음에 살아남을 방법을 도저히, 도저히 찾을 수 없었다.

찾을 수 없어서, 울고, 웅크리고, 다시 움직이지 못하고 있기에.

"어린애가 빽빽 우는 소리는 못 들어 주겠구먼. 시끄럽다."

또다시 피할 수 없는 『죽음』이 나츠키 스바루를 집어삼킨다.

4

몇 번이고 붉음과 아픔을 반복하며 다음에 찾아오는 무력감을 맛보고, 다시 아픈 것과 힘든 것, 괴로운 것과 무서운 것, 그것들이 거듭하며, 그러고도 닿지 못해서.

"저를 사랑하세요. 지금 당장."

너덜너덜한 상태로, 몇 번 그런 식으로 도움을 받게 되었을까.

그 말을 들을 때마다 따라주지 못해서 슬프다.

"우아우! 우아아우!"

필사적으로 스바루의 팔을 잡아당기며 어떻게든 스바루를 살리려고, 죽지 않게 하려고 해 준다.

그러니까 항상 스바루보다 먼저 죽어 버려서, 무척 괴롭다.

몇 번이고, 몇 번이고, 죽음과 절망의 10초간을 반복하며.

붉은 세계와, 아픔만이 지배하는 감각과, 아무리 해도 닿지 않는 무력감, 그것을 몇 번이고 몇 번이고, 끝이 없다고 여겨질 만큼 반복하며.

머리가 부서질 것만 같다. 마음이 죽어 버릴 것만 같다.

이것은 『사망귀환』이 아니다.

나츠키 스바루를 둘러싸 온, 『사망귀환』이 아닌 힘.

『사망귀환』이 자비롭다는 생각은 조금도 한 적이 없다.

그렇지만 이 10초간과 한없이 거듭되는 상실과 비교하면 그것은 너무나도.

——『사망귀환』에 사랑이 있다고 여길 만큼, 이것은 사랑이 없는 소행이었다.

5

"듣자니 자네 동네 녀석들은 꽤 튼튼하다던데…… 그거, 우리 마을 녀석들보다 튼튼하려나."

"이런 말종이!"

또, 같은 목소리가 들렸다.

오르바르트의 표표한 목소리와 절박한 요르나의 목소리.

직전의 아픔과 상실감이 사라지고 스바루는 한순간, 불과 딱 몇 초, 파랗게 보이는 하늘과 아픔이 없는 몸으로 돌아온다.

뇌는 마비되고 목은 죽기 전의 절규를 이어서 터트리며 무릎의 힘은 빠져나간다.

그런데도 이미 영혼에 새겨진 조건반사가 눈을 감고, 귀를 막고, 외치고 있는 입을 활짝 열어젖히게 했다.

"하, 아아아아아아!!"

포효하는 요르나가 곰방대를 휘두르고 카오스프레임의 하늘에 여러 개의 폭염이 생겨났다.

열풍과 충격파, 폭음이 스바루와 루이에게도 밀어닥치지만, 이 순간 엉덩방아를 찧는 것이 몇 번 해도 견딜 수 없다.

"우아우!"

엉덩방아를 찧은 스바루에게 가벼운 루이의 몸이 달려들었다.

그것을 받아내고 세게 껴안았다. 이미 이것도 조건반사다. 오직 죽는 것만을 몇 번이고 반복하는 바람에 사람의 온기가 그립다. 그뿐이다.

다른 이유라곤 없다. 없으니까, 어금니를 세게 깨물었다.

"이다음에……."

안도할 겨를도 없이 스바루를 죽일 다음 공격이 날아온다.

"버티면 장땡인 줄 알면 못쓰지!"

그 목소리와 동시에 오르바르트가 스바루와 루이에게 수리검을 던졌다. 사방팔방에서 날아드는 열 자루가 넘는 칼날, 그 날카로움이 어린아이의 야들야들한 살을 쉽사리 찢어발기는 것은 이미 알고 있다.

수리검에 살해당하는 것도 벌써 몇 번씩 맛보았다. 하지만 어느 것이 그 아픔이었는지 기억나지 않는다. 아프지 않은 죽음이 하나도 없으니까 알 수 없어서.

"그러한 망동, 용서하지 않습니다."

갈피를 못 잡는 사이에 스바루의 눈앞에 요르나의 등이 끼어들었다.

그녀는 손에 든 곰방대로 수리검을 모조리 쳐내고 이어서 오르바르트에게 답례로 기와를 물결치며 좌우로 끼우듯 성으로 일격을 갈겼다.

"카카캇카! 화려하고 볼 맛 나서 재미있는 기술이구먼!"

이것을 오르바르트는 준민함을 살려서 피해 버렸다.

스바루의 반응이 늦은 탓에 같은 흐름을 따라가고 있다. 하지만 벌써 몇 번이나 목격한 이 신에서 스바루가 할 수 있는 일은 아무것도 없다.

공격을 받을 뻔한 요르나를 감쌌을 때도, 성 안으로도 도망쳤을 때도, 머릿속이 엉망진창이 되어 오르바르트에게 덤벼들었을 때도, 전부 죽었다.

모든 길이, 행동이, 죽는 것으로 이어진다면 어떡해야 하는가.

"하지만 너무 화려한 것도 고민거리지. 인간 따위 바늘 하나로도 죽거든."

"제 귀에 간지러운 고견이시군요. 그렇다면 이건 어떠신지요."

음흉한 오르바르트의 도발에 요르나가 뒤꿈치로 지붕을 때려 응수했다.

기와가 잇달아 뒤집히며 떠오르고 발생한 것은 성에 소용돌이치는 파괴의 회오리였다. 그것이 엄청난 위력이라는 것도 알고 있다. 하지만 오르바르트는 쓰러뜨릴 수 없다.

"어떡해야……."

되는 것일까. 모르겠다. 또, 아프고 무서운 게 올 예감이 가깝다.

실패한다. 어떡해야 저것을 피할 수 있는가. 붉은 세계도, 아픔의 합창도.

요르나를 구하고 싶어도 방해나 할 뿐이다.

루이와 같이 도망치려고 해도 따라잡히고 만다.

좀 더 이전으로 돌아갈 수 있으면, 애초에 요르나와 함께 지붕 위로 오지는 않았다.

요르나만 보내면, 요르나를 두고 왔으면, 아벨 일행과 헤어지지 않았으면, 루이에 대해 말하지 않았으면, 알을, 미디엄을, 타리타를, 작아지지 않았으면, 원래 스바루였으면, 지크르도, 플롭도, 미젤다도, 쿠나도, 홀리도 우타카타도, 프리실라도, 렘도, 렘, 렘을, 렘이, 렘――.

"렘……."

렘을 데리고 돌아가야 하는데, 여기서 죽어 버린다.

죽어 버리는 것을 피하지 못할 세계에 남겨져서, 그대로 줄곧,

줄곧 죽음이 이어질 수밖에 없으면, 스바루는, 나츠키 스바루가 할 수 있는 일이라곤.

몇 번이고 '죽음' 이, 아픔이, 나츠키 스바루에게 강요하는 무력감.

거기에 마음도 몸도 꽉 찌부러질 것 같아서, 그리고——.

"우아우."

살며시 손을 잡은 소녀의 온기가 전해져서, 스바루는 숨을 집어삼켰다.

온기가, 문득 스바루에게 떠올려 준 것이다.

나츠키 스바루로는 방법이 없어도.

"모두라면, 어쨌을까."

6

아프다, 붉다, 무섭다, 어째서, 죽음.

아프다, 붉다, 무섭다, 어째서, 죽음. 아프다, 붉다, 무섭다, 어째서, 죽음.

아프다, 붉다, 무섭다, 어째서, 죽음. 아프다, 붉다, 무섭다, 어째서, 죽음. 아프다, 붉다, 무섭다, 어째서, 죽음. 아프다, 붉다, 무섭다, 어째서, 죽음.

그것은 몇 번이고 몇 번이고 반복된 절망의 10초간.

아픔과 무력감을 거듭해서 몇 번이든 스바루의 마음을 꺾으려 드는 끝이 없는 지옥.

다시 스바루는 여러 번 죽었다. 몇 번이고 아픈 것과 괴로운 것을 반복하다가 죽었다.

하나도 잘 풀리지 않았다.

항상 요르나에게 슬픔을 주고, 루이를 먼저 죽게 만들고, 스바루도 죽어 버렸다.

――그렇지만 절망의 10초 다음에는 10초 이상의 시간이 있었다.

그 시간을, 전부 사용한다.

전부 사용해서, 반드시 죽어 버린다고 해도, 다시 이 절망의 10초 뒤의, 11초째에 도달해서, 열심히 생각한다.

――모두라면, 어쨌을까.

"듣자니 자네 동네 녀석들은 꽤 튼튼하다던데…… 그거, 우리 마을 녀석들보다 튼튼하려나."

"이런 말종이!"

또, 같은 목소리가 들렸다.

그 순간, 스바루는 귀를 막고 눈을 감고서 입을 벌려 폭발을 버텨낸다. 폭음과 충격이 온몸을 때리고, 못 참을 엉덩방아를 찧고 만다.

바로 "우아우!" 하고 외친 작은 몸이 달려들었다. 그것을 받아내고 안심시키듯이 마주 안고서, 그러는 사이에도 생각한다.

――모두라면, 어쨌을까.

"――――."

스바루는 작아지고 말았다.

팔다리도 짧아지고, 머릿속도 아마 유치해졌다.

원래 스바루라면 더 여러 가지를 할 수 있었고 좋은 생각이 났을지도 모른다. 하지만 원래 스바루는 여기에 없다. 어떻게 할 방법도 생각나지 않는다.

그렇다면 이 문제는 나츠키 스바루가 해결할 수 없는 것이다.

그러니까――.

"모두라면……."

여태까지 다양한 문제와 맞닥뜨려 많은 실패를 거듭했지만, 그래도 다 같이 극복해서 여기까지 왔다.

지금 스바루는 혼자다. 아는 사람은 거의 있지도 않은 제국에 있다.

하지만 스바루 안에 제대로 모두에게 받은 것이 있다.

"모두라면……."

어쨌을까.

오토라면, 가필이라면, 로즈월이라면, 프레데리카라면, 페트라라면, 클린드라라면, 안네로제라면, 메일리라면, 팩이라면, 람이라면, 베아트리스라면, 에밀리아라면, 모두라면, 어쨌을까.

"모두라면……."

어쨌을까.

율리우스라면, 아나스타시아라면, 에리도리라면, 리카드라면, 미미라면, 헤타로라면, 티비라면, 라인하르트라면, 펠트라면, 롬 영감이라면, 띵똥땡 삼인조라면, 알이라면, 프리실라라면, 빌헬름이라면, 페리스라면, 크루쉬라면, 릴리아나라면, 샤울라라면, 모두라면, 어쨌을까.

"엄청 강해서."

오르바르트와 싸울 수 있을 모두는, 뒤에서 응원해 줬으면 한다.

저 오르바르트의 고약한 잔꾀나, 황당한 잔기술이나, 그런 것도 어떻게든 처리할 법한 사람들은 이번에 나설 차례가 없다. 미안. 고마워. 정말 좋아해.

"마법을 쓸 수 있어서."

요르나를 도울 수 있을 모두도, 지금의 스바루라면 흉내 낼 수 없을지 모른다.

다정한 요르나의 부담이 되지 않기를 바란다. 하지만 치유 마법도 이 자리에서는 조금 나설 기회가 없을지도 몰랐다. 미안. 고마워. 정말 좋아하거든.

"그렇다면……."

체념할 줄 모르는, 마지막의 마지막까지 힘내는, 그런 모두의 흉내는 어떤가.

있는 것 전부를 구사해 절망의 10초 이후를, 11초 다음을, 더욱더 나중까지 힘낼 수 있을 만한 그런 모두의 흉내라면 어떤가.

"그러한 망동, 용서하지 않습니다."

곰방대가 휘둘러져 스바루와 루이에게 육박하던 수리검이 쇳소리와 함께 튕겨졌다.

그대로 오르바르트 좌우의 기와가 뒤집히고 괴노인을 짓뭉개려고 사이에 끼웠다.

“————.”

그런, 요르나와 오르바르트의 싸움을 보면서 열심히 생각한다.

몇 번이고, 몇 번이고 죽지 않았나. 몇 번이고 이 광경을 보지 않았나. 떠올리기도 괴로워지는 아픔을 지금도 느끼고 있지 않나.

생각만 해도 몸이 움츠러든다. 마음이 오므라들고 영혼이 겁을 낸다.

마치 나츠키 스바루라는 존재 자체가 얼어붙은 것처럼. 그렇지만——.

“우아우.”

잡은 손에서 전해지는 열기가 스바루를 얼어 죽지 못하게 한다.

얼어 죽지 않으면, 모두의 기억도 똑바로 떠올릴 수 있다.

요르나와 오르바르트, 둘의 싸움에 끼어드는 것은 불가능하다.

요르나를 이기게 하고 싶어도, 오르바르트의 표적이 된 스바루와 루이가 방해가 된다. 싸움은 이미 시작되었으니 어느 쪽이 이겨야만 이야기가 진행된다.

아마 항상 오르바르트가 이기고 스바루 일행이 죽어서 끝나고 있다.

그러면 스바루 일행이 살아남는다면, 그걸로 충분한가.

그것도 아마 엄—청 틀렸어. 요르나도 꼭 무사해야 해. 더 좋은 방법이 있을 거예요. 생각하기를 그만두지 말라구. 바보구나. 여기서 포기하다니 농담이 아니지이—. 꼭 괜찮을 거랍니다. 모두가 같이 있는걸. 이제 아픈 것도 괴로운 것도 싫다며어? 싸움에는 결말이 있는 법, 필연. 끼어들 틈이 있을 것이에요. 리아에게로 돌아간다며? 그것을 찾아내는 것이야. 그것이 승리의 열쇠야.

"승리의, 열쇠."

누구의? 물론, 싸우고 있는 사람의.

그럼, 싸우고 있는 건, 요르나와 오르바르트 중, 어느 쪽의——.

"아니야."

"우?"

"아니야아니야아니야, 아니야——!"

갸웃한 루이 앞에서 스바루는 목청 높여 외쳤다.

아니다, 틀렸다. 모두를 정말 좋아한다. 그러니까——.

"이기는 것은——."

또다시 붉은빛과 아픔이 눈앞에 펼쳐지고, 그리고——.

"듣자니 자네 동네 녀석들은 꽤 튼튼하다던데…… 그거, 우리 마을 녀석들보다 튼튼하려나."

"이런 말좋이!"

또, 같은 목소리가 들렸다.

그 소리가 들린 순간, 스바루는 귀를 막고 눈을 감고서, 입을 벌리며 웅크렸다. 직후, 폭음과 충격파가 온몸을 가격하지만 이번에는 엉덩방아를 찧지 않았다.

두 손을 확 떼고 고개를 들었다. 거기에——.

"우아우!"

스바루를 걱정하며 불안한 표정을 지은 루이가 뛰어들었다.

그런 루이를 정면으로 안으며 스바루는 그 자리에서 일어섰다. 그리고.

"고맙다."

"우?"

눈을 동그랗게 뜬 루이에게 그렇게 말한 스바루는 그녀의 머리 너머로 정면을 보았다.

온몸이 타고 뼈가 드러나고 내장이 구겨지는 아픔은 지금도 남아 있다. 긴장을 풀면 비명을 지르고 아우성치며 굴러다닐 것 같다.

그렇지만――.

"버티면 장땡인 줄 알면――."

그 말과 함께 오르바르트가 두 소매에서 뽑은 수리검을 던지려는 참이었다.

오르바르트의 그 눈과 스바루의 눈이 정면으로 부딪쳤다.

어린아이일지라도 가차 없이, 그 목숨을 앗아가기 위해서 사정을 두지 않는 『악랄옹』의 눈과 몇 번이고 무력감을 맛보아 지금도 울 듯한 기분을 필사적으로 참는 어린아이의 눈물 어린 눈이.

하지만 그 눈물이 맺힌 눈에서 무엇을 보았는지, 오르바르트의 노란 눈이 일변, 눈빛이 강렬해졌다.

"재미있는데."

단순히, 요르나의 주의를 끌기 위한 도구로서 스바루를 노리는 것이 아니다.

나츠키 스바루를 죽이기 위해서 『악랄옹』의 손이 수리검을 던진다——.

장난치는 기색이 없는 수리검이 날아온다.

자신의 눈으로는 잡아낼 수 없는 위협, 그것이 육박하는 것을 피부로 실감하면서 스바루는 곧게 들어 올린 손가락을 정면—— 오르바르트에게 들이대었다.

모두라면, 어쨌을까.

열심히 모두의 마음이 되어 고민하다가, 그리고, 생각했다.

모두라면 몇 번이고 죽어 무력감에 나동그라지는 바람에 어쩔 줄 모르는 스바루를, 아무리 너덜너덜해져도 꼭 믿어 줄 테니까.

아프고 괴롭고 무섭고, 울고불고 오줌을 지리고, 그러고도 볼썽사납게, 꼴사납게 죽어 버리는 스바루를 믿어 줄 테니까.

모두를 좋아했다.

이, 홍유리성 꼭대기, 몇 번이고 죽는 절망의 10초와 그다음의 11초, 더 나중까지 도달하기 위한 승부에서 이기는 것은——.

——이기는 것은 언제나 스승님이죠!

"루이이이이——!!"

오르바르트를 가리키고 잡은 온기 앞에 있는 소녀의 이름을 드높이 불렀다.

그리고 강하게 강하게, 루이의 손을 움켜쥐며—— 그 순간, 세계가 끝났다.

"뭣이?!"

수리검으로 죽여야 했을 상대가 사라지자 오르바르트가 경악성을 터트렸다.

오르바르트의 인식의 바깥에 있으며 신중한 시노비가 전혀 알아채지 못하는 반칙기. 두 번째부터는 대응하는 이 전이의 첫 번째만이 오르바르트의 허를 찌르는 유일한 방법.

그리고 루이의 힘으로 전이하여 날아간 스바루는——.

"아아아아악——!!"

"우옷?!"

사납게, 바로 눈앞에 있는 오르바르트의 뒤통수에 매달렸다.

죽어라 작은 노인에게 매달려서 백발을 물어뜯을 기세로 엉겨붙는다. 천하의 오르바르트도 예상 밖의 전이가 이루어진 그때 달라붙는 데는 반응하지 못했다.

키로 따지면 별반 차이가 없는 노인에게 작은 스바루는 온 힘을 다해 달라붙었다.

당연히 오르바르트는 이를 떼어내려 하고, 갑작스러운 사태에 눈을 부릅뜬 요르나도 달려오려고 한다.

"우오! 뭐냐, 뭐! 꼬마냐?!"

"동자! 바로 떨어져요! 오르바르트 옹은……."

오르바르트의 팔이 스바루의 머리칼을 잡고 억지로 떨어뜨리려 했다. 그것을 막고 싶어도 말려드는 게 두려운 요르나도 순간적으로 손쓰는 것이 늦어졌다.

그, 두 사람의 반응을 아랑곳하지 않으며 스바루는 필사적으로, 달라붙은 채, 큰 소리로――.

"내가 이겼어!!"

그렇게 외쳤다.

"뭣이?"

그 순간, 스바루를 떼어내려던 오르바르트의 손이 느슨해졌다. 요르나도 스바루가 무슨 말을 하나 싶어 눈을 동그랗게 뜨고 있었다.

그런 어른들의 반응에 눈길도 주지 않으며 스바루는 오르바르트로부터 떨어지지 않겠다고 굳게 굳게 매달린 채로 연거푸 외쳤다.

"내가…… 내가 이겼어! 오르바르트 씨가 졌어! 맞잖아?!"

"그러니까, 뭔 소리를 하는 게야, 이 녀석아……."

"한 번이면 된다고 그랬잖아!"

"응?"

떼어내려는 힘이 약해지자 스바루는 그제야 고개를 들고 눈앞에 있는 오르바르트의 백발 뒤통수에다 말했다. 흥분과 동요로 치미는 눈물과 콧물, 그 양쪽을 훌쩍이며 스바루는 목울대를 떨었다.

"수, 술래잡기! 숨바꼭질은 세 번 찾아내라고…… 하지만 술래잡기라면 한 번만 잡으면, 된다고…… 그러니까."

"――――."

"그러니까 내가 이겼어! 잡았어! 승부는 내 승리야! 오르바르트 씨도, 요르나 씨도, 나한테 진 거야! 내가, 이겼단 말야……."

자기 입으로 말하면서도 엉망진창인 논리라 생각했다.

애초에 술래잡기인지 숨바꼭질인지 중에서 숨바꼭질을 선택한 것은 스바루 일행이다. 그것을 갑자기 반려하고 술래잡기 룰로 변경하겠다니 반칙이라 생각한다.

하지만 반칙이라도, 다른 방법이 떠오르지 않았다.

게다가——.

"먼저 반칙한 것은, 오르바르트 씨라고……."

"————."

"그, 그러니까, 내가, 내가 이긴 거야……."

줄줄 넘쳐나는 눈물과 콧물을 참을 수 없어서 목소리가 맹맹해졌다.

그런데도 스바루는 매달리는 팔에 힘을 주어 이 치사한 승리를 놓지 않았다. 오르바르트를 잡아서 술래잡기에 이겼다. 이겼단 말이다.

"오르바르트 옹, 어찌하시겠나요?"

갑자기 침묵한 오르바르트에게 요르나가 물었다.

힐끔 보니 요르나는 곰방대에 불을 갈고 새 담배 연기를 흘리고 있었다. 그것을 허파로 넣는 그 모습은 싸우기 시작하기 전과 다름없이 아름다웠다.

여전히 오르바르트의 답에 따라 거의 연고도 없는 스바루와 루이를 등 뒤에 감싸며, 싸울 것을 불사하리라는 것도 포함해서.

오르바르트의 수난은, 심지어 그것이 다가 아니었다.

"우아우! 아—우—!"

"아프다, 인석아."

스바루를 달고 있는 오르바르트의 다리를 같이 날아온 루이가 거칠게 밟았다. 동그란 눈이 힘껏 표독해져서 오르바르트를 노려본다.

스바루의 호소와 요르나의 질문, 루이의 노려봄을 받고서 오르바르트는 잠시 침묵하다가 거칠게 자신의 머리를 긁었다.

그리고——.

"한번 시작한 승부는 도중에 내팽개치지 않는다고 내 입으로 말했다만. 그걸 설마 이런 식으로 악용할 줄은 몰랐구먼."

"그것이, 노인장의 답변인가요?"

차분한 요르나의 말, 오르바르트를 향한 그 시선이 한 단계 내려갔다.

별일 아니다. 오르바르트가 그 자리에 털썩 책상다리로 앉았기 때문이다. 스바루를 등에 단 채로 오르바르트는 이를 보이며 웃었다.

"카카캇카! 누가 봐도 졌잖아. 승패까지 관계없단 소리를 하면 그건 이미 시노비가 아니라 짐승이지."

말한 뒤에 오르바르트는 자기 무릎을 손으로 두드리더니 "졌다, 졌어!" 하고 하늘을 쳐다보았다.

푸른 하늘 아래, 천천히 복구되어 가는 아름다운 성 위, 1초, 2초, 절망의 10초 다음, 11초 다음, 그다음이 고요하게, 확실하게 지나간다——.

"내가, 이겼어어어어……!"

코를 훌쩍거리면서 흐느끼는 스바루가 여전히 주장했다.

등에 매달린 스바루의 그 말을 들으면서 오르바르트는 "카카캇카!" 하고 웃더니.

"자꾸 떠들면 화딱지 나지 않느냐. ——시끄럽다."

스바루의 이마를 손으로 찰싹 때렸다.

제8장 『이상향 카오스프레임』

1

“으, 욱, 아욱…….”

훌쩍훌쩍, 훌쩍훌쩍. 흐느끼며 그치지 않는 오열과 싸운다.

극복한 지금도 믿을 수 없는, 미칠 듯한 체험이었다.

스바루의 몸에 일어난 절망의 10초와 그 너머에 있던 11초 다음——. 거기에 도달할 때까지 도대체 몇 번의 『죽음』을 맛보았을까.

절망하고, 마음이 으스러지고, 닳아 가는 영혼이 사라지지 않은 것이 기적으로 느껴졌다.

하지만 그런 지옥 같은 경험 끝에 도달한 경치다.

“우아우—.”

머리채가 흐트러진 루이가 우는 스바루의 팔에 매달리며 앓는 소리를 냈다.

무수한 10초 동안, 몇 번이고 스바루와 같은 운명을 따라가서 목숨을 잃은 소녀. 말꼬투리를 잡아서 얻어낸 이번 승리도 이 소녀가 없었으면 불가능했다.

"나, 는…… 정말로, 널 이해하지 못하겠어."

"아, 우—."

"그래도, 네가 없었으면, 무리, 였어. ……고마워."

스바루의 마음속은 이미 뒤죽박죽에 엉망진창이다.

루이가 무슨 짓을 저지른 상대인지도, 스바루에게 어떤 인연이 있는 상대인지도 안다. 아는데도 고마워하는 마음이 넘쳐났다.

그리고 넘쳐난 것은 고마워하는 스바루의 마음만이 아니다.

"루이……?"

둑이 터진 것은 갑작스러웠다.

스바루의, 더듬거리는 감사의 말을 들은 루이. 그녀의 크고 동그란 눈에 눈물이 스윽 맺히더니 눈 깜짝할 새에 뺨을 타고 흘러내렸다.

주륵주륵, 멈추는 법을 모르는 것 같이 루이의 뺨에 눈물이 흘렀다.

"루이, 너, 울고, 울고 있으니까……."

"우—우—!"

루이는 흐르는 눈물을 닦으려고도 하지 않고 스바루의 가슴에 매달려서 머리를 흔들었다.

마치 스바루가 눈물을 닦고 있는 사이에 없어질 거라 생각이라도 하듯이.

"얼굴, 닦으라고, 바보, 바보야……."

그런 루이의 눈물을 보고 있으려니, 감정의 물결이 조금 가라

앉으려던 스바루 또한 위태로워졌다. 흘린 눈물도, 흘린 오열도, 이제 셀 수도 없는데.

이대로 루이와 둘이서 한없이 마냥 눈물을 그치지 못하는 게 아닌가 싶어서——.

"애 많이 썼어요, 둘 다."

"아……."

"얼마든지 울어도 되어요. 이 마도의 주인, 제가 허락합니다."

그런 스바루와 루이를 뒤에서 뻗은 긴 팔이 살며시 다정하게 껴안았다.

목소리의 주인이 어떤 인품인지 이미 알고 있다.

그렇기에 그 말도 온기도, 아무 속셈 없는 마음씨임을 알고 있다.

모든 것을 내맡겨도 용서받으리라 알고 있기에.

"으, 흑…… 아, 으, 아아아아."

"우아우…… 우아우, 우아, 우, 우아우……!"

"옳지, 옳지. 아이는 울면서 어른의 가슴에 매달릴 특권이 있어요. 제 가슴이라도 괜찮으면 실컷 울며 적셔도 된답니다."

고개를 들고 다시 눈물이 흐르는 스바루. 그런 스바루에게 매달리는 루이.

두 사람을 다정하게 껴안고 작은 등을 어루만지는 요르나.

그런 싸움 끝의 한때가 홍유리성의 천수각에 전개되고——.

"이거, 전부 등짝에서 당하고 있는 난 어떤 표정을 지으면 될지 모르겠구먼."

"조용히 하시어요."

눈치 없는 괴노인의 헤살을 마도의 주인이 막았다.

2

"그래서, 오르바르트 옹은 해명할 말씀은 있으신가요?"

"해명? 내가 뭐 변명할 게 있었나? 자기 기분대로 사람 치려 들던 건 여우 계집애, 자네 아니냐?"

스바루의 대성통곡으로부터 잠시 지나서, 이번에야말로 차분한 대화에 돌입——한 줄 알았더니, 천수각은 대뜸 살벌한 분위기에 휩싸였다.

원인은 말할 필요 없이 여유만만하며 당당한 오르바르트였다.

그는 지붕 위에 털썩 엉덩이를 내린 채로 새끼손가락으로 귓구멍을 긁었다.

"나는 일단, 들은 말은 지켰거든? 뭐, 다소 꼼수는 쓰려고 했지만, 그 점이야 저기 저 꼬마하고 쌤쌤이지."

"으극…… 하, 하지만 그건……."

"자자, 있어 봐. 들어 보는 편이 이득이다, 꼬마야. 생각해 봐라, 뭐든지 다 허용하기로 하면 제일 이득인 건 나거든. 카카캇카!"

입을 쩍 벌린 오르바르트의 가가대소에 스바루는 우물거렸다.

실제로 오르바르트가 옳다. 뭐든지 허용하면 그에게 승리하는 미래가 머릿속에 떠오르지 않는다.

오르바르트에게는 시노비의 술법과 경험, 주위를 끌어들이는 것을 주저하지 않는 비정함이 있다. 그런 상대가 가장 벅차다는 것을, 스바루는 제국에 온 뒤로 지긋지긋할 만큼 맛보았다.

"왠지 오르바르트 씨, 내가 아는 무서운 녀석하고 닮은 느낌이야……."

"진짜냐. 그렇다면 그거, 멀쩡한 놈이 아니니까 꼭 죽여 두는 편이 나을 게다."

"그렇다면, 여기서 제가 오르바르트 옹의 숨통을 끊겠다는 생각에 노인장도 찬성해 주셔야 이치에 맞겠군요."

"이것 봐라, 대차게 미움받았네. 하기야 당연하다만."

오르바르트는 태연한 눈치로 요르나의 매서운 시선을 받아 흘렸다.

그 호담함에는 기가 막히지만 그가 유유자적하게 구는 뒷면에는 요르나가 자신에게 손을 댈 수 없어졌다는 확신이 있다. 정말로, 요르나를 볼 낯이 없다.

그녀가 손을 대지 못하는 것은, 다름 아닌 스바루와 루이의 문제 때문이니까.

"자세한 사정은 모르겠으나, 이 아이들에게 되지도 않을 처사를 했다고 들었습니다."

요르나가 곰방대를 입에 물고 연기를 허파로 빨아들이면서 오르바르트를 응시했다.

요르나에게 협력을 청했을 때, 덮어 둘 것 없는 정보는 고스란히 전달했지만 의도적으로 숨긴 정보도 있다. 개중에는 스바루가 오르바르트의 손으로 『유아화』한 사실도 포함되어 있었다.
오르바르트의 손으로 『유아화』가 풀리면 스바루는 원래 몸으로 돌아간다.
그렇게 되었을 때, 요르나에게 전력으로 사과하고 용서를 청할 심산이다. 아무리 그래도 이걸로 인상이 싹 뒤집힐 사태는 되지 않으리라 생각한다.
요르나는 말로 하면 알아주는 부류의 사람이라 생각하고 싶으니까.
"오르바르트 옹, 방금 승부, 패배를 인정하셨지요."
"오오, 인정했지, 인정했어. 그렇게나 당했으면 완패지. 지고도 죽지 않은 만큼 재수가 좋은 셈이야. 한데, 패배한다 쳐도 예상 밖이었어."
"예상 밖이라고요?"
"나와 괜찮게 승부할 건 당연히 꼬마네 두목일 줄 알았거든."
스바루의 염려를 아랑곳하지 않고 이야기를 진행하는 요르나와 오르바르트. 오르바르트의 그 말에 요르나는 "두목." 하고 작게 중얼거리고는 살며시 기모노의 가슴께에 손을 짚었다.
"친서의 발송인 말씀이군요. 만남을 기대하고 있는데……."
거기서 별안간 요르나는 말을 중단하고 오르바르트를 보는 눈을 사악 가늘게 떴다.
그 날 선 시선에 오르바르트가 "뭔데." 하고 갸우뚱했다.
"미인이 노려보는 시선만큼 겁나는 건 없으이. 왜 그러나."
"왜고 자시고 없어요. 사자 여러분께는 성에 오시라고 탄자에게 전언을 맡겼습니다. 그 탄자는 어디로 갔나요."

목에서 쌕 소리가 날 만큼 공기가 급속히 싸늘해졌다.

요르나의 분노는 늘 도시 주민이나 어린아이에게 위해를 끼칠 때 드러난다. 그것이, 도시 주민에다 어린아이라는 양쪽 조건을 모두 만족한 탄자라면 더더욱 그렇다.

그렇다고는 해도 탄자는 오르바르트와 공모하여 스바루 일행을 요르나와 만나지 못하게 하려던 의혹이 있지만——.

"나도 탄자는 오르바르트 씨랑 같이 있는 줄로만…… 기와 밑에 숨겼다거나."

"성 안은 저의 내장이나 마찬가지랍니다. 놓칠 일은 없지요."

"그, 그렇구나. 굉장하네, 요르나 씨의 술법……."

자신만만한 요르나의 대답에 스바루는 그 이질성에도 흠칫거렸다.

흠칫거린 뒤에 깨달은 것은, 스바루와 루이가 홍유리성에 전이로 침입했다가 곧장 요르나에게 발각된 사실.

"그때는, 우연히 걷다가 발견했다고 말했지만……."

결국 처음 마주쳤을 때 요르나에게 보호받았다는 뜻이다.

요르나의 인품에 접할수록, 그녀를 볼라키아 제국의 큰 싸움에 끌어들이는 게 맞는지 스바루 안에 의문이 생긴다.

오는 길에 스바루 일행의 길을 막은, 카오스프레임에 사는 사람들의 마음과 똑같다.

괴로운 경험을 겪고 배척당하다가 간신히 발견한 안식의 땅을 지키고 싶다.

자신들의 평화로운 생활을 지속하고 싶다, 그렇게 바라는 것을 어떻게 탓할 수 있을까. 하물며 거기에 자신들을 소중히 여기는 영주가 있다면 더더욱 그렇다.

——그것이, 스바루가 좋아하는 여자아이가 바란 세계와 어디가 다를까.

"————."

스바루는 말없이 천수각에서 성 아래를, 마도의 잡탕 같은 거리를 내려다보았다.

모든 것이 잡다하고 뒤얽혔으며, 뒤죽박죽이라 통일감이 없는 도시. 처음에 이 도시에 왔을 때는 그 난잡함에 갸우뚱했었다.

하지만 아주 짧은 시간이라도 이 도시의 사람들과 요르나를 본 스바루는 생각한다.

여기에는 누구에게도 얽매이지 않으며 자신을 웅크려 숨지 않아도 될 자유가 있다. 그렇기에 이 도시에는 자신의 마음을 고스란히 표현하고, 그것을 아무도 부정하지 않는 외설성이 넘치고 있다.

그것은 일종의, 누구나 자기 자신으로 있을 수 있는 이상향인 것이 아닐까 싶었다.

그런 장소에서 요르나를 빼내 가다니, 정말로 해도 되는 일일까.

스바루의 은밀한 갈등과 상관없이 요르나는 "노인장." 하고 한 번 더 오르바르트를 불렀다.

"대답해 주시지요. 그 아이는, 탄자는 어디에 있지요?"

"그렇게 무서운 표정 짓지 않아도 그냥 가르쳐 준다. 그 사슴 계집애와 손을 잡은 것도 마침 승부에 쓸 만한 조건이 갖춰졌기 때문이었어."

"어디에 있지요?"

쓸데없는 너스레는 필요 없다고, 요르나의 거듭된 질문이 오르바르트에게 꽂혔다.

그 말에 오르바르트는 고개를 기울이면서 시선을 성 아래——절경이라는 듯이 내다보는 마도 쪽으로 돌리고.

"어려울 게 뭐 있나. 난 타지 사람이라고? 계집애 한 명 숨길 만한 장소야 한정적이라서 말이지."

그렇게 대답했다.

3

——오르바르트가 요르나의 힐문에 실토하기 조금 전.

그 장소는, 마도 카오스프레임 안에 있는 한 채의 여인숙이었다.

썩 크지 않고 화려하게 꾸며진 것도 아닌 평범한 여관. 그러나 실상은 건물 벽과 문은 튼튼하게 만들어져서 웬만한 일로는 소리도 지나가지 못하는 견고한 사양.

마도의 분위기에 어울리지 않는 그곳은, 도시에 준비된 유일한 요인용 숙소였다.

무대가 된 방은 벽을 치워서 방 세 칸을 하나로 합친 널찍한 곳이었다. 넓은 방에는 멋들어진 가재도구도, 혀를 즐겁게 하는 술도 없어서 이용자의 실용주의를 잘 설명하고 있었다.

그런 의미로도 이 여인숙의 존재는 카오스프레임의 이단적인 위치에 있다.

무법지대라 불리며 자유와 혼돈을 용인하는 자세와 정반대로, 마도의 지배자인 요르나 아래 놀랍도록 의지가 통일된 카오스프레임의 주민.

일종의 공유 환상을 내건 사람들에게는 외적에 가차가 없고 내우에 자비로운 정신이 숨 쉬고 있다. 그렇기에 이 여인숙 같은 대비는 불필요하고 눈치가 없는 것이다.

그야말로——.

"——제국민은 정강하라는, 그 이념에 위배되는 마의 도시라고 할 수 있겠지."

팔짱을 낀 남자가 꺼낸 말에 소녀는 얼굴을 굳히고 숨을 집어삼켰다.

말을 꺼낸 남자는 검정과 빨강을 섞은 복장에 귀면으로 얼굴을 가린 인물, 아벨.

마주한 것은 아름다운 기모노를 두른 사슴뿔을 지닌 아인 소녀, 탄자.

이 도시에서 현재 적대하는 관계가 된 양자의 대면——. 아니, 정확히는 여기서 대면한 적대자는 아벨과 탄자 둘만이 아니다.

"귀공들은, 여기가 어떠한 곳인 줄 알고서 들어선 것인가……!"

"————."

"대답해라! 대답에 따라서는 뼈도 남지 않을 줄 알라!"

까무잡잡한 피부를 분노로 붉힌 남자, 제국 이장 카프마 일루쿠스가 여인숙의 한 방에 쳐들어온 아벨과 그 동행인 소년과 소녀를 응시하며 호통쳤다.

내지른 손은 아무것도 들고 있지 않지만, 그에게 무기란 필요 없다. 온갖 무장은 카프마 자신의 체내에서 말 그대로 둥지를 틀고 있다.

뼈도 남기지 않겠다고 선언한 것은 협박문이고 뭐고 아니라, 순수한 사실이다.

——그것이 『투충장(鬪蟲將)』, 카프마 일루쿠스의 진가이므로.

"이봐, 아벨, 진심이냐."

카프마의 기백을 앞두고 강한 경계로 긴장 서린 목소리를 낸 것은 복면을 쓴 소년, 알이었다. 제대로 다루지 못하는 청룡도를 등에 진 소년의 말에 아벨은 시선을 힐끔 돌리고 물었다.

"네놈, 대체 몇 번 그렇게 물으면 결심이 서지?"

"쳐들어오고도 결심을 못했으니까 계속 묻는 거잖아. 아니 애초에 제정신이 아니란 의미로 하는 소리야! 젠장, 나도 왜 따라온 거지……!"

"뻔하지 않느냐. 혼자 있기에는, 지금의 네놈은 겁이 너무 많아."

"윽……."

목이 턱 막혀 다음 말을 꺼내지 못하는 알. 정곡을 찔렸음을 한눈에 알 수 있는 반응이지만, 반론도 하지 못한 것은 알 본인도 자각이 있다는 증거이리라.

지금의 알은 무슨 영문인지 그저 길을 걷기만 해도 평정을 지키지 못했다.

"아벨찡."

말이 막힌 알 대신 항의하듯이 아벨을 부른 미디엄. 그녀의 시선을 등에 느낀 아벨은 "흥." 하고 콧방귀를 뀌었다.

쓸모가 없어진 알을 지키면서 아벨과 함께 여기까지 오는 길의 돌파에 진력한 미디엄. 그러나 그녀의 표정도 다소 어두운 기색이 강하다.

이것도 저것도 전부, 도중에 스바루와 루이가 빠지는 일이 있어서 그렇다.

아무튼 간에 알과 미디엄의 기능부전은 심각하다고 할 수 있을 것이다.

"따라서 우리 쪽도 다툴 마음은 없다. 그 팔을 내려라, 카프마 일루쿠스."

"귀공…… 제정신인가? 이쪽 질문에는 대답하지 않고, 자신의 의향만을 고압적으로 주장하려는군. 그와 같은 짓, 왕이라도 된 줄 아는가?!"

"아주 틀린 말은 아니군."

"귀공——!"

황제를 향한 충성심이 강한 카프마의 분노가 한도에 육박해 눈에 핏발을 세웠다.

뜻하지 않게 아벨의 정체에 관한 진상을 건드리면서도 카프마는 진실에서 반걸음 모자랐다. 슈드라크의 촌락에서 입수한 귀면, 그 『인식저해』의 효과는 강력하다.

무릇 착용자가 정체를 밝힐 의향이 있는 상대와, 착용자의 정체에 확증이 있는 자 말고는 이 가면의 효과를 넘어설 수 없다.

즉——.

"정숙해라, 카프마 일루쿠스."

성내는 카프마의 기세가, 등 뒤에서 날아온 목소리에 우뚝 멈추었다.

그 말을 꺼낸, 방 안쪽의 의자에 유유히 앉은 흑발 미장부——. 그 낯익은 존안을 확인하고 여전히 잘 만든 '가면'이라며 아벨은 감탄했다.

아벨의 감탄에 상관없이 미장부는 아벨 일행 세 명을 저마다 바라보더니 말했다.

"그자들에게 적의는 없다. 적어도 이 상황에서는 말이다."

"하오나 각하! 이자는 불경하게도 각하의 어전에서 얼굴도 보이지 않으며, 더군다나 공경하는 마음을 일절 보이지 않는 발칙한 자입니다! 심지어 아이까지 대동하고……."

"아이를 대동한 것이 어떻단 말인가."

"아뇨, 아이를 대동한 의미를 너무나도 알 수 없어서……!"

짙은 곤혹감을 숨기지 못한 카프마. 그는 눈가를 주무르며 고뇌와 싸우고 있었다.

그 고지식함 때문에 합당치 않다고 스스로 『구신장』의 지위를 사양한 과거가 있는 남자다. 따라서 그 성격을 제외하면 실력은 『구신장』과 동등하다고 할 수 있다.

그런 상대와 난장판을 벌이면 당연히 승산은 없다. 다만 이번 목적은 다르다.

“침소를 소란스럽게 한 것은 사과하겠으나, 이쪽의 용무는 거기 소녀에게 있다. 현재, 너희와 일을 벌일 생각은 없다.”

“호오. 짐을 앞에 두고 큰소리를 떵떵 치는군. 이 얼굴, 이 목소리를 보고 들은 적이 있겠지. 하물며 어제 천수각에서 마주친 사자와 너희가 관계있다면 더더욱.”

“흥.” 하고 콧방귀를 뀐 아벨은 상대―― 스바루가 가짜 황제라고 부르고, 그 정체도 이미 아는 인물, 치샤 골드가 변신한 가짜 빈센트를 노려보았다.

그 옆에서 알과 미디엄은 복잡하고 떨떠름한 표정을 짓고 있다. 『인식저해』의 효과 밖에 있는 둘에게는 빈센트와의 대화가 완전히 같은 목소리로 들리는 것이다.

그런 점으로 보아도 『흰거미』인 치샤의 변신은 완벽했다.

그 목소리, 행동거지, 빈센트 볼라키아의 대역을 시키면 오히려 아벨보다 더 빈센트답게 굴 수 있는 것이 치샤 골드다.

하지만――.

“부하로부터 인사를 했다는 이야기는 들었지. 매서운 볼라키아 황제치고는 버릇없는 여자의 불경을 퍽 관대하게 용서하더라고 말이다.”

“짐도 분수를 모르는 무리를 상대할 만큼 별나지 않다. 하나 상대하는 자에게 그만한 가치를 인정하면 그만한 대우를 해야 마땅하지. 여하튼――.”

아벨의 비꼬는 말에 응수하는 빈센트, 그 말에 한 박자 간격을 두고는, 둘의 시선이 허공에서 교차하고 입술이 동시에 움직였다.

““――제국민은 정강하여라.””

그렇다. 그것이 신성 볼라키아 제국의 이념이며 상징적인 자세다.

볼라키아 황제이기에, 대항할 의지를 보인 자를 상대로 그에 맞추어 대응을 했다는 대답, 실로 훌륭한 사고의 모방이라고 할 수밖에 없으리라.

설령 아벨이 같은 말을 들었다 해도 같은 대답을 할 것이다.

그것이 어떠한 속마음을 품고 있을지라도 말이다.

“카프마, 그 소녀 말이다만.”

“예. 오르바르트 옹으로부터 이 여인숙에 맡아 두라고…… 그런데 정작 그 노인장은 거리에 나간 채로 돌아오지 않았습니다.”

“그렇군.”

찜찜해 하는 카프마의 대답에 끄덕인 빈센트의 시선이 탄자에게 향했다.

방구석에 웅크려, 숨은 자의 의무에만 전념하려던 소녀는 제국의 정점에게서 내려오는 시선에 사로잡혀 “아.” 하는 숨소리를 내었다.

“오르바르트의 관여와 어제 요르나 미시구레와의 약정. 더불어서 어제 사자와 관련된 자가 너를 찾아 나타난 이상, 그 사정은 대강 알 만하다.”

"저, 저는……."

"해명은 불필요하다. 한번 시작한 싸움이라면 끝날 때까지 열심히 대항하도록. 그것이 네가 선택한 길을 불사를지 말지, 네 스스로 판가름하라."

빈센트는 담담하게 더 이상의 비호는 하지 않겠노라고 탄자에게 선언했다.

그러나 그것이 탄자에게 버림받았다는 절망을 주었느냐면, 그것은 아니었다.

"저는."

중얼거리는 탄자의 눈동자에 비친 것은 필시 싸움에 도전하리라 마음먹었을 때와 같은 각오.

유각인종인 탄자, 그 생애가 결코 평탄한 것이 아니었음은 아벨도 쉽게 상상이 간다. 그녀가 요르나에게 얼마나 후대를 받고 있었는지도.

"빈센트 님, 폐를 끼치고 말았습니다. 하오나 이번 일은 전부 주인이신 요르나 님께 잠자코 제가 꾸민 일입니다."

"방금도 말했지만 해명은 불필요하다. 사실 여부는 요르나 미시구레에게 캐묻겠다. 자신의 입으로 설명코자 한 너의 의지는 염두에 두지."

"네. 감사합니다."

앉음새를 바로 한 탄자가 정좌하고 깊이 허리를 숙여 빈센트에게 인사했다. 그리고 고개를 든 탄자의 시선이 아벨 일행에게로 넘어갔다.

빈센트에게 보낸 것과 다르게, 명확한 적의를 담은 시선이.

"——큭."

소녀의 기백에 뒤에 대기한 알의 목이 희미하게 울었다.

겁이 아예 끝장에 치달았으나, 그렇게 기가 죽을 만한 기개가 담긴 것도 사실. 그리고 이 소녀가 그렇게까지 각오한 배경도 상상이 간다.

모든 것은——.

"부디 요르나 님을 전란에 끌어들이지 말아 주세요."

"아……."

"그분은 다정하신 분, 분명히 많은 약자를 위해서 싸우고, 다치며, 닳아 가시겠지요. 그러한 일은 결코 간과할 수 없습니다. 요르나 님께선 저의 모든 것이에요."

가늘게 목소리를 떨며 탄원하는 탄자의 말에 미디엄이 눈을 크게 떴다.

알과 미디엄에게는 탄자의 동기가 예상 밖이었던 모양이다. 하지만 그녀를 포함한 마도의 주민이 그런 마음으로 움직이고 있음은 아벨이 예상한 범주였다.

도시 사람들에게 완전히 침투한 『혼혼술』의 존재가 그리 확신하게 했다.

그것은, 일방적인 마음만으로는 성립되지 않은 고대의 비술.

본래라면 자아를 상실하여 마땅한, 방대한 수의 상대와 맺어진 영혼. 그 비술의 구조 자체는 아벨의 추측에 그쳤지만, 어쨌든 간에——.

"결정하는 것은 요르나 미시구레일 테지. 나에게 머리를 조아려 봤자 사태는 움직이지 않는다."

"아니요, 그렇지 않습니다. 결정하는 것은 요르나 님이 아니고 당신들이십니다."

"———."

"요르나 님께선 마음이 넓고 깊은, 다정하신 분……. 그리고 저희로는 도와드리지 못하는, 터무니없이 아득한 꿈을 꾸시는 분. 그것을 이룰 수 있는 방도를 가지고 계실 텐데요."

"요르나 미시구레에게 보낸 친서, 그 내용을 알았나?"

"아니요."

탄자는 고개를 가로저어 아벨의 의혹을 부정했다.

그러나 탄자는 젓던 고개를 정면에서 멈추고 몹시 덧없는 표정을 띠며 목을 움츠렸다.

"하지만 알 수 있습니다. 그렇게나 소녀 같은 표정을 지은 요르나 님을 뵙는 것은 처음이었으니까요."

"소녀의 얼굴이라. 그렇다면 그것을 보았기에 너는."

"네. 모든 것을, 꾸몄습니다."

깊이 머리를 숙이며 탄자가 자신의 계획을 고백했다.

모든 것이라기에는 정확하지 않으리라. 틀림없이 이 탄자의 계획에는 오르바르트의 손이 미쳐서 더욱 악랄한 내용으로 일그러졌을 터다.

그러나 탄자는 본인이 시작한 행위, 자신의 의지가 그렇게 만들었다고 오르바르트가 관여한 영역까지 포함해 자기 책임으로 떠맡으려 한다.
그것은 너무나도——.
"아름답구나."
그렇게 말로 채 나오지 않은 목소리가, 누구에게도 들리지 않는 입 안에서만 빚어졌다.
그 독백을 누구에게도 들려주지 않은 채 아벨은 탄자의 눈빛에 조용히 끄덕였다.
"네 관여에 관해서는 파악했다. 하지만 한 가지 말해 두마."
"무엇인가요."
"네 행동의 대가를 그 목숨으로 치르게 할 생각은 없다. 네 목이 떨어지면 요르나 미시구레의 손은 잡을 수 없어진다. 어쩌면 거기까지 작전에 포함했을까."
고개 숙인 탄자의 목덜미에 희미하게 긴장이 번졌다. 그것을 본 아벨은 탄자가 자신의 죽음조차도 비장의 수로 남겼었다고 확신했다.
충분히 고려할 일이다. 실행에 옮길 때까지 각오하는 자는 적지만.
"죽을 작정, 이었다는 말이냐. 터무니없는 아가씨군."
"그런 짓! 절대로 시키지 않아! 시키지 않을 거지, 아벨찡?"
탄자의 그 각오를 알자 알은 말문을 잃고 미디엄이 아벨의 눈치를 살폈다.
그 만에 하나를 두려워하는 미디엄의 눈초리에 아벨은 어이가 없다고 고개를 가로저었다.

"말했을 텐데. 자신의 죽음조차도 작전에 포함했다면, 목숨을 빼앗는 행위는 이 소녀의 작전이 성취됨을 의미한다. 공교롭게도 그런 작전에 넘어갈 생각은 없다."

"아벨찡……!"

"사람이란 더 효율적으로 죽어야 마땅하다."

"아벨찡……."

의도에 따르지 않는 말은 그것이 아군이든 적군이든 성가신 법이다.

그 점을 감안하면 탄자라는 존재는 감당 못할 독이기도 하다. 하지만 그 독을 마실 각오가 없으면 더 큰 독을 포용할 수 없다.

그렇게 단정한 아벨은 바닥에 앉은 탄자를 응시하고 말했다.

"네 목숨은 빼앗지 않겠다. 하지만 동포에게 내린 명령은 철회해야겠어."

"그러면, 방금 부탁은."

"요르나 미시구레를 전란에 끌어들이지 말라고 했나. 그건 불가능하다."

아벨이 분명하게 단언하자 탄자의 숨이 턱 막혔다.

그녀가 보자면 자신의 생명을 걸고서라도 막고 싶던 사태가 일어난다는 예언이다. 하지만 탄자는 착각하고 있다. 그것도 절망적인 착각이다.

왜냐하면——.

"내가 오지 않았더라도 요르나 미시구레는 전란의 도가니에 삼켜진다. 그것이 그자가 선택한 자리이며, 피하기 어려운 삶의 방식이다."

"대체, 당신께서는 무엇을 보고……."

"내 눈에 비치는 것을 타인에게 찬찬히 들려줄 마음은 없다. 하지만 일어날 수 있는 이상 대책은 세운다. 그것이 주위에 어떤 식으로 비치더라도."

떨리는 탄자의 눈동자와 목소리에 대꾸하던 아벨의 시선이 불현듯 소녀에게서 떨어졌다.

대신에 그 검은 눈이 돌아간 방향은, 방 안쪽에 말없이 앉아 있는 빈센트 쪽이었다. 현재 황제 자리에 있으며, 거짓된 제위를 주장하는 빈센트 볼라키아.

그것이 어떠한 의도로 이 몸을 배제했다고 해도——.

"내가 취할 자세는 변함없다. 변할 여지도 없어. 퇴로는 불탔고 길은 하나뿐이다. 그것을, 영혼에 새겨 두도록 하라."

"염두에 두겠다."

아벨의 말에 빈센트가 조용히 대답했다.

고작 그뿐인 행동으로 실내의 공기가 불타고 뜨거워진 착각마저 들었다. 실제로 아벨과 빈센트 외의 다른 이들은 이마에 흥건하게 땀이 배어 있었다.

"소녀, 탄자여, 고개를 들라."

진짜와 가짜 황제 간의 대치를 마치고, 아벨이 역부족을 후회하는 소녀를 불렀다. 느릿느릿 고개를 든 소녀가 눈에 눈물을 머금고 있자 아벨은 한숨을 쉬었다.

"애초에 네 주인을 쓰고 버릴 생각은 없다. 그자를 쓸 때는 숙고가 필요하지만, 귀중한 전력은 가장 적절하게 사용한다. 사람이란 효율적으로 죽어야 마땅하기 때문이다."

"그 말씀을, 믿어도 될까요?"

"믿지 않아도 내가 할 일은 변함이 없다."

움튼 희망에 매달리려는 탄자, 거기에 쏟아지는 다정하지 않은 대답.

뒤에서 알이 이마에 손을 짚고 미디엄도 한숨을 쉬는 가운데, 정작 탄자는 약간의 망설임 뒤에 고개를 꾸벅 숙였다. 그리고――.

"어떻게 제가 여기에 있는 줄 아셨나요?"

"오르바르트라면 이럴 거라 판단했다. 또 하나, 홍유리성에 숨겼을 가능성도 고려했지만, 추적자의 배치와 거리의 문제상 이쪽을 우선했을 뿐이지."

"――아."

"무엇보다 너희가 손을 떼게 하지 않으면 목숨이 위태로운 자가 이쪽에는 많다."

백 명에게 쫓기는 타리타와, 결과적으로 별도 행동이 된 스바루와 루이.

양쪽 다 많은 인원에게 쫓기는 한, 목숨을 보증할 수 없는 이들이다. 물론 전력 외가 된 알과 전력 반감된 미디엄을 대동한 아벨도 예외가 아니다.

오르바르트와의 승부를 지속하기 위해서는 탄자의 공략이 최우선이었다.

"제가, 졌네요."

"당연한 일이지. 하지만 부끄러워할 필요는 없다."

"네……?"

나직이 중얼거린 탄자의 말에 아벨은 그렇게만 대꾸하고 뒤돌았다.

그다음 답을 듣지 못한 탄자는 동그란 눈을 끔뻑였다. 그런 탄자의 등에 "소녀." 하고 빈센트의 목소리가 닿았다.

돌아보는 탄자의 동그란 눈동자에 가짜 얼굴을 뒤집어쓴 황제가 끄덕였다.

"저자의 말대로 부끄러워할 필요는 없다."

"하, 하지만, 저는……."

"패배했지. 하지만 그것은 도전했다는 뜻이다. 짐도 그러고 싶구나."

턱을 괸 채로 살짝 먼 곳을 바라본 빈센트의 말에 탄자는 눈을 크게 떴다.

그러나 천천히 그 눈꼬리에 눈물이 고이며, 고개를 숙였다.

고개 숙여 눈물 흘리고, 그저 고요히 이슬을 떨어뜨리며――.

"요르나 님, 죄송합니다……. 저는, 미숙했습니다……."

울먹이는 목소리로 사랑하는 주인에게 사과했다.

4

"오르바르트의 위치가 짐작이 갔다. 홍유리성이다."

"뭐?!"

탄자와의 대화를 마치고 돌아온 아벨의 말에 미디엄이 눈을 동그랗게 떴다.

철석같이 탄자나 가짜 황제를 언급할 줄 알았던 만큼, 이 자리에 없는 오르바르트의, 그것도 찾아 헤매던 위치 이야기라서 이중으로 놀랐다.

"어떻게 알았는데, 아벨찡. 게다가 성에 숨어 있다니……."

"탄자의 반응이다. 성 얘기가 나오니 눈동자가 흔들리더군. 오르바르트가 여인숙에 숨겼을 때, 놈 자신의 입으로 들은 것이겠지. 마지막 은신처까지야 아무래도 모르겠지만."

"지, 진짜로 빈틈이 없어……."

태연한 아벨의 대꾸에 알은 믿기 어려운 것을 본 눈빛을 보냈다.

아마도 순서로 치면 오르바르트와 탄자가 손을 잡고, 탄자가 여관에서 요르나의 말을 전달한 뒤, 오르바르트가 아벨 일행에게 승부를 제의했다. 그리고 첫 번째 은신처가 발각된 후, 오르바르트가 탄자를 데리고 여인숙으로 데려간다는 흐름이리라.

물론 탄자에게 거짓 정보를 넘겨서 교란하려 했을 가능성도 있지만.

"요르나 미시구레의 성에 숨는다는 수법, 참으로 오르바르트가 선호할 법한 행위다."

"응. 그럼 이번에는 요르나네 성이구나. 아, 그런데 탄자가 다른 사람을 말려 준다면 타리타를 찾는 편이 나을까?"

"합류가 목적이라면 이쪽부터 움직이는 건 하책이다. 타리타의 눈이라면 머잖아 이쪽을 발견해서 합류하겠지. 그 멍청이들은……."

"으, 응……."

"그자가 어지간히 어리석지 않은 한, 오르바르트의 위치는 성이라 알아챌 테지. 나머지는 죽지만 않으면 목적지는 매한가지다."

아벨의 차가운 말은 도통 미디엄을 안심하게 해 주지 않았다.

일행과 떨어진 세 명—— 특히 스바루와 루이 두 사람과는 다시 대화를 나누고 싶다. 어떤 태도를 취할지 미디엄 본인도 모르겠지만.

"안 죽어, 형제는."

"알찡……."

"그러니까 얼른 그 영감이 몸을 돌려놓게 해야 해. 몸만 돌아오면 나도 나아져. 게다가 형제도 그 꼬마를."

주먹을 꽉 쥐고서 알이 저주하듯이, 기도하듯이 중얼거렸다.

『유아화』의 영향으로 여유가 없는 알은 사라진 스바루와 루이의 관계에 집착하고 있었다.

그로서는 스바루를 원래 상태로 되돌려서 올바르게 루이에게 대응하길 바란다는 생각이리라. 하지만 원상 복구된 스바루가 내릴 판단이 정상이라고 누가 결정했는가.

그 이전에——.

"네 생각이 어찌 되든 오르바르트의 술법을 쉽게 풀게 할 마음은 없다."

"뭐?"

"응?"

"정확히는, 너와 미디엄은 상관없다. 하지만 나츠키 스바루의 술법을 풀게 할 마음은 당분간 없다. 한동안 그 상태로 있어 주는 게 상책이다."

아벨의 뜬금없는 방침에 알과 미디엄은 눈과 입을 벌리고 경악했다.

한 박자 뒤에 알이 "웃기지 마!" 하고 아벨의 멱살을 잡았다.

"형제를 돌려놓지 않겠다고? 갑자기 뭔 소리야! 무슨 속셈이냐고!"

"들었다시피, 그자는 당분간 어린 모습으로 있어 줘야겠다."

"이 자식이……."

"그거, 스바루찡을 괴롭히던 것과 관계있어?"

어른과 어린아이, 신장 차이가 나는 눈싸움을 알의 어깨에 손을 짚은 미디엄이 말렸다. 그녀는 아벨을 빤히 바라보며 답을 받을 때까지 움직이지 않을 각오였다.

미디엄의 눈초리에 아벨은 조용히 한숨을 쉬었다.

"괴롭힘처럼 수준 낮은 짓을 하던 기억은 없다만."

"표현이야 뭐든 상관없어! 단지 아벨찡, 도중에 계속 스바루찡에게 무슨 말을 하도록 겁주고 있었잖아! 그거 때문이야?"

“————.”

“그런 건 비겁해! 묻고 싶은 게 있으면, 그냥 물어보면 얘기해 준다고! 그러니까, 그런 짓…….”

“안됐지만 그럴 수도 없을 거다.”

너무나 고요한 그 말은, 덧없는 자조처럼 들려서 미디엄의 말을 끊었다.

놀란 미디엄을 흘긋 보며 아벨은 알이 잡은 팔을 가볍게 떨쳐냈다.

“내 생각은 미디엄의 억측과는 관계가 없다. 단순히 필요한 일이다.”

“필요?! 뭐가 말이야! 왜 형제만…… 나랑 미디엄 아가씨는!”

“그래서는 조건이 맞지 않다. 너는 외팔, 미디엄은 머리카락과 눈 색깔이다.”

“아앙……?!”

의미를 알지 못할 발언이라며 알의 분노가 더더욱 심화되었다. 미디엄도 아벨의 진의는 알지 못하는 표정으로, 그것과는 다른 사항에 여전히 놀라고 있는 상태였다.

그리고 당사자인 아벨은——.

“여전히 상황은 변함이 없어도 말은 모이고 있다. 따라서——.”

귀면 너머로 아벨은 여인숙의 방, 그 창문 밖을 바라보며 홍유리성을 눈에 비추었다.

그것은 성 그 자체보다 더 추상적인 것을 노려보기 위한 행동이며, 실제로 아벨은 닿지 않은 것을 거머쥐듯이 손을 곧게 뻗고서.

"나나 너나, 언제까지고 숨기거나 도망치기만 할 수 있는 건 아니다."

그렇게, 보이지 않는 상대에게 말을 건네는 것처럼 입살맞은 듯 내뱉었다.

5

"그렇게 되어서, 그 사슴 계집애라면 각하가 있는 곳에 있다."

"성이 아니라면 자기들 숙소일까 싶긴 했는데……."

책상다리로 앉은 채 짧은 팔로 팔짱을 끼고서 태연히 대답한 오르바르트. 그의 놀라운 답변에 스바루는 좌우지간 기가 막혔다.

"아무튼 탄자가 어디 있는지는 알겠습니다. 제 도시의 주민이 당신들에게 퍽 당치 않은 짓을 한 모양이니 사과드리겠어요."

"어, 그럴 수가, 요르나 씨, 그럴 거 없어! 사과할 것 없다니까!"

그 자리에 무릎을 굽힌 요르나의 성의를 담은 묵례에 스바루는 당황했다. 무심코 루이도 "우—!" 하고 펄쩍 뛰어오를 만큼 요르나가 머리를 숙이게 만든 의미는 무겁다.

실제로 요르나가 진지하게 이야기를 들어 줘서, 오르바르트 상대로도 한 발짝도 물러나지 않아 줘서, 몇 번이고 몇 번이고 스바루를 도우려 해 줘서, 그래서——.

"으……."

"——? 왜 그러세요, 동자. 얼굴을 그렇게 붉히고."

"아니, 저기, 조금 여러 가지로 기억이 나서……."

심신 모두 비로소 진정이 되자 그 되풀이 속에서 몇 번이고 있었던 사건, 요르나가 자신을 사랑하라며 스바루에게 입맞춤한 흐름이 갑자기 기억이 났다.

물론 그 기억은 이미 스바루 안에만 남아 있으며, 스바루도 키스의 감각을 기억할 만한 상황이 아니었기에 그저 사실만 남아 있을 뿐이다.

그래도 죽어 가는 어린아이를 구하기 위해서 그렇게까지 자신을 내던지던 요르나는, 솔직히 아주 존경하고 좋아지고 말았다.

——그렇기에 끌어들이고 싶지 않다는 생각이 새삼 들었다.

이 아주 다정하고, 도시 사람들 모두에게 사랑받는 여성을 끌어들이고 싶지 않다고.

그런 생각이 드는 것도 스바루가 어려진 탓일까. 원래 몸으로 잘 돌아가면 이 생각은 잘못이었다고 잊어버릴까.

하지만 만약 원래 몸으로 돌아간 스바루가 다른 식으로 생각한다 해도, 이 어린 몸의 스바루가 느낀 것이나 생각한 것, 그것이 잘못되었다고도 생각할 수 없었다.

왜냐면 만약 그렇다고 치면——.

"우아우?"

"너에 대한 답을 떠맡기고만 있기는 싫어. 그 상대가 커진 나 자신이라도."

손을 잡은 소녀, 루이의 처우는 스바루 안에서 답이 나오지 않는 문제다.

아벨 일행과 합류할 거라면 그것도 틀림없이 피할 수 없는 화제. 다만 딱 한 가지, 그 절망의 10초 이후에, 스바루가 느낀 것이 있다.

——루이더러 죽이라고 시키고 싶지도, 루이를 죽게 하고 싶지도 않다는, 그 점만은.

“성의 복구는 뒤로 미루겠어요. 우선 탄자를 맞이하러 갈 거니까요.”

“응, 그렇지. 그럼 바로…….”

밝아진 표정으로 탄자에게로 가려는 요르나. 스바루도 탄자와 말을 나누고 싶은 기분이 있어서, 같이 성을 내려가려고——.

“엇, 잠깐잠깐, 꼬마야. 돌아가려는 것 아니었냐. 아니면 지금의 자신 쪽이 마음에 들기라도 해? 나야 딱히 그래도 상관없다만.”

“아, 미안, 아니야, 아니야. 제대로 돌아가지, 돌아가. 돌아갈게요. 아니, 이 상태에도 꽤 익숙해졌는데 입을 게 곤란하겠다 싶으니 돌아갈게.”

뒤에서 오르바르트가 불러 세우자 스바루는 기와를 밟고 뒤돌아보았다.

작아지고 몇 시간밖에 지나지 않았지만, 자칫하면 지금까지 겪은 사망 횟수 합계를 까마득히 웃도는 생사를 체험한 몸이다. 솔직히 재수가 없다는 기분이 들기에 한시라도 빨리 원래대로 돌아가고 싶다.

스바루의 지금 생각이 갑자기 바뀌어 버릴 가능성, 그 점만이 무섭지만——.

“괜찮아, 루이. 이번에야말로 나는 너를 잘 생각해 볼게.”

"우아우…… 아우."

스바루의 말에 고개 숙였던 루이가 끄덕였다. 스바루는 루이의 이마를 손가락으로 밀어 그녀의 몸을 요르나 쪽에 맡겼다.

등으로 부딪힌 루이를 요르나는 정면으로 받아냈다.

"동자, 오르바르트 옹이 하는 일 말이지만……."

"응, 전면적으로 신용하는 건 아니지만 최소한 승패의 이치에는 따르는 정도의 인간성이 가까스로 남아 있다고는 생각하고 싶어서."

"이놈아, 다 들린다."

"알고서 말하는 거거든."

오르바르트의 헤살에 그리 대꾸한 스바루는 쓴웃음 지었다. 그런 스바루의 답변에 요르나는 루이를 뒤에서 꼭 껴안고 눈웃음을 지었다.

"그걸 알고 있으면 제가 할 말은 없지요. 무슨 일이 일어날지는 듣지 못했지만 동자는 저와 이 아이가 보고 있겠습니다."

"우!"

"응, 알았어. 저기, 이다음에 볼 나와도 친하게 지내 줘, 요르나 씨."

"——? 동자는, 걱정도 많군요."

설핏 쓴웃음 지은 요르나와 루이의 기특한 얼굴에 배웅받으며 스바루는 오르바르트에게로. 일어난 오르바르트는 자신의 허리를 두드리고 말했다.

"또 형편없이 욕이나 먹었구먼. 나 원, 얼른 끝내 버리자."

"응. ……저기, 아프거나 그래?"

"작아질 때 아팠느냐? 그게 답, 이다!"

스바루의 질문에 심술궂게 웃은 오르바르트의 손이 스바루의 명치 부근에 닿았다.

아벨의 예상으로는, 오르바르트의 『유아화』의 기예는 오드에 간섭하는 것이라고 했지만, 그렇다면 오드는 심장 주변에 있을지도 모른다.

오드에 대한 간섭이 몸의 신축에 영향을 미치는 메커니즘은 잘 모르겠지만.

그건 그렇고 몸이 작아지고 몇 시간, 제국에 온 이래로 최대의 궁지였던 느낌이다. 애초에 제국에서는 지나치게 궁지가 많다는 의혹이 농후하다.

그 절망의 10초는, 제국으로 한정하지 않아도 최대급의――.

"그러고 보니."

문득 생각을 삼가던 부분을 떠올렸다.

그 절망의 10초 동안, 무간지옥으로도 여겨지던 '죽음'과 재개를 반복하던 그 현상은, 스바루가 아는 『사망귀환』하고 일선을 긋는 것이었다.

그것은, 도대체 무엇이 초래한 현상인지, 그리고 스바루에게 깃든 『사망귀환』의 권능은 어떻게 되었는지――

「――찾았다.」

6

——그 순간, 일어난 사건을 완전히 지각하는 건, 그 자리에 있던 누구에게도 어려웠다.

"흠."

그렇게 신음을 흘린 오르바르트가 뻗은 오른손을 반사적으로 거두었다.

그러나 늦었다. 오르바르트의 주름투성이 오른손은 그 손목 앞이 티끌로 화해 사라졌다.

"동자——."

"우아우!!"

눈을 홉뜬 요르나가 품속의 루이를 끌어당기고, 날뛰며 뛰쳐나가려는 소녀를 안은 채로 크게 뒤로 뛰었다.

그 직후, 요르나와 루이의 시야 가득하게 검은 어둠이 넘쳐나며 아름답고 선명한 광채로 유명한 홍유리성의 천수각을, 성의 상부를, 중부를, 일거에 집어삼킨다.

"각하! 저건……."

"————."

멀찍이, 창밖의 광경을 목격한 카프마가 날카로운 전의를 드리우며 지켜야 할 황제 곁에 시립하고, 체내의 벌레들이 일제히 겁내는 것을 감지했다.

그사이에 일어선 빈센트는 날카로운 눈초리를 검게 물드는 성으로 보내며 신산이라 칭송받는 심모원려로 눈을 깜빡였다.

"이럴 수가, 성이…… 요르나 님……."

"아, 아아아, 아아아아아아악——!!"

"알찡?!"

어린 자들은, 일어난 사건에 멍하니 눈을 부릅뜨고 경악했다.

탄자는 성에 남은 주인을 염려하고, 알은 발생한 피해에 이 도시의 누구보다—— 아니 전 세계의 누구보다 강하게 절규했다.

미디엄이 달려가서 알의 어깨를 부축했다. 영문 모를 상황에 그녀도 매달리듯이 아벨을 쳐다보았다가 무심코 숨을 집어삼켰다.

"어—라라, 이게 무슨…… 이건 조금, 읽지 못한 대목일지도 모르겠네요."

"당신은——."

검은 그림자에 삼켜져 붕괴하는 성을 멀찍이 바라보며 손으로 차양을 만든 우비르크가 느긋하게 중얼거리는 소리를, 그와 대치한 타리타가 이를 갈면서 들었다.

"이것이, 네놈이 안에 품고 있던 존재의 정체인가."

가짜 황제와, 울부짖는 아이들과 같은 대상을 보면서 아벨은 중얼거렸다.

주먹을 굳게 움켜쥔 아벨은 피가 밸 만큼 깨문 입술을 귀면 뒤에 감추고, 그 무시무시한 형상의 가면이 이러하랴 싶을 정도로 표정을 일그러뜨리며 칠흑을 노려보았다.

그리고——.

7

——사랑해.

——사랑해. 사랑해. 사랑해.

——사랑해. 사랑해. 사랑해. 사랑해. 사랑해.

——사랑해. 사랑해.

그것은 온갖 차원을 초월하여 나츠키 스바루라는 존재를 덧칠하고 결코 떨어지지 않으려 하는 저주 같은 애정.

사랑이 없는, 지옥 같은 세계를 알았다.

자신이 그나마 사랑받고 있었음을, 나츠키 스바루는 알았다.

하지만 그와 동시에, '사랑' 전부가 긍정받을 것이 아니라는 것도 알아야 했다.

모르고 있었기 때문에 대가를 치른다.

그것이 어이하여 두려움 사며, 누구나 기피하는지 모르고 있었기 때문에.

——검은 그림자로 화해 온갖 존재를 삼키고 파괴하면서 갈채한다.

재회를, 합류를, 포옹을, 속박을, 숙명을, 매진을, 갈채한다.

고해를, 후회를, 의심을, 신비를, 고취를, 외곬을, 갈채한다.

사랑이 없는, 지옥 같은 세계를 알았다.

그렇다면 사랑이 있는 세계에 찾아드는 지옥이란 어떠한 것인가.

스바루는 알지 못한다. 아무것도 알지 못한다.

단 하나, 그 누구도 아무것도 알지 못하는 상황에서, 할 수 있는 말이 있다면.

배척받아 온 이들의 이상향, 마도 카오스프레임.

——그 이상향의 붕괴는 다름 아닌 나츠키 스바루의 인과가 부른 것이다.

막간 『창궁을 뒤덮다』

1

——머나먼 동쪽 땅에서 아름다운 성이 검은 그림자에 삼켜진 것과 같은 시간.

"프리실라 씨?"

목욕하는 여성의 머리를 감던 소녀—— 렘은 자신의 손에서 슥 빠져나가 일어나서 욕실의 창가로 유유히 걸어가는 상대를 불렀다.

밝은 주황색 머리카락과 백설처럼 하얀 살결을 가진 미모——. 렘과의 관계는 미묘하게 언어화하기 어려운 그녀의 이름은 프리실라 바리에르.

렘이 남은 성곽도시에서 누구보다 자유롭고 거만하게 행동하는, 불꽃 같은 여성이다.

도시에 있는 동안 렘을 자기 곁에 두겠다고 호언한 그녀는 그 선언대로 렘을 데리고 수발을 들라 하며, 때로는 이야기를 듣는 등 시간을 마련하고 있었다.

그런 와중에 매일 반드시 존재하는 것이 바로 이 목욕 시간이지만——.

"프리실라 씨, 아직 몸을 씻는 중인데…… 아!"

렘의 부름을 들은 척도 하지 않는 프리실라가 나신을 아낌없이 드러낸 채로, 망설이지 않고 욕실 창을 열어 바깥바람을 안으로 들였다.

사치스럽게 더운물을 쓴 욕실의 증기가 흩어진다. 그러나 놀랄 일은 그게 끝이 아니었다.

심지어 프리실라는 연 창문으로 몸을 내밀어 욕실 밖의 노대(露臺)로 나가 버린 것이다.

당연히 밖에서 보이니 렘은 허둥지둥 수건을 들고 그녀를 뒤따랐다.

"무, 무슨 짓을 하시는 거예요! 다른 사람이 본다고요! 아무리 여기가 제일 위층이라고 해도……."

"하늘이다."

"하늘이라니…… 그렇게까지 높은 곳이 아닌데요. 어서요, 물이 식기 전에 안으로……."

돌아가자는 호소는 잇지 못했다.

렘의 입술에 프리실라의 손가락이 닿았다. 뒤에서 걸쳐 준 수건을 어깨에 걸친 프리실라가 핏빛 눈동자로 렘을 바라보고는 말했다.

"하늘을 보아라, 렘. 보아하니 '버케이션' 도 다 끝난 모양이구나."

프리실라의 눈에 진지함이 깃든 것을 본 렘은 숨을 삼켰다.

그리고 욕실용 복장을 걸친 렘도 프리실라가 쳐다보는 방향과 같은 하늘을 바라보았다. 그녀가 본 것과 같은 대상을 보고자 그 파란 눈에 힘을 주고.

그러나 그렇게 벼르며 시력을 집중할 필요는 없었다.

왜냐하면——.

"저, 건……."

노대 위, 바람의 각에서 가장 밝은 시간, 지나치게 큰 태양이 머리 위에서 찬란히 빛나고 있다. 하얗게 보이는 빛 속에서 희미하게 떠오른 검은 광점, 그것이 하나, 둘—— 차츰차츰 그 수를 늘려 나간다. 점점 늘다가 이윽고 흑점의 상이 뚜렷하게 보였다.

그것은——.

"속히 아래에 있는 것들에게 무기를 들라 해라. 무리 지은 익룡은 여유를 부리지 않는다."

2

눈 아래, 높은 벽에 둘러싸인 도시가 보이기 시작하자 금빛 눈이 가늘어졌다.

까마득한 고공(高空), 푸른 하늘과 하얀 구름이 시야를 지나치며 귀에 닿는 것은 거센 바람 소리와 이 창궁에서 웅대하게 홰치는, 가장 위대한 생물인 용의 날갯짓뿐이다.

"성곽도시, 과랄."

표적이 되는 도시의 이름을 혀에 싣자 끓어오르는 전의에 온몸의 피가 뜨거워졌다.

그 고조되는 전의는 천천히 주위에 전파되어 날갯짓에 용 울음소리가 섞이기 시작했다.

약간 성급하다. 하지만 사냥의 기척에 본능이 들끓는 것은 어쩔 수 없는 일이다.

왜냐하면 자신들은 모든 존재에게 포식자이므로.

"우우——."

"알아. 늙은이 말대로 제대로 일하자."

바로 아래쪽에서, 등을 빌린 한 마리가 건넨 호소에 짧은 팔로 팔짱을 낀 인영이 끄덕였다.

어깨 부근에서 자른 하늘색 머리카락에, 형형하게 빛나는 금빛 눈동자. 주어진 것을 입고 있을 뿐인 화려한 복장과 등에 진 장구류에는 애용하는 무기인 비익인(飛翼刃)이 꽂혀 있다.

그 부분만 보면 뒤죽박죽의 조합이라 느낄지도 모르지만, 딱 한 곳, 그 한 곳의 특징만으로 그 존재의 특별함을 증명할 수 있다.

——그 머리에 난, 검은 두 개의 뿔만으로.

"다들, 준비는 됐어?"

검은 뿔이 난 존재, 그 부름에 응답한 것은 무수한 용 울음 소리. 그것은 모두 다 이 웅대한 창궁의 지배자인 비룡이며, 있어서는 안 될 수백 마리의 무리.

태양을 등지고, 푸른 하늘을 건너, 구름 노을처럼 밀어닥치는 파멸의 구현.

내려서면 노호와 비명이 울려 퍼지고, 온갖 목숨이 꺼지며 사라진다.

그 절대적인 사냥의 개막을 눈앞에 두고 그 존재—— 마델린 에샤트는 금색으로 빛나는 눈동자로 아래의 성곽도시 과랄을 응시하고 뺨을 일그러뜨리며 웃었다.

『구신장』의 제9위이자 도시의 파멸을 명령받은 『비룡장(飛竜將)』이 멸망을 선고한다.

"전율하며 달아나라. 너희에게 도망칠 곳은 없다. 용이 왔다."

《끝》

후기

안녕하세요, 여러분! 나가츠키 탓페이이자 네즈미이로네코입니다!

리제로 29권, 이번에도 읽어 주셔서 감사합니다! 이번 권은 전편이 일관적으로 마도 카오스프레임 편인데요. 스바루를 습격하는, 제국 돌입 이후 최악의 재난! 여러분의 눈에는 어떻게 보였을까요. 참고로 작가는 매우 즐겁게 썼습니다!

본래 『사망귀환』이라는 능력을 다루는 특성상, 나츠키 스바루가 시달리는 고난이란 여러 가지로 고안하고 있지만, 『천수각격투편(작가 명명)』은 한 가지 장치로서 크게 힘을 쏟았습니다. 즐겨 주셨더라면 작가로서 보람이 있겠습니다.

참고로 여전히 한 권에 꽉꽉 채운 내용입니다만, 이번에는 마침내! 삽화의 매수조차도 장면의 의미상 선택을 하지 못해 조금 사치스러운 짓을 했습니다. 그것이 본편 마지막에 있는 막간과, 거의 나설 차례가 없어야 했을 캐릭터가 주목받는 표지 일러스트!

이번에는 오츠카 선생님께 무리한 말씀을 드려 "막간을 다 읽은 뒤, 표지 일러스트를 보면 무슨 신인지 알 수 있는 거로 하고 싶어요!" 하고 투정을 부렸습니다.

부디 이번 표지 일러스트는 이야기와 함께 즐겨 주세요! 즐거울 거예요!

자자, 그러면, 그런 작가 특권을 폭로하면서도 늘 하는 감사의 말로 들어갈 시간입니다.

담당자 I 님, 플롯 내용에서 대폭적인 변경이 있었음에도 불구하고 쾌히 허락해 주셔서 감사합니다. "일단 써 보는 건 중요하죠." 라는 것은 지당한 말씀이라고 생각합니다. 앞으로도 그 경지에서 플롯은 나침반 수준으로 여길게요!

일러스트의 오츠카 선생님, 중간에 대담 등도 거치며 이번에도 세세한 지정이 많은 일러스트를 완성해 주셔서 감사합니다! 『유아화』한 세 사람 등은 이미 신 캐릭터 수준이라 디자인 등등 새삼 많이 도움받았습니다!

디자인의 쿠사노 선생님, 이번에는 표지 일러스트의 역할이 평소 이상으로 크기에 아름답고 웅대하게 만들어 주셔서 대감사를 드립니다! 여러분의 힘이 있었기에 탄생한, 근사한 한 권입니다!

월간 코믹 얼라이브에서는 아토리 선생님&아이카와 선생님의 4장 만화판이 게재 중, 매달 보내주시는 콘티와 미려한 완성 원고에 가슴이 두근거리고 있습니다.

더해서 MF 문고 J 편집부 여러분, 교열 담당자님과 각 서점의 담당자님, 영업 담당자님과 여러분의 협력에 큰 신세를 지고 있습니다. 항상 정말로 감사합니다!

그리고 29권이라는 초장편 작품에 함께해 주신 독자 여러분께

최대의 감사를!

솔직히 스스로도 충격적입니다만 다음은 설마 하던 30권! 그런데도 아직 끝이 보이지 않는 본 작품입니다만, 작가는 마지막까지 힘닿는 대로 써나가겠으니 아무쪼록 여러분의 응원을 잘 부탁드리겠습니다! 정말로 항상 도움을 받고 있습니다!

그러면 또 다음 권에서…… 30권에서! 만나 뵙겠습니다! 고마워요!

2022년 2월

《30권 고지를 앞두고, 자기 자신에게 가볍게 식겁하면서》

소년
스바루
군사
나츠미
망토
Ver.
소녀
미디엄
소년

"자자, 이것으로 29권도 막을 내립니다. 저도 다음 30권을 앞둔 막간이라는 큰 배역, 엄숙하게 아들이도록 했습니다만……."

"카카캇카! 그 짝꿍이 나라니, 배역을 깜빡 실수한 게지! 나와 여우 계집애, 본편에서 꽤 불똥 겼잖아."

"동감이에요. 애초에 아이의 중재가 없었으면 오르바르트 옹이 이렇게 태평하게 대화 나눌 여도 남지 않았을 텐데요?"

"뭐, 여기라면 죽은 사람이 말을 나눌 때도 드물지 않다나 보니까 말이지. 의외로 본편에서 나 자네 중 한쪽이 죽었어도 같은 조합이었을 수 있다고."

"————."

"오, 혹시 심기가 상했느냐. 나라는 사람이, 실수했어, 실수."

"오래 끌수록, 오르바르트 옹의 살 날이 짧아지리라 보았습니다. 거침없이 본론으로 들어가는 이 피차 좋겠지요."

"카카캇카! 어울리지도 않게 웬 배려야. 뭐, 나도 짜릿짜릿 살기 받아서 기분 좋진 않으니, 후 진행하세."

"머리에서도 언급했습니다만, 다음 권은 30권 고지입니다."

"카하, 30권! 이건 또 거창한 숫자야. 나도 보다시피 망할 영감태기지만 오래도 해 먹었다고 감 스러워."

"아무튼, 간격은 여전히 6월 발매를 예정하고 있답니다. 더해서 6월에는 본편만이 아니라 단편

권도 동시에 나갈 예정이지요."
"단편집! 뭐, 본편에서 그토록 호된 꼴을 당하는 꼬마고, 조금은 마음을 놓을 시간도 있어야 버티지. 그리 말해도 호된 꼴 맞히는 일부가 나지만."
"그걸 알고도 그 태도, 오르바르트 옹에겐 수치심이란 감정이 없는 모양이군요……. 참 살기 편하다 싶어 저도 감탄스러워요."
"이보게, 숫처녀 같은 소리 하지 말어. 철면피에겐 철면피대로 사는 데 고생이 있는 법이야. 이거, 밀이다."
"비꼬는 말도 안 먹히는 그 두꺼운 낯짝, 그 아이가 중간에 끼지 않았으면 저의 뒤꿈치로 짓이겨었을 거예요."
"카카캇카! 그럼 난 그 꼬마에게 감사해야겠구먼."
"결심했어요, 오르바르트 옹. 설치게 두기도 용서하기도 어려운 고목은, 제 손으로 꼭 부러뜨리겠니다."
"허이고야, 겁나네, 겁나. 지리고 싶지도 죽고 싶지도 않으니 말이다, 그러면 나는 땅끝까지 내빼가 뒤통수나 칠 뿐이거든?"
"할 수 있으면 얼마든지 그러시지요."

※일본어판 발매 당시 내용입니다.

Re:제로부터 시작하는 이세계 생활 29

2022년 07월 25일 제1판 인쇄
2023년 05월 31일 제2쇄 발행

지음 나가츠키 탓페이 | **일러스트** 오츠카 신이치로

옮김 정홍식

발행 영상출판미디어(주) | **등록번호** 제 2002-000003호
주소 07551 서울특별시 강서구 양천로 570 NH서울타워 19층
대표전화 032-505-2973

ISBN 979-11-380-1571-4
ISBN 979-11-319-0097-0 (세트)

Re : ZERO KARA HAJIMERU ISEKAI SEIKATSU volume 29

구매 시 파손된 도서는 구매처에서 교환하실 수 있습니다.
기타 불편사항, 문의사항이 있으신 독자님께서는 노블엔진 홈페이지 [http://novelengine.com] 에서 Q&A 게시판을 이용해 주시기 바랍니다.

노블엔진(NOVEL ENGINE)은 영상출판미디어(주)의 라이트노벨 및 관련서적 브랜드입니다.